| 中国当代研学丛书 |

诗词

诗经趣语精编

许锋 | 著

图书在版编目（CIP）数据

诗经趣语精编 / 许锋著. —北京：中央编译出版社，2020.3
ISBN 978-7-5117-3793-9

Ⅰ. ①诗…
Ⅱ. ①许…
Ⅲ. ①《诗经》—诗歌研究
Ⅳ. ①I207.222

中国版本图书馆 CIP 数据核字（2019）第 285652 号

诗经趣语精编

出 版 人：	葛海彦
责任编辑：	杜永明
执行编辑：	周　毅
责任印制：	刘　慧
出版发行：	中央编译出版社
地　　址：	北京西城区车公庄大街乙 5 号鸿儒大厦 B 座（100044）
电　　话：	（010）52612345（总编室）　（010）52612339（编辑室） （010）52612316（发行部）　（010）52612346（馆配部）
传　　真：	（010）66515838
经　　销：	全国新华书店
印　　刷：	三河市华东印刷有限公司
开　　本：	710 毫米 ×1000 毫米　1/16
字　　数：	341 千字
印　　张：	19
版　　次：	2020 年 3 月第 1 版
印　　次：	2020 年 3 月第 1 次印刷
定　　价：	99.00 元
网　　址：	www.cctphome.com　邮　箱：cctp@cctphome.com
新浪微博：	@中央编译出版社　微　信：中央编译出版社（ID: cctphome）
淘宝店铺：	中央编译出版社直销店（http://shop108367160.taobao.com）（010）55626985

本社常年法律顾问：北京市吴栾赵阎律师事务所律师　闫军　梁勤
凡有印装质量问题，本社负责调换，电话：（010）55626985

序　从古典中汲取营养

张荣芳

现在喜欢古典的年轻人似乎越来越少,所以当许锋邀我为他的新作《诗经趣语》①写序时,我有些踌躇。

我和许锋并不十分熟悉,相识于2012年,一切皆因《李章达评传》书稿。东莞市文学艺术联合会为发掘东莞文化资源,弘扬人文精神,为市委市政府建设文化名城尽绵薄之力,组织编辑了一套《东莞历史名人评传丛书》。丛书的定位,是一套研究性的严谨的学术著作。许锋与东莞文联签约的项目是《李章达评传》。他是一名作家,出版过小说、微型小说集、散文集等多部作品,而尤以创作微型小说而著称。此前很少从事学术专著的写作,此次签约,说实话,我是很为他担心的,学术专著的写作不但枯燥无趣,而且很考验作者的学术功底。果不其然,许锋交来的第一稿有些偏离学术路子,仍然属于文学的范畴。但是让我佩服的是这个年轻人没有知难而退,而是虚心听取专家意见,尽可能弥补自己的短项,在几个月之后又交来第二稿,此稿虽然还存在一些问题,还有一些地方需要修改,但是已基本走上学术的轨道了。书稿也通过了专家的审阅。我和其他几位负责审阅的专家也松了一口气。

由此可以得出一个结论:许锋对待文字是认真的,对待工作是负责的,有虚怀若谷、不畏艰难、勇于探索的精神,这一点,在年轻人身上难能可贵。

毫不客气地说,在当下这样一个浮躁的社会,越来越多从事文学创作或从事学术研究的人,内心浮躁,追名逐利的思想深入骨髓,以这样的心态做学问、搞研究,是令人担忧的。让我欣喜的是许锋在繁忙的工作之余,有心思、有心境埋头于研读《诗经》,于几年中写出了一部十余万字的"趣谈",此种精神很值得鼓励。

---

① 现书名为《诗经趣语精编》。

我粗略翻阅《诗经趣语》，越读越有味道。下面想谈一下我的读后感。

第一，许锋对《诗经》有比较深入的研究，从字里行间可以看出，他酷爱《诗经》，可以说是一位"诗经迷"。

《诗经》共有305篇（传统说"诗三百篇"，只是举其整数），是我国第一部诗歌总集，是中华民族取之不尽的文化资源、宝贵的精神财富，也是世界文学史上一朵光彩夺目的奇葩。《诗经趣语》里有一百二十多篇文章，每篇多者一千多字，少者几百字。每篇文章涉及《诗经》一首诗或多首诗的内容、词语。从书的目录来看，每篇的题目都十分精致，设计得非常灵巧，而不失引诗的主旨。从每篇文章的内容来看，作者对《诗经》的内容、语句，信手拈来，娓娓而谈，深入浅出，如数家珍，真是一部"趣语"。没有对《诗经》的熟读，没有对《诗经》的钟爱，是难以做到的。许锋说："读《诗经》，越觉得自己知识浅薄，觉得如今的大多数书和大多数文章，是没有任何嚼头的，从头到尾如同白开水一般。""《诗经》里的每一首诗歌，语言的表达都是精致的，都恰如其分，含蓄隽永，这些作者，个个都称得上是文字'工匠'、艺术大师。"（见《古汉语的精致表达》）这是一位《诗经》爱好者的心声。

第二，超越产生《诗经》的时代，从《诗经》中汲取养分，运用《诗经》所蕴含的深刻思想、广泛内容、完美形式，结合当代社会的生活、人生、民俗、民风、文化、治国理政等国计民生问题，表达自己的看法和见解，反映了作者强烈的社会责任感和对民族、文化、传统以及当下人们种种行为方式的反省与自责，有着浓郁的忧患意识。

如何对待中国优秀传统文化，这是当代十分严肃的一个问题。或完全排斥中国传统文化，对中国文化采取虚无主义态度，主张"全盘西化"；或抱残守缺，食古不化，对外来文化一概排斥，主张文化保守主义。这两种态度都是不可取的。我们主张以中华文化为本位，立足于中华优秀传统文化，广泛地吸收人类所创造的一切优秀的文明成果，创造具有中国特色的社会主义新文化。中华文化的根源在儒家的六经之中（《诗》《书》《礼》《乐》《易》《春秋》，《乐》经不传，实际上是五经），而《诗经》居其首。许锋亦认识到"《诗经》是中国优秀传统文化中的核心经典之一"，"读透《诗经》，便读懂了中国文化"。（见《古汉语的精致表达》）"文化之根都藏于丰沃的历史中。"（见《文化之根藏于历史》）我们从《诗经趣语》的字里行间，发现作者是向着这个目标努力的。每篇文章都经过认真思考，文字严谨而有趣，把社会主义核心价值观植根于中华优秀传统文化土壤之中。

第三，《诗经》固然是一部优秀的文学作品，也是一部反映它的时代的丰富的社会史料。为了更科学地严谨地汲取《诗经》的营养，必须一字一句地透彻地读懂它，而且要进入产生《诗经》的时代，根据当时的社会结构、社会意识和人们的思想特点来理解诗意。只有在这个基础上才能更好地创作出超越时代、无愧于时代的作品。《诗经趣语》对《诗经》的解读与探究，不一定每篇都十分准确，在此我不一一指出，"诗无定解"，让读者与专家分辨、评说。但是，从古典之中汲取养分，是无论何时何地都不该丢弃的一种优良传统，应该让这种经世致用、知行合一的精神代代相传。

读了《诗经趣语》，写了以上几点认识，愿与许锋共勉。

（作者系中山大学教授、博士生导师。毕业于天津南开大学，曾工作于中国社科院历史研究所。曾任中山大学副校长、中国秦汉史研究会会长等职。出版《南越国史》《秦汉史论集》《秦汉史与岭南文化论稿》《近代之世界学者陈垣》等论著，主编《陈垣与岭南》等书。）

Contents
目 录

"忧心忡忡"的深度表达 …………………………………… 1

小吏的咏叹调 …………………………………………… 3

古代女子也失眠 ………………………………………… 5

泣涕如雨的情感宣泄 …………………………………… 7

别看你衣裳楚楚 ………………………………………… 9

木瓜木桃木李充当爱情信物 …………………………… 11

报告：敌人逃之夭夭 …………………………………… 13

母亲的好要一生牢记 …………………………………… 15

这个世界，添加了太多的剂 …………………………… 17

帅哥也是稀缺资源 ……………………………………… 19

执子之手，非要与子偕老？ …………………………… 21

胡不归 …………………………………………………… 23

携手同行 ………………………………………………… 25

搔首踟蹰 ………………………………………………… 27

黍离之悲 ………………………………………………… 29

载驰载驱的女诗人 ……………………………………… 31

老鼠有皮人何无礼？ …………………………………… 33

切磋与琢磨	35
隐是一种手段	37
巧笑倩兮，美目盼兮	39
围城之困	41
首如飞蓬	43
不日不月	45
生之初，生之后	47
别样的"新婚燕尔"	49
回娘家	51
古汉语的精致表达	53
一匹白驹的意象	55
巧言如簧近于厚颜无耻	57
骄人好好，劳人草草	59
周幽王昏庸倒逼三个妙语	61
周朝的劳资矛盾	63
爱情滋味煮煮看	65
天作之合	67
不敢戏谈	69
朝夕不暇	71
既和且平	73
尽孝要趁早	75
兢兢业业，呜呼哀哉	77
诗经时代的移民	79
鸿雁的哀鸣	81
惩前毖后，治病救人	83
淫威	85

耳提面命，舌不可扪	87
非拍马之赞美诗	89
靡不有初，鲜克有终	91
谗者如青蝇	93
男人之家室	95
高山景行	97
投畀豺虎	99
知其一不知其二	101
高岸为谷，深谷为陵	103
他山之石	105
一日三秋	107
嗷嗷待哺	109
目光柔软　内心坚强	111
急人之难	113
父子情的表现方式	116
民之愿望，日用饮食	119
一次阅读，一次出征	121
故乡是一种情结	123
经营四方	125
自求多福	127
思无邪：不要胡思乱想	129
知我如此，不如无生	131
娶妻如"砍木"	133
小康日子：我家有羊	135
苦于内心才是真苦	137
全民打工岂敢定居	139

拮据原意不是手头紧 …… 141

思念亲人就回家 …… 143

没有烦恼的猕猴桃 …… 145

两情相悦不容易 …… 147

坏事做绝，死都不安生 …… 149

涕泗滂沱为美人 …… 151

尽可能做个乐观的人 …… 153

先贤后人又一年 …… 155

悲痛欲绝的词语表达 …… 157

读读情诗动动心 …… 159

婚姻不是富矿 …… 161

今夕何夕 …… 163

守护父母 …… 165

明星煌煌 …… 167

明月何时染乡愁 …… 169

子有酒食，鼓瑟吹笙 …… 171

日月其除，珍惜光阴 …… 173

颠倒衣裳忙奔波 …… 175

心之忧矣，理解万岁 …… 177

隐患藏于生活 …… 179

不如意成就如意 …… 181

同仇敌忾对敌人 …… 183

所谓伊人，在水哪一方 …… 185

今者要乐，乐在平实 …… 187

友谊第一，打猎第二 …… 189

于平凡中寻找快乐 …… 191

美女扎堆便如云	193
你的附加值是什么	195
鹿鸣宴与谢师宴	197
人言何足畏	199
承接人生风风雨雨	201
遇人不淑伤不起	203
不做筑室道谋之人	205
龟厌不告：凡事忌过度	207
我真的爱莫能助	209
世间尽是长舌妇？	211
文化之根藏于历史	213
你是否不愧屋漏？	215
难得绰绰有余	217
进退两难的狼	219
怎样才能出口成章	221
你的人生是否飘摇过	223
你对谁毕恭毕敬	225
有些心思不能动	227
不要离家太久	229
谦虚低调做学问	231
凤凰于飞的美好	233
滔滔江水胡天胡帝	235
寡人无疾不可救药	237
官过留下什么名	239
允文允武干事业	241
不稂不莠没出息	243

故乡最讲脸面 …………………………………………………………… 245

何故充耳不闻？ …………………………………………………………… 247

跋山涉水回家过年 ………………………………………………………… 249

酒后不妨露点骨 …………………………………………………………… 251

大吃大喝"上河图" ……………………………………………………… 253

别具肺肠 …………………………………………………………………… 255

附庸风雅不好装 …………………………………………………………… 257

活得好才是真的好 ………………………………………………………… 259

一半是理想一半是现实 …………………………………………………… 261

优哉游哉不容易 …………………………………………………………… 263

无声无臭没出息 …………………………………………………………… 265

莫忘前人种的荫凉 ………………………………………………………… 267

兄弟阋墙窝里斗 …………………………………………………………… 269

寤寐求之竟不得 …………………………………………………………… 271

接新娘子回家离婚 ………………………………………………………… 273

雎鸠是一只什么鸟 ………………………………………………………… 275

荇菜不是用来吃的 ………………………………………………………… 277

葛布，既绵软又倔强 ……………………………………………………… 279

捉只蝈蝈来 ………………………………………………………………… 281

卷耳与木耳什么关系？ …………………………………………………… 283

死活都要见桃 ……………………………………………………………… 285

尽拿麻雀出气 ……………………………………………………………… 287

后记 ………………………………………………………………………… 289

"忧心忡忡"的深度表达

张慧琳 作

西施颦眉,不是忧心忡忡,是心口疼。东施效颦,也不是忧心忡忡,是学人家的乖模样。忧心忡忡,表达的是一种"深度情感"。

忧心忡忡,也可以是儿子对父亲的病情忧心忡忡,妻子对丈夫的安危忧心忡忡,母亲对女儿的处境忧心忡忡。总之,忧心忡忡所表达的情绪有震撼力、感染力,较为形象、生动、具体,宛如饱蘸了情感的如椽巨笔,在生活的草稿本上尽情书写。

忧心忡忡出自《诗经·召南·草虫》。《草虫》,描写的是一个女子对丈夫的思念和与丈夫阔别重逢的喜悦心情。女子去南山采摘野菜的同时,守望归来的丈夫,忧愁得心神不宁,悲伤无比,低声唱道:"喓喓(yāo)草虫,趯趯

（tì）阜螽（zhōng）。未见君子，忧心忡忡。"寥寥短语，无遮无掩，情绪释放，对丈夫的关切、思念之情溢于言表。

如今，忧心忡忡的"深度"情感表达正日益稀少。太空不算，人世间已然没有了"距离"，网络不但稀释了忧心忡忡，也稀释了忧心如焚、牵肠挂肚、度日如年等其他"深度"传递情感的词语。

距离在一般情况下不但产生美，也产生情感；距离越远，情感越深——不是说近距离或无距离就没有情感，但这种叫思念、担忧的情感却一定是距离愈远才愈深。距离还产生神秘感，距离让人心荡神摇。而在如今网络世界里，人们对一切都了如指掌，有事随时可以沟通；两人实在想得慌，打开视频头，一切尽收眼底，此时，人人眉开眼笑，故作一下深沉都显得不合时宜，忧心忡忡更无发芽、生长的土壤。

毫无疑问，让生活便捷起来的一切工具都是稀释忧心忡忡等深度情感的"罪魁祸首"——短信"火"，亲笔信笺少了；航班繁密，期盼与期待少了；核弹头多了，人类的文明岌岌可危了；动车越来越快了，城市的差异越来越小了；添加剂多了，人们越来越不知何为"纯正"之味了。

《草虫》里的女子，假如生活在现代，大抵是无须忧心忡忡的，也全无那种心情去欣赏"喓喓草虫，趯趯阜螽"；即便眼睛见得到，心也想不到。心里想不到，那山野之上虫鸣鸟叫的风景，年轻女子急切、纯朴、真挚的情感，便不复存在了。那才是美丽的人生。

原载于 2012 年 6 月 2 日《新商报》

小吏的咏叹调

张慧琳　作

"朝九晚五"是一个概念、伪命题。我相信绝大多数人,还没有享受到"朝九晚五"的生活快感。特别是在"市场"里游走的人,整日奔波与忙碌才是生活的主调。

《诗经·召南·小星》描写的正是一个普通人的生活状态,令人颇感意外的是,"这个人"竟是小吏,公务员。

公务员如今是热门职业,热了好多年。如今考公务员的难度超越高考。但再难,也挡不住青年男女热切追逐这一职业的心。想必,如今公务员的日子比《小星》中的小吏要好过得多,否则怎么会让人趋之若鹜?

《小星》中的小吏公事繁重,星夜奔波,身心困顿至极。他独行于茫茫的黑夜之中，不禁抱怨起命运的不公、日子的难挨。能够想象得到这位年轻人（姑且视为年轻人）当时的处境，夜路，黑压压的郊外，风声鹤唳，草木皆兵，天寒地冻，胆子不被吓破已是谢天谢地。当然，不知这位小吏是与哪个阶层的人比处境，比现状，竟感觉不公平，发出"嘒（huì）彼小星，三五在东。肃肃宵征，夙夜在公。寔（shì）命不同！嘒彼小星，维参（shēn）与昴（mǎo）。肃肃宵征，抱衾（qīn）与裯（chóu）。寔命不犹"的喟叹。抱着——或者背着铺盖卷儿赶路，确实很辛苦。小吏级别很低，没马骑，没星级驿站住。

"夙夜在公"这个成语便专指人从早到晚忙于公事。

不过，我以为，年轻人刚参加工作，需要一点"夙夜在公"精神，不管是不是公务员。如果年纪轻轻，已是"朝九晚五"的生活状态——过于优越，何来斗志？

人生中，那些熬过的夜、拼过的日子，以及因此而雀跃欢呼的时刻，才是一生辉煌的注解。

原载于 2012 年 6 月 9 日《新商报》

古代女子也失眠

张慧琳　作

一般来说，男人容易失眠。男人操心。女人说男人，或者男人说自己，"爷们！"响亮，底气足。为了这个"社会效果"，男人得奋斗，拼搏，煎熬，流汗。兴奋了，睡不着；萎靡了，睡不着；成功了，睡不着；失败了，也睡不着。让男人睡不着的事儿，比女人的头发多。

女人的睡眠质量该是普遍的好。

可是，曾经"耿耿不寐"的人却是一个女人；"耿耿不寐"的原因"如有隐忧"。这是《诗经·邶风·柏舟》中的"主角"。这个女人睡不着觉的具体原因是遭到丈夫冷遇、兄弟冷脸、小人中伤。当一个人的家庭生活、人际关系都出了问题，可就是个很复杂的问题，不要说女人会失眠，男人遇到也往往苦闷不堪，长吁短叹，一筹莫展。不过，男人潇洒，可以借酒消愁，做做大丈夫的样子；女人偶尔为之，一不留神喝个烂醉，耍个酒疯，让人笑掉大牙。

"耿耿不寐，如有隐忧"成为成语"耿耿于怀"的来源。往往，人因某事耿耿于怀时，十之有九会处于失眠状态，躺在床上，辗转反侧，"烙饼"。失眠是现代人健康的最大敌人之一，一晚，面容憔悴；两晚，面色焦黄；三晚，面如菜色。再接下去，神思恍惚，风雨飘摇，足下无力，人将不人了。

除却病因的失眠，其他，都是心事。心事耿耿于怀，不管是男人或者女人都度日如年。

《柏舟》中的这个女子正处于人生的荒野与险滩，面对生活，却没有自暴自弃，而是保持了一个坚定的信念和豁达的人生观——"我心匪鉴，不可以茹（rú）……我心匪石，不可转也；我心匪席，不可卷也；威仪棣棣（dì），不可选也"——我的心不是镜子，不是谁都能来照……我的心不是石头，不可以随意转移；我的心不是席子，不可以随意卷起；我的外表庄重而典雅，哪能退让任人欺侮。这样的女子，算得上生活中的强者，她虽然耿耿于怀，也耿耿不寐，却只是一时心神杂乱，比起那些遇到点挫折、困难就一蹶不振的所谓大丈夫来说，要强很多。

亦有说法，《柏舟》是男人言志之篇，是一个不遇明主、抱负难展的男人在倾诉心中的忧愤。仁者见之谓之仁，智者见之谓之智，暂不去讨论。

原载于2012年6月16日《新商报》

泣涕如雨的情感宣泄

张慧琳　作

　　古人似乎经常泣涕如雨、泪流满面：爷们之间、爷们与女子之间、女子与女子之间。爷们之间，有君臣关系的、哥们关系的、父子关系的；爷们与女子之间，有夫妻的，爷们与红颜知己的，爷们与妹妹、女儿的；女子与女子之间，有娘俩的、娘儿们与江湖姐妹的、亲姊妹的。人说大丈夫有泪不轻弹，那是只缘未到伤心处。

　　古时候的人，动辄泣涕如雨，是有先决因素的，路远是一个重要因素。从长安到我老家甘肃榆中（秦始皇拓边时派大将军蒙恬在此筑城），距离一千二百多里，快马加鞭得好几天。那是职业军人的行军速度，一般百姓跑一趟，要是步行的话，怎么也得几个月。还不说路遇劫匪、遭猛兽、患疟疾、陷绝境，九死一生。若再远，从北到南，从西到东，乃至出了边境，去了"乌鸡国"，人想活着再见一面，有时比登天还难。

那确实得泣涕如雨，也值得泣涕如雨一回。那种情形下，根本不用催泪弹、辣椒水、花椒酱。两人一照面，一对眼，一哽咽，眼泪就哗哗地随风飘开了。

阳春三月，是个好日子。你看水暖草长，燕子翻飞，多么美好的生活景象。可是，妹妹却要在此时远嫁他乡。那是他国的他乡，不是君主的地盘。看着妹妹愈走愈远的背影，年轻的君主泪如雨下，"燕燕于飞，差（cī）池其羽。之子于归，远送于野。瞻望弗及，泣涕如雨"（《诗经·邶风·燕燕》）。那种伤心发自肺腑，那些眼泪饱含了哥哥的不舍与留恋。

历史上，不少爷们都泣涕如雨过。刘备摔阿斗时，一时"泣涕如雨"，"看客"多评价说刘备是在收买赵子龙的心。诸葛亮在写《出师表》时，最后也涕零满面，这篇饱蘸忠义的文章千古流芳。我是觉得，能够让一个大老爷们流泪乃至涕泪横流的多半是动了真感情，情不自禁，真情流露，否则岂不天生就是演员坯子？不信咱试试，若不遇上大伤大悲，你让咱涕泪一下？哪怕一小会儿。

这世道，笑比哭好。有时该哭，却来不及哭。前段儿高考，某一家人为了不影响女儿复习和考试，对女儿隐瞒了父亲病逝的消息。待知道真相时，女孩儿泣涕如雨，可惜，阴阳相隔两茫茫。此情此景与《燕燕》中宣泄的情感有着本质的区别。

如今生活中类似《燕燕》所描述的泣涕如雨的情况不多见了，且呈日益稀少之势。是否，眼泪都被物质稀释了，被高铁、飞机、短信拽得七零八落？

原载于2012年6月23日《新商报》

别看你衣裳楚楚

张慧琳 作

现在说衣冠楚楚。不知怎么,由衣冠楚楚,我很容易联想到衣冠禽兽。衣冠禽兽原本不是贬义,其来源于明代官员的服饰。据史料记载,明朝文官官服绣禽,武官官服绘兽。到明朝中晚期,宦官专权,政治腐败,老百姓把为非作歹、道德败坏的文武官员称为"衣冠禽兽"。清代以后,"衣冠禽兽"彻底沦落为骂人的话。如今骂人——"你这个衣冠禽兽的东西",特狠,特毒,尤其出自漂亮女人之口。

衣裳楚楚不是骂人的话。《诗经·曹风·蜉蝣》说:"蜉蝣之羽,衣裳楚楚。心之忧矣,于我归处。"——傍晚来了,漂亮的蜉蝣成群聚集在暮色之中飞舞,但转眼之间,翅膀脱落,掉在地上,积了一层,死了。蜉蝣是一种昆虫,有两对翅膀，薄而透明，寿命很短，一般只有几个小时到一周左右。诗人想表达的是，你们这些老爷（官员），别看个个衣冠楚楚，但不过像蜉蝣的翅膀，时光短促，而我们一介平民，无名无分，但大家的归宿都一样。

诗人目睹了蜉蝣荣华生死的短暂一生，感到生命是那般脆弱，发出了殊途同归的慨叹。既是对自己人生苦短的喟叹，潜意识里也有对达官贵人济民行善的提醒。——你今天衣冠楚楚，但大家都没多少活头，咱们最后都得去一个地方。

如今，形容人穿戴得好，西装革履，头发抹得像狗舔似的，似乎不太用衣冠楚楚了。如果用，有时还加双引号，加上双引号，自然不是褒义。

《蜉蝣》的后几句更如晴空霹雳，让人颤栗："蜉蝣之翼，采采衣服。心之忧矣，于我归息；蜉蝣掘阅（"阅"通"穴"），麻衣如雪。心之忧矣，于我归说（说同"税"，歇息）。"华丽漂亮的衣服还没穿热乎，该到麻衣如雪白晃晃的时候了，人的生死，一眨巴眼的事儿。

《诗经》是我国古代第一部诗歌总集，是先民的歌声，多为男女言情，亦有流离疾苦、忧国忧民、愤懑抒怀之词。可谓中华民族情感之源，亦是语言之源。现代词语中的许多词汇、成语、典故、谚语、格言都出于此。

因此，尤其是孩子读一读《诗经》，摇头晃脑地读一读《诗经》，滚瓜烂熟地背一些篇章，仿佛是在幼小的心田里种下一棵向日葵——向着阳光，仰起一排小脑袋瓜，那是生命与人性的启蒙与曙光。

原载于 2012 年 5 月 26 日《新商报》

木瓜木桃木李充当爱情信物

王嘉琳 作

  水果早已没有南北方的概念了,在我老家兰州街头,南方有的水果那里也有。在我生活的广州,很多超市里新疆哈密瓜、兰州白兰瓜随处可见。
  木瓜应算南方的一种水果。兰州没有木瓜树,倒是广州萝岗区附近的火炉山周围的林地长着很多木瓜树。那次我去时,木瓜虽然个头怪大,但还未熟,不能食用。偶尔路过城乡的一些结合部,路边就有卖木瓜的,旁边就是木瓜地,农民"出口即销",售价比超市相对便宜。我们一买就是一箱,说是一箱,也就八九个而已,一个星期,就"消化"了。
  不知道《诗经》中的木瓜是不是我们现在常见的木瓜,我想是。现在的木瓜,就是一种水果,吃起来绵软香甜,有一种隐隐的木香,味道很独特,尤其是老人和孩子吃起来颇为理想。可你知道吗？古时候，木瓜还是男女之间的一种定情信物。

我猜那时，人们目光所及之处，能当成礼物送人的东西并不多，也没有"礼品城"，更无处"淘宝"，所以除了木瓜，还有木桃、木李什么的，就"升格"成为礼物，并荣幸地成为男女之间的定情信物。

女孩子送给男孩子木瓜、桃子、李子，表明心迹；男孩子自然不能白要，来而不往非礼也——还个什么礼呢？琼琚、琼瑶、琼玖，"琼"乃美玉美石的通称，琚乃佩玉，瑶乃美玉，玖乃黑色的玉——总之，都是玉，是那个年代里无价的宝贝。女孩子得了男孩子的玉，两人海誓山盟，永不分离。

《诗经·卫风·木瓜》为我们描述的爱情纯洁、高雅。

但木瓜、桃子、李子的用处似乎不仅仅局限于爱情中的礼尚往来，《诗经·大雅·抑》中有"投我以桃，报之以李"——你送我桃子，我回你李子，朋友之间，君子之交，投桃报李，乃为最高境界。

如今一般性的礼节往来中，有人也送果篮——果篮里得装水果，可木瓜这样"普通"的水果似乎拿不出手了，进口高档水果，好不好吃不晓得，价格贵得令人咋舌，越来越是主角。光水果有时还不能表达心意，逢年过节时，果篮正中，在水果的掩映下正襟危坐一瓶洋酒。

玩笑话。如今哪一个女孩子要是拿木瓜、桃子、李子给男孩子定情，女孩子自己笑掉大牙不说，男孩子看着也胆战心虚，犯迷糊，这算什么事儿！水果之类好吃，可睹物思情，物进了肚子，不见了，拿什么念想？亲。

我先人为主，设定为女孩子送男孩子木瓜、桃子、李子——如果男孩子送女孩子木瓜、桃子、李子为定情信物，脾气暴躁的女孩子闹不准能把木瓜砸男孩子脑袋上——我妈养我这么大，就值个木瓜？

原载于 2012 年 5 月 5 日《新商报》

报告：敌人逃之夭夭

王嘉琳　作

"夭"这个字很有意思，有完全相反的两层含义，一是夭折，死亡，在中国人眼里，是不吉利的字眼儿；二是草木茂盛，兴旺，大家都喜欢的兆头。

《诗经·周南·桃夭》中的"夭"的含义，属于后者。"桃之夭夭，灼灼其华（huā）"——形容桃花盛开，鲜艳灿烂。其实，这只是表层意思。《桃夭》是作者送给新婚新人的一篇优美的贺词，借助桃花赞美新娘纯洁美丽，美艳如花，也祝福新人婚姻美满，家族兴旺。

若"桃"字改为"逃"字，意义则完全相反了。"逃之夭夭"，无须解释，都知道是跑得无影无踪的意思，是一种诙谐、幽默、滑稽的说法。比如，唐僧师徒与白骨精打仗，白骨精打不过孙悟空跑了，猪八戒高兴地对唐僧喊，师父师父，这妮子逃之夭夭了，就比较合适。如果曹操和刘备打仗，形容曹操逃窜或躲藏——报告刘总，曹操老贼逃之夭夭啦，那刘备和诸葛亮会捋着胡子乐上一阵子。

桃子则彻头彻脑是个好东西。祝寿的叫寿桃；"桃李满天下"形容老师传道、授业、解惑，为人师表；桃李不言，下自成蹊，指真诚、忠实的品行能感动别人。"桃之夭夭"在一起，当然是绝佳组合。而"逃之夭夭"则有点像小资、网友的专用名词，君不见，如今网名为"逃之夭夭"的大有人在，这边一个"逃之夭夭"，那边一个"逃之夭夭"，都在网络世界里潜水，有时发个言，诙谐、幽默得一塌糊涂。

不管有的专家如何看，孩子们读一点《诗经》是大有裨益的。万一哪一天一个人名字中出现"夭"字，一下子想到《桃夭》，也会显得"有文化"。年轻人长大后自主创业，给自个儿的公司起名，夭夭广告、夭夭设计什么的，也许能提高"注视率"。

对于古人高度的文字概括能力，后人难以望其项背。也许《诗经》时代词语匮乏，新词少，人要赋予一些词语以更多的定义以满足日益增长的物质、文化的需要。而如今，一些新词层出不穷，隔三岔五就有这个热词那个热词热闹一阵子，可一阵风刮过，流行的词汇就像马踏过的青草，歪歪扭扭，"溃不成军"，别说千年，一年后还没"逃之夭夭"，就得感谢站在食物链顶端的物种之大智慧了。

原载于 2012 年 5 月 19 日《新商报》

母亲的好要一生牢记

王嘉琳　作

　　小猫小狗，养起来不容易。张嘴的东西，养起来都不容易。养孩子，更是不容易中的"上品"。有的孩子能养好，"生子当如孙仲谋"；有的孩子没什么大出息，但平平安安也是福气；有的孩子没养好，为非作歹，祸患一方，为人父母者纵然痛心疾首，悲天抢地，但于事无补。命运！还有的孩子先天残疾……对于母亲来说，当时眼前一黑，但双目再亮起时，满眼温柔，此后，风雨、憔悴、挣扎、劳作，一生的付出只为"母亲"二字。

　　好孩子中，有的光是自己好，却不管爹妈的温饱；有的孝顺爹妈，始终当娘的贴身小棉袄，端茶送饭，嘘寒问暖；有的工作忙，没时间，就给钱；有的没时间，也没钱，但心热。世间百态，百样人生，如水年华，细细品咂，意味深得很。

常记得母亲的好的孩子,自是好孩子。天下,哪一个母亲都过得不容易。如今只生一个,母亲拉扯起来尚且苦楚多多,古时没有计划生育,爹妈跟着"感觉"走,来者不拒(也拒不了),家家户户人丁兴旺,满院子跑孩子,孩子满院子跑,那些当母亲的哪一个不累得要死。孩子长大后能常念叨母亲的苦和好,便是母亲的期盼,也是她一生修的福。

《诗经·邶风·凯风》中的母亲,生子七人,七人都活得很好,母亲算得上英雄母亲。母亲仙逝后,孩子们追忆母亲抚养自己含辛茹苦的经历和对他们殷切的期望,自责没有成就一番大事业,不能告慰母亲的在天之灵,很是惭愧与懊悔。

诗中曰:"凯风自南,吹彼棘心。棘心夭夭,母氏劬(qú)劳。凯风自南,吹彼棘薪。母氏圣善,我无令人。爰有寒泉?在浚(xùn)之下。有子七人,母氏劳苦。睍睆(xiàn huǎn)黄鸟,载好其音。有子七人,莫慰母心。"读至此,心生困惑——何为寒泉?是指清冽冰凉的泉水。寒泉在何地?在浚。浚是春秋时卫国之城邑。大意是母亲靠寒泉之水,将子女抚养成人。此外,寒泉或也可理解为母亲劳苦、忧患的一生和多舛的命运。语言演变,久而久之,用"寒泉"来形容母爱的伟大,成为习惯。

成语"寒泉之思",便由上述诗句而来,形容天下儿女对母亲的思念与感激之情。

我想,今为儿女者,应常回家看看;将母亲接至身边悉心照料;经常为母亲添置一些衣物、美食,都不为过。像母亲当年照料自己一般照料母亲,母亲一定乐得合不拢嘴。

原载于 2012 年 6 月 30 日《新商报》

这个世界,添加了太多的剂

王嘉琳　作

　　都知道远亲不如近邻,但越来越多的人不把邻居当回事,奉行"三不"政策,不咋相信,不打招呼,不打交道。有难心事宁可烂到肚子里,也不找邻居说。十天半月不回家,花花草草的就算被渴死旱死,也不把钥匙交给邻居替他浇浇花,救救那些垂死挣扎的花草的命。更不用说谁还会把孩子交给邻居,把户口本、身份证这些重要的凭证交给邻居保管、转递一下,那不如直接要了城里人的命!

不管承认不承认，邻居这个词儿，在城里，在很多的小区，普通的或者高档的，已沦落为"陌生人之一"，若干年后的《现代汉语词典》保不准这么解释：邻居，原指城市里住在隔壁的关系较为亲密的人，现已在城市绝迹，属于乡村专有词语，城市描绘这一特定关系一般用"隔壁的"。

　　我以为，邻里关系是几大关系之一，其他关系还有夫妻关系、父（母）子关系、兄弟姊妹关系、哥们关系、上下级关系、幕僚关系、伙伴关系等。但邻里关系比较特殊，一般，无物质之利诱、无情感之纠葛、无经济之纠纷、无暴力之胁迫，是一种根据居住地自然而然形成的牵连，事先无法选择，需要长期磨合、交流，后达到高度互信。此种关系自古就有，从古至今，凝聚力呈衰减之势；进入20世纪90年代后，呈迅速衰减及灭绝之势。

　　《诗经·邶风·谷风》亦有对邻居的描写，看看人家——"凡民有丧，匍匐救之"。民，指邻里。丧，指凶祸之事。匍匐，手脚并用，比喻尽力而为。救，不用解释，大家都知道。一言蔽之，邻家有难，全力帮扶。此言出自一位女人之口，是一位贤惠的妇人，遭到丈夫抛弃，妇人声泪俱下地讲述自己在夫家平日里的所作所为，既是控诉，又是表白。不管其他，能看出当时邻里之间关系的默契、和谐、友爱、互助。

　　鸡犬相闻的年代，户与户之间，踮起脚尖便可打个招呼，缺盐少油，从墙头就能接过来，那情景真如一幅动人的图画。哪里会想到，现在城市里的我等老百姓却渐渐"老死不相往来"，是钢筋禁锢了人的情感，是利欲熏黑了人的心？

　　世间最难开的是心锁，最坚固的是心墙。"90后"私下会网友，可谓勇敢地向壁垒挑战，可是，有的人被骗得很惨。

　　这个世界，添加了太多的剂，90%是水，10%是毒。

原载于2012年7月7日《新商报》

帅哥也是稀缺资源

王嘉琳　作

水多的地方不缺水，山多的地方不稀罕山，但奇山异水始终是稀缺的。人海茫茫，人头攒动，没啥稀奇的；可英雄、美女始终是稀缺的。

如今都叫资源。

不管何时，单凭一副好皮囊也能"混"社会；若好皮囊再包上一颗经雕琢的心，那可就与奇山异水没什么区别。《诗经·邶风·简兮》描述的就是一位会跳舞的帅哥，人家其实是在"耍"——耍剑，万舞中耍剑。周代的万舞，是一种大型舞蹈，分武舞与文舞。武舞就是耍兵器，文舞就是抓着野鸡毛和什么乐器，翩跹起舞。古时和平年代歌舞升平，人人都会两下子。女子翩跹摇曳妩媚生姿，自是不新鲜。男子闻鸡起舞，剑走游龙，也不新鲜。但一个男人，武舞、文舞俱佳，便是才艺超了群，双绝。就像现在的个别演员，唱了男声唱女声，都风生水起；演了男人演女人，几可乱真，那就比别人多了一样能耐，自然引人注目。帅哥帅，又文武全才，真是盖了大帽了。别说情窦初开的小女子瞬间就把人家当了偶像，就是大老爷们，估计也啧啧称赞。

未经世事的小女子心荡神摇，意乱情迷。可惜，无论何时，帅哥是大家的帅哥，不是哪个人的白马王子。宫廷宴会一结束，帅哥就闪了。帅哥可能是个职业舞蹈家，逢重大场合才出场；可能是谁家的公子哥儿，借机露了一手，以期在周王面前留下一个好印象，谋个官职。总之，曲终人散时，空荡荡的大殿只剩下孤零零的小女子，真如同一场梦境。

小女子的失落如猫爪子挠心。《简兮》的具体描述是：

硕人俣俣（yǔ），公庭万舞。有力如虎，执辔（pèi）如组。

左手执籥（yuè），右手秉翟（dí）。赫如渥（wò）赭（zhě），公言锡爵。

其实，舞蹈是人性之本。人出生时，哪个不是以手舞足蹈的方式来到人间？只是，如今，逐渐地，我们的手脚仿佛被什么东西束缚住了，更多的人只会走路，敲打键盘，最多奔跑。不要说舞蹈，有时，连彻底的弯腰都觉得吃力；不要说旋转，还没转就晕了。

男人之舞，舞出利剑出鞘；女人之舞，舞出换代江山。想来那是何等凌厉之舞。

古时，舞蹈是人的必修课，男人舞剑，剑是利器，不会舞的话，断然不敢登场。女人翩跹，不能舞得风生水起，长袖就能自己把自己捆了。

阳刚之人舞到极致，一定是无边落木萧萧下；阴柔之人舞到极致，一定是一段伤春都在眉间。

帅哥者，赶紧练舞。

原载于 2012 年 7 月 21 日《新商报》

执子之手,非要与子偕老?

罗佩昕　作

前两天,两个年轻人回母校拍婚纱照。正好端午节放假,我不在现场。从现场拍摄的照片能够看出,俩人脸上都洋溢着幸福。有什么理由不幸福?大学同学,校园牵手,毕业后结婚,完美的婚姻开始。

哪一种婚姻开始就不完美?古代,父母之命、媒妁之言的婚姻开始就不完美?相比完美的开始,开始即不完美的只是少数。婚姻的真正完美,体现在"执子之手,与子偕老"的过程与结局。即便开始不很完美,但后来"经营"

得好，也会完美。

婚姻，关键在"过"，"过程"。

想象不到，看起来意蕴无穷、优美无比的"执子之手，与子偕老"曾是一种呐喊，悲泣的呐喊，悲痛欲绝的呐喊，歇斯底里的呐喊。如此幸福的句子何来与"悲伤"联袂？《诗经·邶风·击鼓》曰：击鼓其镗（tāng），踊跃用兵。土国城漕，我独南行。——战鼓齐鸣，镗镗作响，战士们操练刀枪，勇猛无比。战友们都在挖土筑城，我却要赶赴南方的战场。军人的岗位就是战场，可是"死生契阔，与子成说"，"于（xū）嗟阔兮，不我活兮"——我与你已经立下誓言，生死永远不分离。如今却天各一方，叫我怎么活下去？

年轻的战士并不是贪生怕死，而是面对即将赶赴战场，生死未卜、归期无望的人生境遇，想起曾对妻子立下的重誓和许下的爱的宣言，悲伤之情无以复加，乃至肝肠欲断，痛哭流涕。

这是一个有责任感的男子汉，是个大丈夫。

婚姻中人，品质优劣的体现无非首先是承诺，之后是践行。空头支票不值钱，走了旁门左道令人惋惜与痛恨。眼观人事更迭，那些当初"执子之手"的人，中途放弃"与子偕老"的承诺，而牵了另一双纤纤玉手且嘴里继续念叨"执子之手，与子偕老"的人，风起云涌，比秋后的蚂蚱还多。

世上多一个负心汉，便多一个薄命女。

乃至有一天，会不会有人说，执子之手可以，为何非要与子偕老？那样岂不很累？更有欲相互执手之人，执手前，先算账，把各自的账算清楚，省得离婚时打得鼻青脸肿。

那样的婚姻，一开始就有缺陷，一点都不美。

有的人，一生不与"子"执手，想过一起过，不想过就分开。只是，人终有老时，走不动路、生活不能自理时，无"子"偕老，乃暮秋之悲凉、人生之枯寂，哀哉。

两位年轻人自此开始了幸福的一生，我希望他们一生不出现"执手相看泪眼，竟无语凝噎"的哀伤，而是与子偕老，老到掉牙。

原载于 2012 年 7 月 14 日《新商报》

胡不归

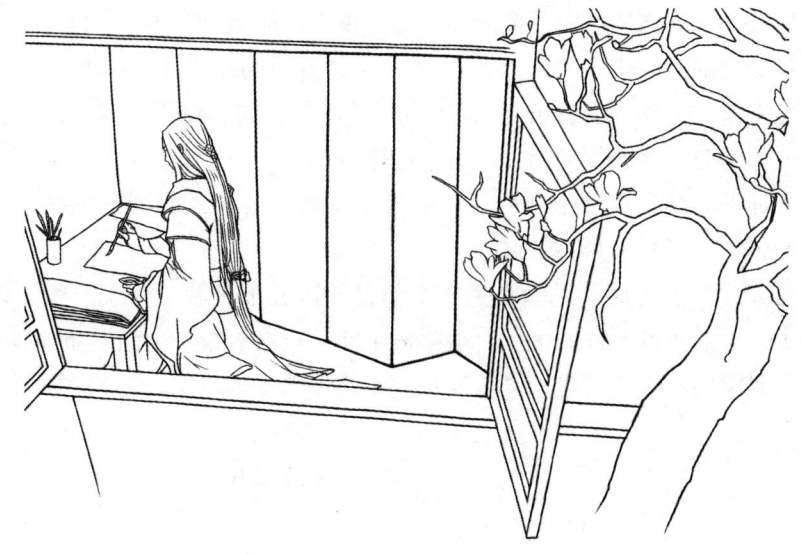

罗佩昕 作

  单位刚来了年轻人，显然，属于对工作不适应、无头绪那种。教他，表现得还是毛毛躁躁。起初，该下班下班，该上班上班，不早来，不晚走。正点。哪里是年轻人的工作状态？分明是老江湖的做派。

  年轻人刚参加工作，注定有一段"熬"的过程。熬夜，熬神，熬体力，熬青春，熬得没了什么棱角，却长了很多智慧、阅历、经验，才算出头。这个过程，说短，得三年，说长，十年并不为过。到那时，或许可以朝九晚五，按点来，按点走，挥一挥衣袖，不带走一丝麻烦。当然，也有个别年轻人，熬得过头，熬出一身病，胆囊炎、脂肪肝、高血压、颈椎病……不足取。既要熬，还要照顾好自己，用"中庸之道"对待自己的身体，方为上策。

天下没有无缘无故掉下来的轻省的工作。轻省的工作，多时，自己搞不到，得有权有势有钱有派的老子给，"啃老"。

　　古时候大多数人干的工作也很累。累了也要发牢骚。《诗经·邶风·式微》曰："式微式微，胡不归？微君之故，胡为乎中露？式微式微，胡不归？微君之躬，胡为乎泥中？"这些年轻人很惨，为主子干工作，风餐露宿，满身泥泞，苦不堪言。有家不能回，一天两天可以，十天半月也能忍受，可是，长年累月那么干，就不是工作，而是丧失了自由，被盘剥、压榨，主子不人道。

　　"胡不归"——胡，"为什么"之意。为什么不能回家？这是弱势群体对生存状况的呐喊，但嗓门虽大，却底气不足，作用甚微。多时，劳动力是买方市场，你不干有人干。卖方市场也有，你得混成专家、足够专业人员，离了你地球不转那种——你当然可以质问老板：吾已倦极，胡不（让吾）归？

　　排除那种蚕食健康、生命，以盘剥为主要目的的用人方式，我觉得，年轻人刚开始工作，不要轻易冒出这句"胡不归"？这一句，伤不了老板的心，伤的是你的人、职涯。要不信的话，尽可小范围一试。

　　加班加点、披星戴月是一种斗志。哪个团队不要斗志？萎靡不振、暮气横秋的情景，与年轻的岁月不搭调。

　　前两天看一篇文章，说一女生找工作，开口五千月薪，少了不行，多给不要。少了，生活质量不好；多了，得拼命干活，报答老板，生活质量亦不好。

　　是个聪明的女生。可是，老板若也这么想，那就太可亲、可敬、可爱了。

原载于 2012 年 7 月 28 日《新商报》

携手同行

罗佩昕 作

至今,"携手"仍往往与"同行"并用。

携手同行就是手拉手,一起走。两人可以一起走,一大群人也可以一起走。毋庸置疑,能携手同行的人关系自是非常亲密,一般都用来形容并肩作战的战友。携手同行体现了一种气势、力量,那种气场不是一般的勾着手、遛遛马路就能"造就"的。

近日读国际著名记者、作家伊斯雷尔·爱泼斯坦写的《宋庆龄——二十世纪的伟大女性》,对"携手同行"更有深刻感受。孙中山去世时,宋庆龄才32岁。在已经过去的近十年的婚姻生活中,他们从未分开过。孙中山是宋庆龄的丈夫、领袖、导师以及给她父亲般慈爱的人。那十年,用"携手同行"来形容他们是恰如其分的。他们经历了艰难险阻、纷飞战火、生离死别,为"携手同行"做了最好的注解。

"携手同行"实则出自《诗经·邶风·北风》，原本是一首逃亡者之歌。在当时那种烽火连天、社会动荡、危机四伏、朝不保夕的情况下，诗歌作者号召朋友和战友们携手同行，抵挡风雨，开拓前进，寻找光明的未来。诗歌虽仅有短短九句，却主题宏大，意义深远，你看：

北风其凉，雨（yù）雪其雱（páng）。惠而好我，携手同行（háng）。其虚其邪？既亟只且（jū）！

北风其喈（jiē），雨雪其霏。惠而好我，携手同归。其虚其邪？既亟只且！

莫赤匪狐，莫黑匪乌。惠而好我，携手同车。其虚其邪？既亟只且！

携手同行，携手同归，携手同车。只要真心携手，同仇敌忾，以什么方式奔走并不重要。但大方向则很重要。

有的人携手，奔着光明；有的人携手，奔着黑暗；还有的人，心有灵犀地携手陷入贪欲的泥潭，最终奔大牢而去。

原载于 2012 年 8 月 4 日《新商报》

搔首踟蹰

罗佩昕　作

　　爱情是甜美的，但等待爱情到来的过程未必甜美，这一点，爱过的人会感同身受。而且，以爱情的名义，普通人与伟人没什么不同，也唯有爱情，才是独立的、自主的、率性的、来不得半点强迫的（过去的包办婚姻和强扭的瓜显然不在此列）。因此，当孙中山与宋庆龄决定结婚时，宋家因孙年龄与宋父相同的问题，坚决反对，但两人意志坚决，打破藩篱，终成革命的伉俪。叶挺同志喜欢上高中生李秀文时，李父因其女尚小，要求叶挺当上团长再说，很快，叶挺团长娶李秀文为妻，两人几十年互敬互爱，相濡以沫。

　　伟人、名人的爱情有时来之不易，令人感叹、唏嘘。

　　《诗经·邶风·静女》讲述的是普通人的爱情。

约会，是爱情开始的前奏，是序曲，是两人相知、相熟的重要一环，得认真对待。诗歌中，一个老实巴交的小伙子在城市的某一个角落等待心中的女子。他等了很久，在翘首期盼之中，女子还不出现。小伙子不由得心烦意乱，其表现方式为抓耳挠腮，来回踱步——想象一下，时而还来几个拳击和弹跳动作。但诗歌中用了"搔首踟蹰"四个字。

成语"搔首踟蹰"正出自这里。

"静女"，显然指的是女子在小伙子心目中的美好；静女，亦淑女也，指有文化、文静、贤淑的女子。通过此诗能够看出，在两千七百多年前的城池中，风尚与社会文化如此开放、包容，小伙子与女孩子能大大方方地在城市的某一个角落约会，诉说衷肠，是何等弥漫着爱情芳香的风景。

从诗中看到，那时情人间的约会也非常朴实，宛如山野间吹过的一缕风；表达爱情的信物，信手拈来，随处可见——当小女子姗姗来迟时，手执着的是"荑"，一种叫白茅的草；向对方赠予白茅，便等于从心里接受了对方，苦苦等待的男青年怎不心花怒放，欣喜若狂？

是的，真正的爱情，都是淳朴的，都如山野的风、涧谷的溪流、冰川的雪，发自本心，无私心杂念，原汁原味。凡与此背道而驰的，都不是所谓的爱情。

只是，食人间烟火者众，钻戒、房子、车子、票子……纷纷成为爱情的注脚。

《静女》原诗让人沉醉，需细细品咂：

> 静女其姝（shū），俟（sì）我于城隅。爱而不见，搔首踟蹰。
> 静女其娈，贻（yí）我彤管。彤管有炜，说怿（yuè yì）女（rǔ）美。
> 自牧归（kuì）荑，洵（xún）美且异。匪女之为美，美人之贻。

原载于2012年8月11日《新商报》

黍离之悲

罗佩昕 作

人在江湖,哪里会整日笑逐颜开?

有时真愁。工资低,待遇不好,日子难挨。有时真烦。领导骂,同事排挤,下面人捣乱。有时真苦。累得腰杆子都不是自己的,苦不堪言,真想索性辞去一切,寻一处园子,学陶渊明去。

人一定都有上述各种不佳状态之时。当你忧心忡忡的时候,善于"打理"自己的人,则会控制情绪,尽快走出泥沼。反之,人则惆怅、哀伤、寝食难安,陷入"亚健康"状态。自然,若人在忧心之时,能有一两知己诉诉苦,唠唠嗑,怨气说不准会消散许多。

当然,人也有无缘无故"闹情绪"的时候。说无缘无故,其实也不贴切,比如想起故乡时，想起病弱的父母时，想起童年的一些伙伴时，人往往会彷徨、愁闷，显得心事重重的样子。当这种情绪不知不觉地"传染"给别人时，你的知己是一种感觉，无关人等又是另一种感觉。正所谓"知我者谓我心忧，不知我者谓我何求？"若你在工作中，时时让人觉得踌躇满志，意气风发，也不是什么好事。更何况被人觉得你贪求荣华富贵、地位名利，更是很不妙的一种印象，年轻人应当杜绝。

产生以上的"情绪"，是因为读到《诗经·王风·黍离》。这首诗歌是一位士人悼念故国的挽歌。士人曾是周朝的士大夫，国家灭亡以后，他旧地重返，见昔日宫殿夷为平地，长满了庄稼，真可谓人物皆非，繁华落尽，破败不堪，他不由悲恸不已。

如此看来，只有庄稼——黍与稷——那时民之主粮，在世事更迭面前才处事不惊、容颜未改。

风雨、岁月、别离，这些容易让人情绪波动的词语让这位旧朝达官缓缓地走在田间地头，情绪低沉、心思凝重。

民以食为天，因此，黍与稷这两种粮食在中国具有崇高、神圣的地位。"黍离之悲"意为亡国之痛。"社稷"为国家、江山的代名词。何为黍？去皮后，叫黄米的即是；何为稷？去皮后，叫小米的即是。或"黏者为黍，不黏者为稷"。

让我们在亡国士人的情绪中振奋图强：

彼黍离离，彼稷之苗。行迈靡靡，中心摇摇。知我者谓我心忧，不知我者谓我何求。悠悠苍天，此何人哉？

原载于 2012 年 10 月 6 日《新商报》

载驰载驱的女诗人

张春怡　作

　　世界上第一位爱国女诗人是何方人氏，姓甚名谁，作品是什么？春秋早期诸侯六国之卫国的许穆夫人，姓姬，系卫宣公之子姬顽（昭伯）之女，诗歌作品为《诗经·鄘风·载驰》是也。

　　小姬嫁给许穆公，成为许穆夫人；之前是快乐无忧的卫国皇家少女。卫国从政治角度考虑，将小姬同志嫁给了许穆公。小姬嫁到许国后一直很怀念家乡。特别是公元前660年，狄国攻陷卫都，卫懿公被杀，卫人在一个叫漕邑的小县城拥立许穆夫人的哥哥卫戴公继位后，许穆夫人对哥哥的处境非常担忧，心急如焚，恨不得飞回去帮助哥哥解除卫国外患。

　　大兵压境下的卫国最缺的是援兵，许穆夫人请求夫君出兵援救，但该爷们明哲保身，不愿出兵。许穆夫人只好在夜色掩护之下悄悄带领随嫁卫国的姐妹星夜兼程赶往漕邑，与逃到那里的卫国宫室和刚被拥立的哥哥卫戴公见面后，兄妹来不及嘘寒问暖，便在一起商议复国之策。

卫国新君采纳了许穆夫人等人的建议，招徕百姓四千余人，一边出台措施让大家安顿，一边让他们练兵习武。

许穆夫人还建议新君立即派人向齐国、宋国求援，齐桓公是许穆夫人的舅舅，宋桓公是许穆夫人的姐夫，大家岂有见死不救之理。恰在此时，许穆公派来的大臣追赶而来，不但没有对许国不出兵援助卫国表示丝毫歉意，还指责许穆夫人不辞而别，抛头露面，有失体统，让许穆夫人赶紧随他们回去复命。面对这些大臣的自私、无礼，许穆夫人怒不可遏，义正词严地斥责道："既不我嘉，不能旋反。视尔不臧，我思不远。既不我嘉，不能旋济。视尔不臧，我思不閟（bì）。"让许国大臣哑口无言。

《载驰》最为出色的是开头两句："载驰载驱，归唁卫侯。"八个字言简意赅地表现了许穆夫人星夜兼程、拯救卫国于围困的心情和刚毅果断的性格。成语"载驰载驱"也出自于此。

齐、宋两国派来的援兵打退了狄兵侵略，令卫国收复了失地。不久，戴公病逝，许穆夫人的另一哥哥卫文公继位。两年后，卫国恢复了在诸侯国中的原地位，且一直延续了四百多年的历史与辉煌。

许穆夫人写过许多思念故乡的诗篇，她的诗饱含强烈的爱国情感，有很高的文学价值，受到历代名家推崇。

正所谓——有所思，诗以言志，不分男女。

原载于 2012 年 8 月 18 日《新商报》

老鼠有皮人何无礼？

张春怡　作

人活一张脸，树活一张皮。凡物皆有皮，老鼠也不例外。鼠辈自古以来处于社会底层，上不得台面。老鼠过街，人人喊打。

老鼠与人的关系为何搞得这么僵硬，似乎有不共戴天之深仇大恨，不得而知。但老鼠形象猥琐，身材"九短"，性格阴险，惯常偷窃，也可能是导致它社会地位低下的主要原因。

也有人想正面树立老鼠的形象。美国动画片《料理鼠王》便刻画了这样一只小老鼠——雷米，它在嗅觉方面有着无与伦比的天赋，不想整日里过地下的胆战心惊的肮脏生活，想正儿八经地从厨房拿东西吃，想成为五星级的大厨，做一手好菜。在这样一个故事背景下，人与鼠结成了奇特的联盟，终于做出了美味佳肴，演绎了老鼠与人从互相恐惧、不信任，到消除隔阂、互信、互爱、互助的全过程。

艺术的虚构。

自古至今，老鼠若想彻底颠覆传统形象，进入上流社会，与人和谐共处，仍然遥遥无期。

早在《诗经》时代，老鼠便以丑陋的艺术形象出现在人们的口口相传中。《诗经·鄘风·相鼠》曰："相鼠有皮，人而无仪。人而无仪，不死何为？相鼠有齿，人而无止。人而无止，不死何俟（sì）？相鼠有体，人而无礼！人而无礼，胡不遄（chuán）死？"《诗经·魏风·硕鼠》曰："硕鼠硕鼠，无食我黍……硕鼠硕鼠，无食我麦……硕鼠硕鼠，无食我苗……"前一首诗的大体含义是：老鼠都有皮，人却不懂礼仪，不知廉耻，不懂守礼。后一首诗的含义是：大老鼠呀大老鼠，不要吃我的黄黍、麦子、禾苗，我还要留着它养家糊口。两首诗角度迥异，主题不同，却都是对老鼠的丑化，或以老鼠的丑陋影射当权者的丑恶面目。

尤其前诗更有所指，鼠辈终身以偷为营生，自然毫无礼仪可讲，但老鼠也有一层皮，知道廉耻，人却不如老鼠，不如死了拉倒。诗歌对当时的社会统治阶级进行了辛辣的讽刺。

更可以从前诗中看出，中国对礼仪的重视年代久远，果不负礼仪之邦之盛名。据考证，南北朝北周始设礼部，历代相沿袭，礼部最大的官为礼部尚书。礼部的主要职责为制定、执行吉礼、嘉礼、军礼、宾礼、凶礼规则，并监督其规范使用。

从朝廷到民间，从古代到现在，礼无时无刻不在影响着人们的生活。即便如今，凡经过些世事的成年人，对各种各样的"礼"都有深切的感受。

有理走遍天下。有"礼"同样走遍天下。前者是硬道理，后者是软实力。

原载于 2012 年 8 月 25 日《新商报》

切磋与琢磨

张春怡 作

　　工作上，人经常要互相切磋。切磋不是一个人干的事儿，自己和自己切磋那是心理障碍，有毛病。切磋是几个人的事儿、集体的动作。这个词儿一眼看下去就有力道，够"狠"。琢磨。人经常会琢磨，琢磨十之八九是自己的事儿，这个词就显得有些"阴险"——琢磨心事儿，琢磨同事，琢磨领导，琢磨对手，琢磨美女、帅哥；还有喜欢琢磨军事的、政治的、国际贸易的、外汇储备的、木乃伊的，时而发道"质询帖""英雄书"。

古时候，作坊里的工人加工兽骨、象牙、玉、石时，吱吱呀呀的，一定不好听，但听久了，也习惯了，为此还创造了"切、磋、琢、磨"四字。其中，雕刻骨器叫切，雕刻象牙叫磋，雕刻翠玉叫琢，雕刻美玉叫磨。后来这门传统的手艺被现代化和机械化了，四个字的用途便广泛地混迹于民间和人们的口头上。

有个成语叫"切磋琢磨"，它是由"如切如磋，如琢如磨"简化而来。而"如切如磋，如琢如磨"则出自《诗经·卫风·淇奥》。这首诗是称赞一位君子的。这位君子住在"江南山水"旁的竹林里，相貌端庄英俊，佩饰高雅，器宇轩昂，并且宅心仁厚，品行高尚。诗人对其的赞美不遗余力，美誉至极，算是一种个人崇拜。

  瞻彼淇奥，绿竹猗猗（yī）。有匪君子，如切如磋，如琢如磨。瑟兮僴（xiàn）兮，赫兮咺（xuān）兮。有匪君子，终不可谖（xuān）兮。
  瞻彼淇奥，绿竹青青（jīng）。有匪君子，充耳琇（xiù）莹，会（kuài）弁（biàn）如星。瑟兮僴兮。赫兮咺兮。有匪君子，终不可谖兮。
  瞻彼淇奥，绿竹如箦（zé）。有匪君子，如金如锡，如圭如璧。宽兮绰兮，猗重较兮。善戏谑兮，不为虐兮。

卫地在今河北南部与河南北部一带，《卫风》是卫地劳动人民创造的民歌，民歌自然广泛传唱。你听：眺望那淇水弯弯处，翠绿的竹子长又长。文质彬彬的君子啊，有如象牙经过切磋，有如美玉经过琢磨。他仪表庄重，风流倜傥。他光明磊落，威仪显著，叫人永远难以忘怀……

不知当年诗人笔下的这位君子到底姓甚名谁，但一个人能落得这般赞扬，且在民间被经久地传唱，那是何等的不易。或者，这是那个时代人们想象出的艺术形象，代表一种美好的心愿和向往。

不得而知。

原载于 2012 年 9 月 1 日《新商报》

隐是一种手段

张春怡　作

这个时代，隐者日稀，躁者日盛。

隐，是一种主动的姿态；躁，也是一种主动的姿态。主动者，非被动而为之。被动的隐与躁，是禁，是绝。

古人有言曰："大隐隐于朝，中隐隐于市，小隐隐于野。"我以为，此中之"大、中、小"，有时也不好一概而论之。因为不管怎么隐，隐到哪里、何处，隐的都不是肉身，而是心境。而心境之豁达与空旷，是一个未知数。纵是获过诺贝尔奖的科学家，凭借多么缜密的运算和先进的仪器，也断断称量不出心思之复杂与奇巧。

古往今来，不乏隐者。大抵能够得上"隐"的层次的，我以为都得是有渊博文化之人、深邃思想之人、深刻见识之人，否则，哪里是什么隐士，分明就是一个村姑、野夫、鼠辈而已。

《诗经·卫风·考槃（pán）》正是一位隐者之歌："考槃在涧，硕人之宽。独寐寤言，永矢弗谖。考槃在阿，硕人之薖（kē）。独寐寤歌，永矢弗过。考槃在陆，硕人之轴。独寐寤宿，永矢弗告。"大意是：涧水急下绕山而过，水畔林中击缶而唱，好一个自得其乐的壮士！好一个大德宽怀的隐士！独来独往独而不孤，独睡独起面水而言，志士不移气壮山河，好一幅天地人的大气画卷。

没有想到，或者想到了却疑惑的是两千七百年前居然就有隐者。你看那个时代，民风淳朴，人际关系简单，日出而作，日落而息，对酒当歌，人生几何，岂非逍遥得很的生活？隐来隐去到底为何？

——我幼稚了。有人的地方，就有政治、纷争、尔虞我诈，就有一个"利"字当头。这个"利"字，一边是禾苗，庄稼，一边是镰刀，收割，自诞生之日起，就不是个省心的字儿。人当隐者，无非是要逃避现实，融入山水，过优哉游哉的乡野生活，就是逃离"利"而避"祸"。

如此，我们知道，任何时代，都有怀才不遇之人，有愤青，有不满足于现状者，两耳不堪"利"扰，唯有眼不见心不烦。

只是，人来到世界上，哪里是为"隐"呢。君不见，如今隐者日稀，躁者日盛，为了不"隐"或不被"隐"，男人挥舞拳头，女人除去衣衫，都想成为大众眼里的"尤物"。

史上著名的隐者，如诸葛亮、陶渊明、姜太公……最后都显赫一时，这就说明，隐是一种手段。

原载于 2012 年 9 月 8 日《新商报》

巧笑倩兮,美目盼兮

张春怡　作

古往今来,文人骚客对于美女的描写都是不惜笔墨的,从中也产生了许多经典之作,或者词语,或者段落。古人曰"文无第一,武无第二",然也。但具体到一处风景、一个美女的描写,那还是有高下的;有时,高下还很明显。如两千七百多年前,文人描写美女是如此下工夫:"手如柔荑(tí),肤如凝脂,领如蝤蛴(qiú qí),齿如瓠犀(hù xī)。螓(qín)首蛾眉,巧笑倩兮,美目盼兮。"从作者笔下看,这是何等国色天香的女子。美得不得了。而此段文字也因为"美"到极品，已成为千古传诵的写美女的名句，如今但凡读过书或者没怎么读过书的，都知道"肤如凝脂""巧笑倩兮，美目盼兮"，足以说明其的确是经典之笔。

上面的赞美之词说的是这个美女"手指像细草般柔软灵活，雪白的皮肤像凝脂一般光洁平滑，脖子像天牛的幼虫那样既白且长，牙齿像瓜子儿一样扁而整齐；她额头丰满眉毛弯弯，浅笑盈盈，还有两个酒窝，眼睛黑白分明顾盼生波"。

几千年前和几千年后，单从这段文字来看，人们对于美女的评价标准没有什么明显变化。看来，美好的事物是不会因时间、地点的变化而发生本质的变异的。而从古至今评价女子是否美的主要标准还是在脸上，一白遮三丑，一俊遮百丑，更不用说女子既"白"又"俊"。树活一张皮，人活一张脸，女人的脸，因其何等重要，故而，化妆品无论何时何地都大行其道，所谓烟可禁，赌可绝，脂粉不可灭。

说了半天，上面这个美女到底是谁？她是齐侯之子，卫侯之妻，东宫之妹，邢侯之姨，谭公维私——是齐庄公的女儿、卫庄公的妻子、齐国太子得臣的妹妹……地地道道的"皇二代"，齐国公主庄姜。

《诗经·卫风·硕人》描写的是庄姜出嫁时的情景，细致地记录了豪华、壮丽、盛大的场景。因为新娘出身高贵、天生丽质，于是诗人极尽形容、誉美之词，却是丝毫也不过分。

"螓首蛾眉"这个成语便常用来形容女子的美貌。因为庄姜，中国"四大美女"要改为"五大美女"："沉鱼落雁"中的主角毛嫱、丽姬（后来被形容更为著名的西施、昭君），"闭月羞花"中的主角貂蝉、杨妃；而第"五大美女"应由庄姜领衔。

原载于2012年9月15日《新商报》

围城之困

余京 作

对于婚姻，每一个当事者都有话要说。有的觉得幸福，有的觉得欠缺，有的觉得凑合，有的觉得难以为继。婚姻是由一个个日子累积而成，而日子，尤其是百姓的日子，必然要经过柴米油盐酱醋茶之浸泡，要说高雅，Very romantic（非常浪漫），是相当不容易。而让日子质朴、本真、有乐趣，倒是不太难。其实，婚姻出现裂痕中的绝大多数，是当事者心有了质变，而不是日子本身有了量变。

《诗经》时代，青年男女的婚姻是不是全由父母包办，未研究过，不敢肆意妄言。但《诗经·鄘风·桑中》和《诗经·邶风·静女》都描写了男女约会的情景。约会的地点是桑林、城隅，都不是什么隐秘得见不得人的地方。由此看出，至少在那个时代，有一部分年轻人的恋爱是自由的；恋爱自由了，婚姻何来胁迫？

但进入婚姻之后，不是所有的人都生活得很幸福。清官难断家务事，家家有本难念的经，《诗经·卫风·氓》就是一名妇女对婚姻的"自白"。

这个女子进入婚姻也不是被包办——"氓（méng）之蚩蚩（chī），抱布贸丝。匪来贸丝，来即我谋。送子涉淇，至于顿丘。匪我愆（qiān）期，子无良媒。将子无怒，秋以为期"。大意是，农家小伙子笑嘻嘻地抱着布来换我的蚕丝。不是有心换丝，而是借机来找我商量婚事。送他过淇水，送到顿丘才分手。不是我故意拖延婚期，是你没找个好媒人。请你不要生我的气，约定秋天作为婚期。

这自然算是有基础的婚姻，基础还很不错。但之后的生活，这名女子却满肚子怨言——"三岁为妇，靡室劳矣""夙兴夜寐，靡有朝矣"，做妻子三年，家务辛劳没有不干。早起晚睡，天天如此，活儿干不完。这还不是不幸福的主要原因，关键是"女也不爽，士贰其行""士也罔极，二三其德""言既遂矣，至于暴矣"——我没有什么过错，男人却反复无常，三心二意，粗暴无礼。

每一个女子都像童话世界里的公主，对生活充满了想象和憧憬，骨子里全是浪漫与追求，这是女子的天性使然。但是，当她得不到尊重、呵护，得不到唯一的爱时，便对婚姻没有理由不失望，不懊恼。

个性很强的女子客观地描述了从初入围城到与丈夫产生矛盾，最后意欲一刀两断的全过程。

生活是创作的源泉，短短一首诗，出品了若干成语——载笑载言、二三其德、夙兴夜寐、白头偕老、言笑晏晏、信誓旦旦。

而"白头偕老""信誓旦旦"等成语，如今中华大地妇孺皆知，这要感谢那个对生活不满的女子。

原载于2012年9月22日《新商报》

首如飞蓬

余京 作

很早前,看到一位朋友的博客名字叫"首如飞蓬",很愣怔了一下;那时不知"首如飞蓬"的出处,学识非常浅薄。就想,叫"首如飞蓬"这么个名儿,哪里有文化的气息?

一般情况下,没有哪个女子愿意以"首如飞蓬"的形象示人?倒是有些时髦的年轻人,尤其是时髦的女生,故意把个脑袋弄得如同飞蓬一般,说不上好看,也说不上不好看。除去这种故意折腾成"飞蓬"样子的,其他形式的飞蓬,一定有伤大雅。

而且，别说女子蓬头散发，就是哪个小男生、老爷们两三天不洗头，首如飞蓬，夹杂了树叶子、草棍棍、西北的沙尘什么的，或者头发与油渍搅和在一起出现在人面前时，你一定恶心半天。

生活中，当一个女子真的首如飞蓬、不再为悦己者容时，那一定是有原因的，而主要的原因大约还是为情所困，因情而伤。我思忖很久，似乎对于一个女子来说，除去这个情字，是没有太多理由让她蓬头垢面的——除非那种生来就极为邋遢的婆姨。

在任何一座城市，冷眼观望都市丽人，就是忙得丢了脚后跟，但对待自己的脸和头发，都不敢马虎，也不想马虎。很多女子的绝大多数业余时间都是在琢磨自己的头发、自己的脸、自己的衣装，似乎那是与生俱来的一个人的历史责任。

"首如飞蓬"出自《诗经·卫风·伯兮》。诗中描写的是一位因丈夫东征而无意梳妆打扮的女子，任由首如"飞蓬"，懒得打理——打理了也没人看，"岂无膏沐？谁适为容？"——不是没有雪花膏、头油，是擦了、抹了没有人欣赏。真是一位率性、天真的女子。

诗读来朗朗上口：

伯兮朅（qiè）兮，邦之桀兮。伯也执殳（shū），为王前驱。
自伯之东，首如飞蓬。岂无膏沐？谁适为容？
其雨其雨，杲杲（gǎo）出日。愿言思伯，甘心首疾。
焉得谖（xuān）草？言树之背。愿言思伯，使我心痗（mèi）。

"岂无膏沐？谁适为容？"已经成为女子懒于梳妆打扮的"硬道理"；而"甘心首疾"这个成语也用来形容男女之间互相思念的痴情与焦灼。

在古代，女子的头发可是大有讲究的，自小到大，一生相随，而且不可在人前"飘逸"，连很会生活的作家李渔在《闲情偶寄》中似乎也未对女子的头发"指手画脚"。

如今，女子的头发早就解放得一塌糊涂，如今流行的恰恰是飘逸的感觉，同时应散发着某种香草的气味；不能这样，也一定要弥漫着淡淡的芳香；无法让香气飘散，也要看起来顺滑、有光泽。而要达到这种效果，实在是要费些心思的。

原载于2012年9月29日《新商报》

不日不月

余京 作

现在人们一般都说"没日没月"。"没日没月"是否来自"不日不月",不清楚。但"不日不月"这个成语出自《诗经·王风·君子于役》,是确凿无疑的。

男人自古以来都要服兵役。不过有时是自愿的,有时是被迫的。花木兰代父从军,是不得已的事。虽然花木兰的父亲出身行伍,从小把花木兰当男孩培养,花木兰十来岁时,父亲常带她到村外小河边练武,骑马、射箭、舞刀、使棒,样样精通。空余时间,花木兰还喜欢看父亲的兵书,但这也不代表花木兰长大以后必须去当兵，女孩子没这个义务和责任。可是当国家遇到外敌侵扰，每家必须出一名男子上前线去打仗时，花木兰的父亲也没辙了，他是个老男人，儿子年纪又小，都上不了战场，花木兰只好替父从军。这一出"戏"，一演就是12年，对家中的亲人而言，完全可以用"不日不月"来形容那种盼望花木兰回家的焦急、煎熬的心情。

男人去打仗，有的能凯旋，有的出师未捷身先死——遗体都找不到了，有的则马革裹尸，什么情况都有。尤其是有些时候，战争频仍，硝烟不断，家家户户的壮年男丁都上前线了，都留老弱妇孺在家务农、织布，真是一幅令人唏嘘不已的民生百态图。

《君子于役》一诗描绘的场景是：当夕阳西下，牛羊下山，鸡鸭回笼，家家户户炊烟扶摇袅袅时，忙碌了一天的女主人不由得停止劳作，仰望丈夫出行的方向，心中满是忧虑和酸楚。丈夫没日没月，归期遥遥，是否会受到饥渴的折磨？

《诗经》为中国先秦时代的百科全书。应该说，类似的"民生作品"在书中占相当大的比例。《君子于役》是其中的优秀之作。诗文如下：

君子于役，不知其期，曷至哉？鸡栖于埘（shí），日之夕矣，羊牛下来。君子于役，如之何勿思！

君子于役，不日不月，曷其有佸（huó）？鸡栖于桀，日之夕矣，羊牛下括。君子于役，苟无饥渴！

"日之夕矣"——也可能是中国最早的关于黄昏情境的描述，夕阳西下，那种凄凉却又充满无限遐思、爱恋的景色让人久久回味。

值得一提的是，诗中妻子称丈夫为"君子"，"君子"在当时有特定的"指向"，要么贵族，要么读书人家。显然，本诗所描绘的是乡村的场景，男人应该是一个农家小伙子，这位妻子大概是读过些书的，把对丈夫的尊重体现在字里行间。

能够激发人们无穷想象的文学，是出类拔萃的。

原载于 2012 年 10 月 13 日《新商报》

生之初,生之后

张春怡　作

人与人的差别,正是在生之初与生之后——生在啥家,有啥命运。尽管命运有时非动车组,只认一个方向,但人海观潮,大方向是恒定的,虽可逆转,却要"死缠硬磨"。因此,与生俱来的荣华,是福气;与生俱来的贫穷,是无奈。还有与生俱来的幸福、健康、残疾、灾难……均多时不以人的意志为转移,执拗得很。

也许,这就是命运的不公吧。老天爷的眼睛有时也患白内障,看不清世道,分辨不出丑陋与善良。

人既然无法选择生之初,又有时无法决定生之后,那心态就很重要。《诗经·王风·兔爰》的作者生之初如兔子一样逍遥自在,从容自得地在田间地头散步。生之后却如野鸡撞进罗网，碰上无数的苦难、忧愁、灾祸。此处未具体说何苦难、忧愁、灾祸，但那时百姓遭遇的十有八九是服兵役、服劳役、被盘剥，这是压在劳动人民身上的几具桎梏。

这样的生之初与生之后的强烈对比，便让诗人心中愤世嫉俗的呐喊喷薄而出，那是一种焦灼、悲愤、无奈。

从诗中可以看出，诗人生活的年代不是盛世华章，百姓不能安居乐业。诸侯之间为了抢地盘，连年攻城略地、烽火连天，战争频仍之下，老百姓当然得有钱出钱，有力出力，他们的"自由身"是统治阶级的"囊中之物"，往往被肆意取之，挥霍之，根本不用打招呼。此种情形之下，哪里会有心甘情愿"付出"的百姓？

这位诗人还能借助文字发发牢骚，宣泄不满的情绪和苦闷，而其他人，只有强忍着悲伤与家人生死别离，被统治者的指挥棒挥来使去。

《兔爰》的确是一首非常悲伤的诗：

有兔爰爰，雉离于罗。我生之初尚无为；我生之后逢此百罹（lí）。尚寐无吪（é）！

有兔爰爰，雉离于罦（fú）。我生之初尚无造；我生之后逢此百忧。尚寐无觉！

有兔爰爰，雉离于罿（tóng）。我生之初尚无庸；我生之后逢此百凶。尚寐无聪！

从这里，看到"百罹、百忧、百凶"——百者，量大者也，故此，也有百家、百业、百般刁难、百弊丛生。以及百姓。

当然，"生不逢时"历来是很多文人的哀叹。从当时的那种社会现实看，哀叹当然有道理，但对于个体而言，毕竟不算积极"面对"之列，大抵与"天生我材必有用""时势造英雄""天将降大任于斯人"等观点相悖。

任何时代，都可有作为。关键不在你生之初，而在你生之后。

原载于2012年10月20日《新商报》

别样的"新婚燕尔"

余京　作

"金榜题名时""洞房花烛夜",自古以来都是人生两大美事。

新婚燕尔,当事者高兴,旁观者也高兴——打住,"旁观者"若为情敌,则恨得牙根子痒痒。特殊情况不在此列。

"新婚燕尔"四个字就用来祝贺、形容新人新婚大喜,是个好词儿。此外,细心的读者还会发现,这四个字偶尔被写成"新婚宴尔""宴尔新婚""宴尔新昏",颠来倒去,还就一个意思,人家结婚,大家"发昏",一块儿乐!因为在古汉语中,"宴"字通"燕"字,"昏"字通"婚"字。

　　但有些人可能没想到,这四个字所要表达的本意为贬义,指男人再娶娇娘作乐之意。"再娶",是二房、三房、纳妾、续弦?不得而知,或许其中一种,再无他。如此,要是照着本意,用这四个字祝贺新人新婚,估计男人高兴,但女人未必高兴——俺是黄花闺女,他可是二进宫、二锅头!

　　《诗经·邶风·谷风》中的"宴尔新昏",正是出自一名哀怨的弃妇之口。

　　女主人勤勉持家、任劳任怨,当小日子越过越红火正要奔小康之际,丈夫忘恩负义、喜新厌旧,不但要迎娶新媳妇儿,还对女主人施以家庭暴力之后将其"扫地出门",而女主人落难之际,正是新媳妇儿进门之时。

　　弃妇边走边"喊"——走出家门我的步履如此沉重,脚步向前我的心如此不甘。谁说荼菜味道苦啊,比起我的痛苦它比荠菜还甜。你只图新婚快乐,早已忘记了我们爱的誓言……

　　这男人,搁到什么时候都不是人!

　　古汉语是我们的国粹,也是我们宝贵的精神财富,我们务必视为珍馐,慢慢品咂。而有些词语,时过境迁,原意有所改变。个别词语,意思已大相径庭,我们理应追根溯源,或不能知其然不知其所以然。

　　当然,笔者不是说"新婚燕尔"再不能拿来祝福新人,她如一颗石子,岁月的长河已经将其涤荡得"面目全非",如今得到吉言祝福的一对对新人,也许会在爱情的征途上走得更远、更长。

原载于 2012 年 4 月 28 日《新商报》

回娘家

梁晓炫 作

男大当婚,女大当嫁——嫁作他人妇,自然要离开娘家。女婿倒插门是特殊情况。

俗话说,女儿是娘的小棉袄、心头肉;用"一日不见,如隔三秋"来形容天下的娘与女儿之间的亲密关系,不会有人反对。

回娘家,便是一件兴高采烈的事儿。《诗经·周南·葛覃》,描述的是一位女子回娘家的快乐。在女人眼里,林间黄鸟翻飞,叽叽啾啾,葛藤枝叶繁茂,郁郁苍苍,女子步履匆匆地赶路——想快点见到父母的急切与兴奋的心情体现得淋漓尽致。

那时是手工业社会,走路靠"11"路。女人再若嫁得远,回家一趟自然十分不易。《葛覃》中的女子在夫家紧张劳作了一年,得空探亲,"黄鸟于飞,其鸣喈喈（jiē）"——恨不得也长一双翅膀快点飞回家去。沧海在变，桑田在变，亲情不变。

只是令人不解的是，女子为何一人回娘家？嫁出去的女儿回娘家，除非特殊情况，理应与丈夫、儿女一起。一家人团团圆圆地回家，代表女儿日子过得好，生活顺心，这样父母才高兴。且回娘家，又是"一年一度"，必不能空手，当备办一些瓜果、美食孝敬父母，同时请父母分送邻里乡亲。但《葛覃》中均未提及。

一人回娘家有几种情况，一种是经常回，娘家近，来去方便；一种是受了委屈，赌气跑回去寻求精神或体力支援；一种是夫婿忙，出差，公干，顾不上；一种是被休，被"退货"，彻底回了娘家。我国文学史上第一部长篇叙事诗《孔雀东南飞》讲述的庐江府小吏焦仲卿之妻刘氏，便是被婆婆遣回了娘家。娘家逼她再嫁，她为旧情所困，投水而死。丈夫仲卿闻之，亦自缢于庭树，两人谱写了可歌可泣的绝世爱情。

现代社会，不管娘家路之远近，坐飞机个把小时即可到达。火车，也不过一两天，回娘家越发简单。且如今电话、视频格外方便，女儿想娘，一天可以打N次电话。要受了委屈，更可以"恶人"先"告状"，好家伙，娘家接到电话兴师动众而来，找夫婿兴师问罪。现代社会，男人见此阵势，多数是老虎变猫，"喵呜"两声，赔礼道歉拉倒。《诗经》时代的娘，娃多，现在的娘，就一个娃，谁要是把人家的女儿欺负回了娘家，没好果子吃。

《葛覃》里的女子，显然不是被"遣"，也不是回家搬救兵，所以她快乐，我们也快乐。

原载于 2012 年 6 月 16 日《新商报》

古汉语的精致表达

梁晓炫　作

读《诗经》,越觉得自己知识浅薄,觉得如今的大多数书和大多数文章,是没有任何嚼头的,从头至尾如同白开水一般。

《诗经》里的每一首诗歌,语言的表达都是精致的,都恰如其分,含蓄隽永,这些作者,个个都称得上是文字"工匠"、艺术大师。

《诗经》产生于西周初年(约公元前11世纪)至春秋中叶(约公元前7世纪),那时西周面临灭亡,各路诸侯各自为政,特别是春秋时期,各路诸侯趁机扩张自己的势力,收服周边一些小诸侯国。天下战祸频仍,民不聊生,很多穷苦百姓在纷乱的战事中失去了家园,只能流离失所、背井离乡、骨肉分离。《诗经·王风·葛藟》记录的正是这样一段经历:

绵绵葛藟，在河之浒。终远兄弟，谓他人父。谓他人父，亦莫我顾。

绵绵葛藟，在河之涘（sì）。终远兄弟，谓他人母。谓他人母，亦莫我有。

绵绵葛藟，在河之漘（chún）。终远兄弟，谓他人昆。谓他人昆，亦莫我闻。

诗中有三个地方提到藤蔓缠绕的野葡萄长在河边这一场景，现在的人表达这一方位，大概就是河边、河侧、河旁、河畔，有限的几个词语而已。但都无"水"。而古人用了"浒""涘""漘"三个字，不但都有水，而且灵动、精致、雅静许多。这几个字，即便在现在作家的文章中，也近乎绝迹了，更不要说在百姓的一般表达和话语中了。

作为一部儒家的经书，《诗经》也是中国优秀传统文化中的核心经典之一。著名历史学家顾颉刚先生说："《诗经》这一部书，可以算作中国所有书籍当中最有价值的。"

《诗经》不单纯是从文字的精致方面给人以教诲、熏陶、滋养，作为先秦时代的社会生活、政治文化、家庭氏族、山川风貌、花鸟鱼虫、风花雪月等的"大百科全书"，它给人的教益、启蒙，并不因年龄大小而有何不同，男女老少，人人得益。

比如，《木瓜》中出现的"琼琚""琼瑶""琼玖"，皆为玉，但是不同的玉；比如《氓》中出现的"以尔车来，以我贿迁"的"贿"，指的是嫁妆，并非行贿受贿；比如葑菲之采，源自《谷风》"采葑采菲，无以下体"，指的是不要因葑菲根茎叶苦而舍根取叶，比喻夫妻相处，应以德为重，不要嫌弃女方色衰，所指含蓄且有意义。

读透《诗经》，便读懂了中国文化。

原载于 2012 年 10 月 27 日《新商报》

一匹白驹的意象

梁晓炫　作

刚出生的马、驴、骡子，被人称为驹。与驴子、骡子不同，人们说起小马驹儿，觉得贴切、可爱。因为马给人们的印象，与人们的关系，以及在战争中发挥的作用不是驴子、骡子可比的。

唐僧骑的是白龙马、吕布骑的是赤兔马……名人有名马，名马都有名儿，名人与名马都可以名传千古。张果老同志骑的是驴，驴自然没了这个"待遇"，驴子在绝大多数时候就是一个工具。

小马驹的毛有各种颜色，黑的、棕的、白的……这之中，最属白驹最"另类"，也最富有神奇的意象。因为自《诗经》开始，"白驹"这个词儿，不单单指马驹，还指人，还指时间。

《诗经·小雅·白驹》中就描述了这样一匹可爱的小马驹：

皎皎白驹，食我场苗。絷（zhí）之维之，以永今朝。所谓伊人，于焉逍遥。

皎皎白驹，食我场藿（huò）。絷之维之，以永今夕。所谓伊人，于焉嘉客。

皎皎白驹，贲（bēn）然来思。尔公尔侯，逸豫无期。慎尔优游，勉尔遁思。

皎皎白驹，在彼空谷。生刍（chú）一束，其人如玉。毋金玉尔音，而有遐心。

诗的大体意思是，光亮皎洁的小白马，吃我菜园里的嫩豆苗。绊住马足拴好缰绳，尽情欢乐就在今朝。我心想贤人终来临，在此做客乐逍遥……诗的前三段写的是主人竭力殷勤挽留客人的心情，后一段写客人执意要走时主人希望他能常寄佳音，保持联系，毋绝友情。

作者浓墨重彩地表现白驹的可爱、灵动，实则是在形容那位贤士的优秀与卓越。从诗歌中看，那位贤士不是一般人，如果不是执意离开，则会被封公、封侯。能被封为公、封为侯的人，得有大才，能办成这件事的只有君王。

这首诗或许表现的是在国家多灾多难之际，君王竭力挽留贤士的迫切心情——这只是后人的猜测，到底是不是这回事，如是，是哪位君王想任贤用能，不得而知。

不管是惜别诗，还是挽留诗，"白驹"自此被后人代指贤士。

在庄子笔下，白驹则又被代指流逝的时间，《庄子·知北游》曰："人生天地之间，若白驹之过郤（隙），忽然而已。"意指小白驹飞速一闪，时光就流逝了，形象、生动，那个"瞬间"，换成别的什么，如公鸡、狗、蝴蝶、麻雀……都没白驹好，不信试试：人生天地之间，若麻雀之过隙，忽然而已——笑死人了。

原载于 2012 年 11 月 3 日《新商报》

巧言如簧近于厚颜无耻

梁晓炫 作

有的人生下来就能说会道，舌头长，舌头尖，伸缩自如。不可否认，会说话也是一种能力，能言善辩者始终比木讷迟钝者能吸引人的眼球。对于天生具备语言表达功能的这种人，一般情况下，我们当佩服之。只要他言之有理，言之有据，不胡说八道，信口雌黄。

在历史弥漫的烟云中，能说会道者多矣，诸葛亮舌战群儒，子贡游走于诸侯之间，形形色色的"辩士"不战而屈人之兵……他们有勇有谋，与他的国家和君王肝胆相照，可谓一片赤子之心。

但亦有一种人的表现叫"巧言如簧"，这个成语表达的是一种贬义，指的是阿谀奉承、虚伪不实的言论，语出《诗经·小雅·巧言》。

不可否认，巧言如簧者遍布角角落落，他们或"隐"于野，或"隐"于市，或"隐"于朝，或"隐"于公司、企业、庙堂，他们看似与常人无异，说起话来"言之凿凿"，但往往行捕风捉影、顾左右而言他之实。一旦露出马脚、破绽，却丝毫无愧疚之色，而是仍旧大言不惭，可谓"颜之厚矣"。

巧言如簧者，必须做到颜之厚矣。

脸皮厚，亦要靠修炼。脸皮似面皮儿，北方人包饺子，擀皮儿，皮太厚了，擀面杖擀两下，太薄了，揉一揉，重擀。厚与薄之间，代表"包容度"的多寡。人的脸皮看似面皮，但修炼到家，遇大风大浪，我自岿然不动，俨然厚过铜墙铁壁。

脸皮厚过头了，一定会"无耻"。无耻者，无畏也。

历史上，这样无耻、无畏者亦多矣，比如和珅、秦桧、魏忠贤、李林甫、李莲英……他们一边巧言如簧，一边厚颜无耻，因此所到之处的人际生态，无不摧枯拉朽，势如破竹。

《巧言》原诗为：

悠悠昊天，曰父母且。无罪无辜，乱如此幠（hū）。昊天已威，予慎无罪。昊天泰幠，予慎无辜。

乱之初生，僭（jiàn）始既涵。乱之又生，君子信谗。君子如怒，乱庶遄沮。君子如祉（zhǐ），乱庶遄已。

君子屡盟，乱是用长。君子信盗，乱是用暴。盗言孔甘，乱是用餤（tán）。匪其止共，维王之邛（qióng）。

奕奕寝庙，君子作之。秩秩大猷（yóu），圣人莫之。他人有心，予忖度之。跃跃毚（chán）兔，遇犬获之。

荏（rěn）染柔木，君子树之。往来行言，心焉数之。蛇蛇（yí）硕言，出自口矣。巧言如簧，颜之厚矣。

彼何人斯？居河之麋（méi）。无拳无勇，职为乱阶。既微且尰（zhǒng），尔勇伊何？为犹将多，尔居徒几何？

这首诗讽刺的是统治者听信谗言而导致国家混乱的现象。《毛诗序》说："《巧言》，刺幽王也。大夫伤于谗，故作是诗。"作者讽刺的到底是不是周幽王，历史上没人给出确切结论，但作者显然深刻地意识到巧言如簧者对国家和社会所造成的危害，不惜挺身而出，痛斥其"厚颜无耻"，表现出知识分子、士大夫的风骨。

我倒以为，嘴巴甜，不是什么坏事；颜的表现，可红，可黑，可白，也是生理反应。但不可过厚矣，颜厚与无耻可是孪生兄弟。

原载于 2012 年 11 月 10 日《新商报》

骄人好好，劳人草草

梁晓炫 作

其实小人也不易。随着年岁渐长，吃的"盐"越来越多，我对所谓小人的观念也发生了一些变化。在职场生涯中，也的确遇到过一些小人，不能说深受其害，但在一些关键时刻，一些重要的事情上，个别人或出尔反尔，或两面三刀，或言不由衷，总之，表现不甚磊落。但小人生就喜欢"缉缉（qī）翩翩""捷捷幡幡（fān）"，或者说他虽未必喜欢，但心无大志、胸无点墨，让他再做什么？上帝造人，哪里肯造完人？不管是"骄人"还是"劳人"，都有这样那样的缺点乃至缺陷，无非劳人者，不会踩着别人的头盖骨往上爬；骄人者，上蹿下跳，在生活的稀泥里甚是快活。

小人的快感未必时时有，反而常让自己陷入焦躁之中，毕竟，玩心眼子与玩枪杆子、笔杆子不可相提并论，玩心眼子者时刻眼观六路，耳听八方，心自然甚累。

骄人与劳人之话题常谈常新。何谓骄人？得志的馋人或曰小人。何谓劳人？失意的人或曰好人，这是《诗经·小雅·巷伯》中对于两种人的"定义"，"骄人好好"，说的是小人得意的样子。"劳人草草"，说的是好人忧愁的样子。诗中，劳人的情绪因骄人而起，骄人的谗言使劳人失意、情绪低落。

骄人背后说人坏话，作者对其的形容是"缉缉翩翩""捷捷幡幡"，意指交头接耳、花言巧语。好人"躺着中枪"，心生怨恨，不由得"诅咒"骄人——"取彼谮（zèn）人，投畀（bì）豺虎。豺虎不食，投畀有北。有北不受，投畀有昊"。大意是：抓住那个坏家伙，丢到野外喂豺虎；豺虎嫌它不愿吃，扔到北方不毛地；北方如果不接受，送给老天去发落。劳人狠起来，也"过犹不及"。

可欣赏全诗：

萋兮斐（fēi）兮，成是贝锦。彼谮人者，亦已大甚。

哆（chǐ）兮侈（chǐ）兮，成是南箕。彼谮人者，谁适与谋？

缉缉翩翩，谋欲谮人。慎尔言也，谓尔不信。

捷捷（qiè）幡幡，谋欲谮言。岂不尔受？既其女迁。

骄人好好，劳人草草。苍天苍天！视彼骄人，矜此劳人！

彼谮人者，谁适与谋？取彼谮人，投畀豺虎。豺虎不食，投畀有北。有北不受，投畀有昊。

杨园之道，猗（yǐ）于亩丘。寺人孟子，作为此诗。凡百君子，敬而听之。

劳人遭受骄人的诬蔑陷害，感到无比愤恨。在表达愤怒情绪时，诗歌语言节奏明快，骄人丑态毕现，寥寥数语，淋漓尽致。

原载于 2012 年 11 月 17 日《新商报》

周幽王昏庸倒逼三个妙语

罗仕俊　作

周幽王烽火戏诸侯的事儿大家都知道。周幽王是个败家子，但大权在握。面对这样的领导，下面的人干着急、干瞪眼，没用。你要敢说真话，敢违背他的旨意，不顺着他的心思，你的脑袋先得搬家。

面对周幽王的昏庸、怪诞、荒淫，有一位具有政治远见但无实权的官员写了一首诗，就是《诗经·小雅·小旻》。作者无论如何都没想到，他情急之下竟一下子为后人奉献了三个绝妙之词语：战战兢兢、如临深渊、如履薄冰。

三个词语均表现人胆战心惊的心情，但它以"递进"的方式，强化着表达的力度。当三个词语叠加时，更是极为生动、淋漓尽致地描写了作者自身的处境，也从一个方面深刻地描写了周幽王的暴君形象。

实际上，这三个词语虽著名，但在生活中并不常见，也不常用，一旦用到它时，已说明你的生活、情感、人生、事业出现了变故。记得我早年在企业工作时，董事长在给大家讲企业文化时，要求大家对待工作"如履薄冰"，董事长提这个要求的前提是有的人儿戏工作，漏洞百出，给企业造成了巨大损失，那时不知这个词儿出自此处。相比而言，我觉得"战战兢兢"和"如临深渊"这两个词所要表达的意味更加深刻，用到生活中的一般人身上不太合适，你想，谁要是干工作战战兢兢、如临深渊，那不但干不好工作，也说明那不是一份好工作，贩毒分子贩毒时往往战战兢兢、如临深渊，那是提着脑袋干活。

《诗经·小雅·小旻》全诗曰：

旻天疾威，敷于下土。谋犹回遹（yù），何日斯沮。谋臧不从，不臧覆用。我视谋犹，亦孔之邛（qióng）。

潝潝（xì）訿訿（zǐ），亦孔之哀。谋之其臧，则具是违。谋之不臧，则具是依。我视谋犹，伊于胡厎（zhǐ）。

我龟既厌，不我告犹。谋夫孔多，是用不集。发言盈庭，谁敢执其咎？如匪行迈谋，是用不得于道。

哀哉为犹！匪先民是程，匪大犹是经。维迩言是听，维迩言是争。如彼筑室于道谋，是用不溃于成。

国虽靡止，或圣或否。民虽靡膴（wǔ），或哲或谋，或肃或艾。如彼泉流，无沦胥以败。

不敢暴虎，不敢冯（píng）河。人知其一，莫知其他。战战兢兢，如临深渊，如履薄冰。

诗中，"旻天"指的是天，暗指周幽王。

让我们的思绪回到那战火纷飞的年代，此时的周幽王哪里能听得进去贤臣的谏言，他倒在温柔乡里不可自拔，他的臣下在战战兢兢、如临深渊、如履薄冰地写这首诗时，他在"戏剧舞台"上已走向终点——他与他的国家一起消亡在诸侯争霸的战鼓声中，留下千古骂名。

原载于 2012 年 11 月 24 日《新商报》

周朝的劳资矛盾

罗仕俊　作

职场中的"小年轻"可能不怕吃苦,不怕受累,就怕领导一碗水端不平。其实,职场也好,市场也罢,最稀罕和最不稀罕的两个字都是"公平"。

所谓最稀罕,乃处处皆有不平事,要想一碗水总是平的,做梦。所谓最不稀罕,乃公道自在人心,自有文字始,"公平"二字从未绝迹。前者指的是微观,后者指的是宏观。微观说的是人,宏观说的是世界。

生活中,一碗水端不平的现象比比皆是。几千年前的职场就有人对此"深恶痛绝"。《诗经·小雅·北山》中一位基层办事员发出呐喊:"溥(pǔ)天之下,莫非王土;率土之滨,莫非王臣。大夫不均,我从事独贤。"

前两句的意思读者再熟悉不过——"普天之下每寸土,没有不是王的地。四海之内每个人,没有不是王的臣。"但话锋一转,"大夫分派总不公,我的差事多又重。"世上没有既轻松又来钱的工作。既然没有背景,出身寒门,侥幸当上公务员,工作中吃点亏、受点罪、遭遇点不平等对待应是家常便饭。明白人懂得忍气吞声，蘸着日子的墨，熬着精神的头，待羽翼渐丰可以高飞之时，则可以扬眉吐气。偏偏诗作者不抒不足以平己愤，洋洋百字，历数官场百态，怒批领导作态，把自己那点郁闷抖落得后世人人皆知，实属天下最老资格的愤青。

　　作者所处的时代尊卑之对比登峰造极，人人生而不平等，侯门将相、达官贵人视民者为草芥，"信手拈来"可决生死。此种情形之下，作者所遭遇的不公，也就勉强算得上"劳资矛盾"。

　　如今职场上的人儿一旦遭遇不公，写诗，没那水平，发发牢骚，发发帖子倒是唾口唾沫的事儿，简单。但都和周朝的爷们一样，隐姓埋名，不敢以真面目示人。因此，《北山》的作者姓甚名谁，是哪位领导对他不公，均无从知晓，即便是《毛诗序》曰："《北山》，大夫刺幽王也。役使不均，己劳于从事而不得养其父母也。"清姚际恒《诗经通论》曰："此为为士者所作以怨大夫也，故曰'偕偕士子'，曰'大夫不均'，有明文矣。"那还是一种朦朦胧胧的解说。

　　诗中多次写到该职员的不满：从早到晚要办事，领导的差事没个完，我的父母没人奉侍。而他的领导则享乐贪杯盏，溜达闲扯淡。

　　《诗经》中类似的作品还有《小星》——"肃肃宵征，夙夜在公，寔命不同"。

原载于2012年12月1日《新商报》

爱情滋味煮煮看

罗仕俊　作

　　有血有肉，有情有爱，方为人之本色。不同年代，表达情爱的方式有所差别。曾几何时，一束玫瑰在我等眼里还扭扭捏捏，而今的大学男生，早已在女生宿舍楼下摆过多少次"999"朵玫瑰求爱，将自己那点私密情事抖落得论坛、贴吧里漂满了水泡。我等看来，浪漫的确是有的，可拿着老爸的辛苦钱让自己阔气，也不应是大男儿所为。

　　在先秦时代，先哲们的情爱大抵是含蓄的。不知生活中是否热辣、张扬，干过"费钱"的事儿，但在他们的诗情画意中，其所表达的情爱是极有格调的、雅致的，也是浪漫的。

《诗经·小雅·隰（xí）桑》中有这样的描述：

隰桑有阿，其叶有难（nuó）。既见君子，其乐如何！
隰桑有阿，其叶有沃。既见君子，云何不乐！
隰桑有阿，其叶有幽。既见君子，德音孔胶。
心乎爱矣，遐不谓矣？中心藏之，何日忘之！

大意是，低洼潮湿的土地上生长着一片美丽的桑树，树叶繁茂。我等待的心上人终于来了，见到他我心里别提有多高兴了。这里的桑树真美，婀娜多姿，树叶在阳光的照耀下光闪闪的，招人喜爱。见到我的爱人，怎么会不高兴呢？这里的桑树真美，长势真旺，叶子绿得发黑。我见到心上人，他美好的品德感动着我的心。心中是多么地爱慕他啊，何不对他讲出来呢？心中对他的爱是永远也不能忘怀的。

先哲不言爱，更不说"I LOVE YOU"。他们的爱情借助那美丽的桑树，树叶旺盛的生长、浓郁的绿意巧妙地表达，是属于"会生活"的爱，来自田间地头的地地道道的爱。

思念的滋味因人而异。通俗的说法是"猫爪子挠心"，雅致的说法是"寤寐思服，辗转反侧"，《诗经》中关于思念的表述随处可见。《诗经·周南·卷耳》中的妻子思念远行的丈夫，曰："采采卷耳，不盈顷筐。嗟我怀人，寘（zhì）彼周行。"卷耳不是东北的木耳，是一种植物，可食用，也可药用。女子采了又采采卷耳，总是不满一浅筐；只因想念远行人，筐儿丢在大路旁。诗歌把女子对男子的爱细致地表达了出来。

男子对于女子的爱则"宽阔"得多。《诗经·周南·汉广》中，一位樵夫在砍柴的时候想到了心中爱慕的姑娘，曰："汉有游女，不可求思。之子于归，言秣（mò）其马。"心上人在江河对岸，遥不可及。要是她能嫁给我，我要把她的马喂好。言外之意，为心上人当仆人、当马夫。

《诗经》时代的爱情有的像水煮牛肉，有的像白水青菜，爱情到底是什么滋味，你煮煮看。

原载于2012年12月8日《新商报》

天作之合

罗仕俊 作

生活中,形容一对新人郎才女貌,非常般配,"登峰造极"的恭维之语不外乎"天作之合",老天安排的。中国人的老天是否为外国人的上帝,不知道。但都是一个看不见、摸不着的幻影。

老天安排的有好事,比如天作之合之类的美事。也有坏事,比如哪个恶霸地主遭报应,天谴雷劈。老天似乎老长着眼睛。

任何词语都不是无根之木、无源之水,细究起来都有来历,天作之合则来自《诗经·大雅·大明》。

诗中,天作之合的这一对新人,男的是周文王,女的是殷商帝乙的妹妹。

乙继位后，想化解商周之间的矛盾，维护亲戚和邦交关系，就把自己的妹妹嫁给了文王。一场政治联姻，当事者幸福与否并不重要，是否真的为"天作之合"也要打个问号，但执政者为一对新人扣上了一顶硕大无比的帽子，也创造了"天作之合"这一成语。此事史称"帝乙归妹"，一时传为美谈，商周双方自然皆大欢喜，商周关系重归于好。

大家心知肚明，老天是个影子。影子何来正义或正确的价值观？被人为夸大、拔高之后，复归于生活常态的那一对新人是否延续了天作之合的光环与享受幸福的蜜汁，你我都不得而知。

《诗经·大雅·大明》是一首具有史诗性质的颂诗，是周王朝贵族为歌颂自己祖先的功德、宣扬自己王朝的开国历史而作。全诗共分八章。

第一章赞叹皇天伟大、天命难测，引出殷命将亡、周命将兴。第二章歌颂王季娶了太任，推行德政。第三章写文王降生，承受天命。第四章写文王"天作之合"，得配佳偶。第五章写文王于渭水之滨迎娶殷商帝乙之妹。第六章写文王娶太姒（sì），生武王。武王受天命而"燮（xiè）伐大商"。第七章写武王伐纣，牧野之战。第八章写牧野之战的盛大，武王在姜子牙辅佐之下一举灭殷。

全诗逻辑清楚，层次分明，俨然是王季、文王、武王三代的发展史、革命史、成功史。

诗中妙语连珠，除"天作之合"，还有"小心翼翼"等词语。至今，"天作之合"常用，"小心翼翼"也常用。如我现在写这则短文，字词间亦"小心翼翼"，唯恐出现谬误，生出笑料。

历史不但雄壮，亦很悲壮。雄与悲间，若干人的命运、爱情、生死，如沧海中的孤帆，漂荡沉浮，令人唏嘘不已。

原载于 2012 年 12 月 15 日《新商报》

不敢戏谈

罗仕俊　作

常说人生如戏，也就是个比喻。

戏说、戏谈，危言、诤言，到底是完全不同的层次和概念。

"戏说"曾很时髦（现在也没过时），此处的"曾"，不过二十年余。在这场还延续着的将历史"和稀泥"的游戏中，无数的人闪着兴奋的泪花花，纷飞着唾沫星子守候在电视屏幕前，幸灾乐祸地看着历史的本来面目被中和、搅拌、调戏、耍弄乃至从物理反应到化学反应，最后彻底异变，不伦不类。中国悠久的历史文化成了一个任人打扮的小丫头。

从中，有的人得到了乐趣，有的人得到了钱财，有的人扬名立万。越来越多的人懒得理历史与文化受到的不同程度的损伤，即便损伤很严重。

"欲加之乐，何患无方"——戏说不是说戏；戏谈不是谈戏，对历史戏说、戏谈过甚、过滥，损伤的必是中国历史文化的根基。

"忧心如惔（tán），不敢戏谈"是几千年前我们的老祖宗发出的警告。此处"戏谈"的对象不是历史，而是现实，但今日之现实何尝不是未来之历史。历史与现实是穿越千年的双胞胎。

《诗经·小雅·节南山》描写了周幽王时代国家祸乱频繁、百姓遭受灾难、天下不平的政治局面。揭露了周幽王不勤政事，任用奸佞之人，导致祸乱频发的事实。诗歌直讽太师尹氏，旁敲侧击"敲打"的则是周朝"首席执行官"。诗以高峻的终南山起兴，象征尹氏身居高位，执掌大权，肆意妄为。

周幽王视国家、人民为儿戏，才有了"烽火戏诸侯"的"好戏"。"好戏"登场，美人褒姒一乐，周某人命运陡然转变，没几日，便被取了人头。

不敢戏谈——区区四字，饱蘸了作者强烈的忧患意识，这种情感来自对国家、民族的爱恨交加，也代表着作者不怕得罪权贵，乃至丢失性命的大义凛然的豪情与壮志。

国家不能戏谈，历史不能戏谈，人生依旧不能戏谈。所谓的人生如戏，不过是"老朽们"或文人骚客的自我解嘲或口头禅罢了。

古人不惧生死，今人不畏荣辱，直面现实，忧心忡忡，方为大丈夫本色。

诗歌原文如下：

节彼南山，维石岩岩。赫赫师尹，民具尔瞻。忧心如惔，不敢戏谈。国既卒斩，何用不监？

节彼南山，有实其猗。赫赫师尹，不平谓何！天方荐瘥（cuó），丧乱弘多！民言无嘉，憯（cǎn）莫惩嗟。

……

昊天不平，我王不宁。不惩其心，覆怨其正。

家父作诵，以究王讻（xiōng）。式讹尔心，以畜万邦。

悠悠华夏，戏谈休矣。

原载于 2012 年 12 月 22 日《新商报》

朝夕不暇

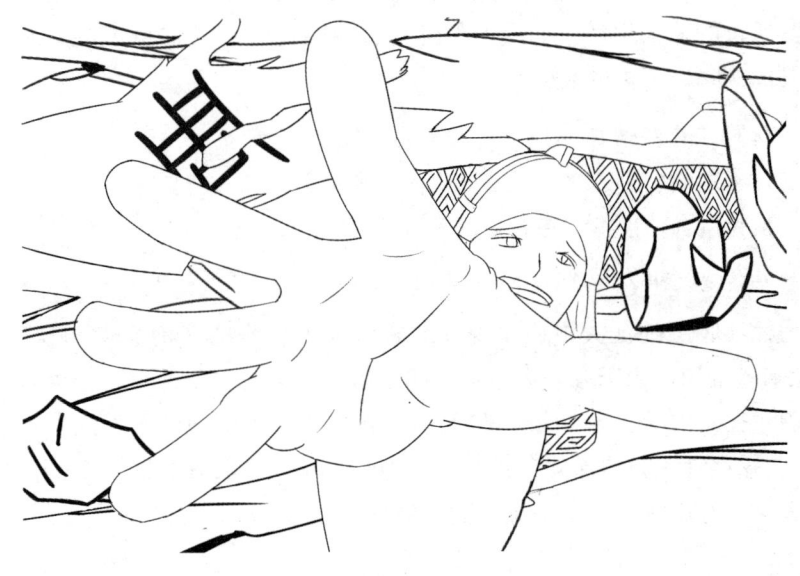

易远栋　作

一般情况下，在人的一生中有一个阶段的确是属于"朝夕不暇"的，那就是青年时期。青年时期的人，有力气，有理想，有抱负；想做事，敢做事，能做事。即便撞得头破血流，一句自嘲：多大的事儿！话说到这儿，很多"上了岁数"的人一定会想起自己的"青葱"岁月，禁不住淡淡微笑。那笑里一定隐藏了太多的苦乐甘甜。

没有奋斗的人生当然不是完美的人生，朝夕不暇是奋斗的写照。

《诗经·小雅·何草不黄》中征夫也"朝夕不暇"。他们十有八九也处于青年时期，满身的力气，抑或也有理想、抱负。但他们生逢西周末年，周室将亡，朝廷征役不息，他们的角色是"行者""工具""苦工""奴役"。他们流离失所、背井离乡所遭受的"朝夕不暇"是被迫的、绝望的、冤屈的，毫无奋斗、拼搏的成分。他们的人生结局不是战死就是累死，或者病死。

同样是"青葱"岁月，但又是迥异的人生。

我身边也有刚毕业的大学生。他们在校时"怡然自得"，优哉游哉，一旦进入社会立即忙得晕头转向，连节假日都很少休息，早出晚归，加班熬夜，成了真正的"朝夕不暇"。见到他们时，均一脸倦容，面成菜色；但聊天时，他们言语间并没有太多的怨言、怨气，反而有一股朝气和活力。是的，他们的人生正处于一种对自我的挑战阶段，那是与勇气的博弈，与诗歌中征夫的被压迫、驱使是完全不同的。

读完全诗，我们能体会到征夫的命运甚至是悲惨的，作者不断用反问的语调诉说其所过的非人生活。而我们的耳边也分明能听到《何草不黄》北风的呼啸、战马的嘶鸣、征夫的哀号：

何草不黄？何日不行？何人不将？经营四方。
何草不玄？何人不矜（guān）？哀我征夫，独为匪民！
匪兕（sì）匪虎，率彼旷野。哀我征夫，朝夕不暇！
有芃（péng）者狐，率彼幽草。有栈之车，行彼周道。

作为社会底层的征夫，还出现在北宋诗人范仲淹的《渔家傲·秋思》中："塞下秋来风景异，衡阳雁去无留意。四面边声连角起，千嶂里，长烟落日孤城闭。浊酒一杯家万里，燕然未勒归无计。羌管悠悠霜满地，人不寐，将军白发征夫泪。"这些征夫是将军帐下的兵士，能与将军同甘共苦、同仇敌忾，若将军再善解人意、好心肠，一定是征夫们的福气了。

原载于 2013 年 1 月 12 日《新商报》

既和且平

易远栋 作

都希望天下太平。天下者,由芸芸众生构成。芸芸众生中的大多数人皆有血有肉,有情有爱,不希望战火连绵。

但仍有人不断挑起事端,放眼中国乃至世界,透过那些历史烟云,那些趁火打劫、落井下石、强取豪夺者层出不穷……无不暴露出贪婪、霸权、野蛮的丑恶嘴脸。他们发动战争、闹不和平导致生灵涂炭、哀鸿遍野、百姓遭殃,自己也成为千古罪人。

乃至当下，世界上很多角落枪炮声不绝于耳，人民处于水深火热之中。

中国古人对于和平的向往和描绘最早出现在《诗经·商颂·那》中，这是一首"和平"的歌，你听，那鼓乐，你看，那胜景，仿佛仍在耳畔鸣响和舞蹈，尤其是"鞉（táo）鼓渊渊，嘒嘒（huì）管声。既和且平，依我磬声"创造出"和平"一词。大意是：鞉鼓敲得咚咚响，管乐吹得多清亮；既协调啊又和平，伴着我的击磬声。

这是殷商后代宋国祭祀其先祖的乐歌。"既和且平"意在抒写和谐的乐舞，给人以审美感受，陶冶滋养心灵，进而升华为和平的高尚境界。

国人"以和为贵"，和颜悦色，和气生财，和为道；国与国间，睦邻友好，共同繁荣；万物生长依赖的地球，唯有绿色与和平，才能不毁灭，不消亡，人类的基因得以生生不息。

无独有偶，与和平有关的诗歌还有《诗经·小雅·伐木》："伐木丁丁（zhēng），鸟鸣嘤嘤……嘤其鸣矣，求其友声……神之听之，终和且平。"大意是：伐木声叮叮，鸟鸣声嘤嘤。嘤嘤鸟鸣叫，求其朋友声。神往而听之，心悦又和平。此处的"和平"，虽然指的是诗人听到鸟鸣后愉悦平和的心情，但"终和且平"并列，"和平"一词也是呼之欲出。

时至今日，《诗经》所倡导的"和平"，不但成为具有普世意义的中华民族的核心价值，也是全世界人民的共同追求。

我们分明听到，象征和平的钟声正在岁末年初如约而鸣。

那是大地之上恒久的声音，那是经历了一年沧桑或者喜悦、伤感或者兴奋、行走或者奔波的人们发自内心的期盼的心弦。因此，当和谐、和平之钟声响起的时候，我们告别过去，走向希望；告别痛苦，走向慰藉；告别悲伤，走向欢乐。正如我们的先祖奏响的乐，翩跹的舞，传递的心声与祝福。

和平至高无上。

原载于 2013 年 1 月 19 日《新商报》

尽孝要趁早

林捷　作

芸芸众生，或为人父、人母，或为人子、人女，或为人夫、人妻，都过得不易矣。不易之情形，有辛劳，有憔悴，有焦虑，有迷茫，有痛苦，有绝望……万千滋味，各在各的心中。

为人父母者更为不易之不易。

《诗经·小雅·蓼莪》是一首儿子悼念父母的诗，父母早已逝去，诗人无法报答父母的养育之恩，内心极度伤悲和歉疚，字里行间表达出不能报父母深恩的痛苦心情。

全诗为：

蓼蓼者莪，匪莪伊蒿。哀哀父母，生我劬（qú）劳。

蓼蓼者莪，匪莪伊蔚。哀哀父母，生我劳瘁。

瓶之罄（qìng）矣，维罍（léi）之耻。鲜（xiǎn）民之生，不如死之久矣。无父何怙（hù）？无母何恃？出则衔恤，入则靡至。

父兮生我，母兮鞠我。拊（fǔ）我畜（xù）我，长我育我，顾我复我，出入腹我。欲报之德，昊天罔极！

南山烈烈，飘风发发。民莫不穀（gǔ），我独何害？

南山律律，飘风弗弗。民莫不穀，我独不卒！

诗歌简单易懂，却感情浓郁、真挚，具有极强的艺术感染力。尤其是第四章，用"生"（生养）、"鞠"（养育）、"拊"（抚爱）、"畜"（爱）、"长"（成长）、"育"（养育）、"顾"（照顾）、"复"（不舍得出门）、"腹"（怀抱）九个动词，讲述了父母对儿子的抚育过程，字字含情，声声如泣。

从诗歌来分析，作者生自乡村，父母均为农人。父母在世时日出而作，日落而息，一家人过着贫寒的生活。为了将儿子抚养成人，父母历尽千辛万苦，最终劳累而死。作者悲哀地发出"呼喊"——人人都能养父母，独我父母不在了，独我爹娘等不到。

尽孝是不能等的，生为人子者都要懂这个道理。在这个问题上，为人子女者，可能会有各种各样的理由——但一切的理由都不是理由，因为父母年迈的脚步是不等人的，老境让他们饱受孤独、寂寞，更不说还有病痛的折磨、衣食不能自理的痛苦，甚者，有的父母衣食无着，流落街头。

我的父母亦近古稀之年，体弱多病。尚未过去的冬天里，我在病床前陪护多日。我已真切地感受到人之老矣后的颤颤巍巍、弱不禁风，他们比孩子还脆弱。这是身体抵抗力本身，还有心灵。他们比任何时候都希望能时刻见到孩子，那种迫切的心情和要求甚至有点"过分""苛刻"。但仔细想一想，当我们老时，我们又会是怎样的心情？

青春是易碎品、奢侈品，而老是一种必然。生为人之子女，如果一直想孝敬父母，报答养育之恩，那就趁早，用各种方式。

原载于2013年3月2日《新商报》

兢兢业业，呜呼哀哉

钟永康　作

不同的人对待工作有不同的态度，有的人投机取巧，有的人懒惰散漫，有的人激流勇进，有的人循序渐进，有的人举一反三，有的人兢兢业业。绝大多数领导者，都不喜欢前两类人，因为把工作交给他们，无法推进，尤其是重要的工作，会干走样，甚至背道而驰。用人是一门学问，用了能人，领导轻松，用了庸才，领导吃力。尤其是市场化程度比较高的单位，一个萝卜一个坑，没有富余的人员，更是要把一人当仨人用。

成语"兢兢业业"出自《诗经·大雅·召旻》，作者算是一个老愤青，也是体制中人。目睹小人得宠又钩心斗角，而君王同样倒行逆施，暴虐无能，眼看着国势逐渐衰败下去，诗人起而抨击，发出沉痛的呐喊："皋皋訿訿（zǐ），曾不知其玷。兢兢业业，孔填不宁，我位孔贬。"

大意是：欺诈攻击心藏奸，却不自知有污点。君子兢兢又业业，对此早就心不安，可惜职位太低贱。

　　职位高低自然与是否兢兢业业没有必然的联系，有的人高高在上，却游手好闲，有的人身在基层，却踏踏实实，如何对待工作与事业，全看个人的操行和追求。但无论怎样，一个干工作兢兢业业的人，如果最后得到的结果是"呜呼哀哉"，那就非常不妙。

　　成语"呜呼哀哉"也出自本诗：

　　　　昔先王受命，有如召公，日辟国百里，今也日蹙（cù）国百里。於乎哀哉！维今之人，不尚有旧！

　　大意是：先王受命昔为君，有像召公辅佐臣。当初日辟百里地，如今国土日受损。可叹可悲真痛心！不知如今满朝人，是否还有旧忠臣？

　　"呜呼哀哉"的本来面目是"於乎哀哉"，不管是呜呼还是於乎，结果都是哀哉，那种境遇是无奈的、痛恨的、悲惨的。

　　如今，这两个成语还在用，"兢兢业业"多用，呜呼哀哉少用。真心希望天下的人们都兢兢业业地干工作，舒舒服服地过日子，永远不会出现呜呼哀哉的人生逆境、险境、绝境。

原载于 2013 年 4 月 13 日《新商报》

诗经时代的移民

易远栋 作

我从西北到南方,算是移民。城市称呼我这个阶层为"新移民"。移民委实不易,有时人移了,物未移;物移了,心未移。乃至心也移了,但情藕断丝连,移不了。自己的情移了,爹妈的故土情未了。总之,移民对个人来说不是小事;对家庭来说,是很大的事;对家族来说,是天大的事。

新时代大规模的移民也常有,个中滋味,移民者自己知道。《诗经》所记录的时代也有一次大的移民,《诗经·大雅·公刘》描述的就是那一次的移民过程。

全诗如下:

笃公刘，匪居匪康。迺场（yì）迺疆，迺积迺仓。迺裹餱（hóu）粮，于橐（tuó）于囊。思辑用光。弓矢斯张。干戈戚扬，爰方启行。

笃公刘，于胥斯原。既庶既繁，既顺迺宣，而无永叹。陟（zhì）则在巘（yǎn），复降在原。何以舟之？维玉及瑶，鞞（bǐng）琫（běng）容刀。

笃公刘，逝彼百泉，瞻彼溥原。迺陟南冈，迺觏（gòu）于京。京师之野，于时处处，于时庐旅。于时言言，于时语语。

笃公刘，于京斯依。跄跄（qiāng）济济，俾（bǐ）筵（yán）俾几。既登迺依，迺造其曹。执豕（shǐ）于牢，酌之用匏（páo）。食之饮之，君之宗之。

笃公刘，既溥既长，既景迺冈。相其阴阳。观其流泉，其军三单（shàn），度其隰（xí）原。彻田为粮，度其夕阳，豳（bīn）居允荒。

笃公刘，于豳斯馆。涉渭为乱，取厉取锻。止基迺理，爰众爰有。夹其皇涧，溯其过涧。止旅迺密，芮（ruì）鞫（jū）之即。

诗歌记录了周人祖先公刘带领周民从邰，古地名，在今陕西省武功县西南）迁到豳（古地名，在今陕西省旬邑县西南）的全过程；生动地记录了迁徙前的准备，迁徙后的选址测量、训练军队、发展农业、举行祭祀、扩建京城等；歌颂了公刘的勤劳和智慧，塑造了一位受老百姓拥护的民族英雄形象。现在从地图上查看，邰到豳两地相距不过 145 公里，汽车跑起来两个多小时而已。但在那时的经济、物质、交通条件下，百余公里的迁徙俨然是一次长途、艰难之旅。而且，一个人、一家人、一个家族的迁徙与整个国家的迁徙更不是一回事。

公刘作为周族首领，是后稷的后代，公为爵，刘为名。因为居住之地不宜居，因此决定带领老百姓来一次大搬家，从山岗搬到平原。看得出来，那是一次得民心之搬迁、造城之举。

原载于 2013 年 3 月 16 日《新商报》

鸿雁的哀鸣

夏隆升 作

  鸿雁就是大雁。鸿雁喜欢"搬家"。每次"搬家"的距离也比较远,从南到北,由北至南。它们总是栖息在旷野、河川、湖泊、沼泽等水生植物丛生的近水环境,喜欢凑在一起,飞行时要排列成有序的队列,有"一"字形、"人"字形等。我曾写过一篇小小说《雁不归》,孩子们非常喜欢,说的也正是大雁的故事。小说讽刺了当权者违背自然规律和生活习性而导致大雁种群几乎遭受灭顶之灾的事实。

  鸿雁南来北往,的确快活自由,真的是一种幸福的鸟。但《诗经·小雅·鸿雁》中的它们却一点也不自由、幸福,它们的命运甚至很凄苦和悲凉。

  诗曰:

鸿雁于飞，肃肃其羽。之子于征，劬（qú）劳于野。爰及矜（jīn）人，哀此鳏（guān）寡。

鸿雁于飞，集于中泽。之子于垣，百堵皆作。虽则劬劳，其究安宅。

鸿雁于飞，哀鸣嗷嗷。维此哲人，谓我劬劳。维彼愚人，谓我宣骄。

其实，这是一首乱世流浪者的哀歌。周厉王时政治黑暗，万民离散，百姓生活苦不堪言。即使到了号称中兴的周宣王时期，国家也是危机四伏。周宣王派出大臣到全国各地安抚难民，大臣们四方奔走，工作十分辛苦，但民瘼难除，百姓何来好脸？因此大臣们作了这首诗。

看得出来，这是一些有良心和同情心的大臣，他们敢于面对现实，并且向邪恶势力发声。诗中，他们用鸿雁比喻流浪者，以鸿雁的哀鸣比喻流民痛苦的挣扎。尤其是看到那些鳏寡的老人无依无靠、奄奄一息时，他们更是眼含热泪，悲恸欲绝。"哀鸿"一词由此而生。后来，哀鸿渐渐成为流民的代名词。

全诗三章，第一章自叹无处安生，并由此念及更苦的孤寡鳏独之人；第二章幻想重建家室，使流浪者能安定地生活；第三章说他作这首歌是要使贤明的统治者知道这是自己心中的苦情，而昏庸的统治者却说他桀骜不驯。

泱泱华夏几千年，朝代更迭宛如"变脸"，但暴君、昏君毕竟是极少数，大多数统治者都希望臣民、百姓安居乐业，老有所养。因此，正视民间疾苦，胸怀苍生黎民是统治者巩固政权的唯一"纲领"，也是必修功课，这一点做不好，做不到位，等于自掘坟墓。

事实上，那些对待黎民苍生总是眼含热泪、满腹感恩之情的统治者，他所在的那个时代，必然是兴盛和长久的。

原载于2013年3月9日《新商报》

惩前毖后，治病救人

罗佩昕　作

"惩前毖后"这个成语出自《诗经·周颂·小毖》，诗歌所体现的人生哲学既有反思，也有自责，还有对未来的担忧，可谓家国天下，尽在作者胸怀之中。

全诗为：

予其惩，而毖后患。莫予荓（píng）蜂，自求辛螫（shì）。肇允彼桃虫，拚（fān）飞维鸟。未堪家多难，予又集于蓼（liǎo）！

诗歌的含义大致为：我要谨慎啊，谨慎地行事，以备后患。没有谁致使细蜂来毒我,是我自求辛苦。开始啊,好似小小的鹪鹩,翻身飞起成大鸟。家国多灾难让人不堪,又把那辛苦来兜揽。

《小毖》的作者不是一般的文学青年,而是周成王,王者,当然更是事业的成功者。诗言志,他在诗中所表达的除了深刻的反省——他曾忽视小草和细蜂,听信小鸟的花言巧语,让国家经历了苦难和危机,更有强烈的忧患意识,因为他继位时年幼,由周公旦辅政平定"三监之乱"。及至自己长大成人,真正当上"家长",需要治国安邦之时,一个乳臭未干的年轻人还是心生焦虑与忐忑的。后来他营造新都洛邑,大封诸侯,命周公东征、编写礼乐,加强了国家的统治。此时的他已顺利渡过危机,解除了威胁,更重要的是,他的思想已趋成熟,正在此时,他发出了内心独白。

《小毖》便是周成王的"罪己诏"。

公元前 1021 年,周成王驾崩,享年 35 岁。但周成王与其子周康王(姬钊)统治期间,社会安定,百姓和睦,"刑错四十余年不用",被誉为成康之治。

一个善于反省的人,或者其人生不尽完美,但其力图尽善尽美的追求,对自己,对他人,对社会,对国家,大有裨益。

原载于 2013 年 3 月 23 日《新商报》

淫威

夏隆升 作

  这两个字都是重口味。尤其是前者，中国人更为敏感。这个词语一般场合不用，用到的场合都不是一般的场合。当然，我们现在知道"淫威"多指滥用威权。滥用或者乱用职权的人都不是一般的人，是有显赫权势、权力的人；有了权势和权力，肆意妄为、不计后果，自然就是淫威。每个朝代、社会，都偶尔甚至会经常冒出那么几个滥用淫威的人，秦始皇焚书坑儒，算得上滥用淫威；慈禧祸国殃民，也算得上滥用淫威；八国联军火烧圆明园，更算得上地地道道的群体性施淫威。

  其实"淫威"还有一个意义。"淫威"一词最早见于《诗经·周颂·有客》。

原诗为：

有客有客，亦白其马。有萋有且（jū），敦（duī）琢其旅。
有客宿宿，有客信信。言授之絷（zhí），以絷其马。
薄言追之，左右绥之。既有淫威，降福孔夷。

译文是：

有客远来到我家，白色骏马身下跨。随从人员众且多，个个盛服来随驾。
客人头夜宿宾馆，两夜三夜再住下。真想取出绳索来，留客拴住他的马。
客人告别我送行，群臣一同慰劳他。客人今已受厚待，老天赐福将更大。

此处的"淫威"，意谓大德，引申为厚待。看吧，中国汉语的确博大精深，一个词语，意义竟然截然相反，如果不了解其本源，想当然，乱用一气，一定会贻笑大方。

当然，现代汉语语境里，再无人将"淫威"视为厚待了。若有朋自远方来，你热情款待，极尽盛情，被友人视为淫威，或者你说对朋友施以淫威，那可就"遗臭万年"了——此词用在此处当然不妥，因此说，中国人，要先学好中国汉语，别一股脑学外国字，到头来中国文化一窍不通。

中国人自古好客，读了《诗经》，再想想自家，谁家要是没摆过酒席那还真是不可思议。我年幼时在部队生活，家里常有父亲的战友来，母亲总是一阵忙活，然后酒肉之香扑面而来，满院子人满肚子都舒坦。

诗经中的每一首诗，字字珠玑，我等琢磨一辈子也未必能参悟精髓，比如此诗中还出现了"有客宿宿""有客信信"的表述。经过学习才知道，古时，一宿曰宿，再宿曰信。当然，这个"信"字还出现在《诗·卫风·氓》中——如"信誓旦旦"，这可是一直沿用至今且露脸频频的成语。

《诗经·周颂·有客》是一支送客歌，在饯别宴会上，主人让乐队奏响这支歌，表达挽留的厚意，那种情形纵是硬汉也会柔肠百转，潸然泪下。

原载于 2013 年 5 月 4 日《新商报》

耳提面命，舌不可扪

闫丹宁　作

这是一篇讽谏诗。新君王执政后沉迷于酒色之中不思进取，德高望重的老臣作本诗对他进行讽谏教导。

诗有曰：

於乎小子！未知臧否（pǐ）。匪手携之，言示之事。匪面命之，言提其耳。借曰未知，亦既抱子。民之靡盈，谁夙知而莫成？

大意是：可叹啊年轻人，不知善与恶。不但用手提携你，还把事理讲明白。不仅当面教育你，还拎你耳朵来提醒。假若说你不懂事，可你已抱儿子。谁能没有缺点，谁会早慧而晚成？

给领导提意见，提到这个层次，相当不容易。俨然是父亲对儿子的训斥和教诲。不知这位老臣如何德高望重，但为人臣民很少有人敢如此直言劝谏。

诗中还曰：

无易由言，无曰苟矣。莫扪（mén）朕舌，言不可逝矣。无言不雠（chóu），无德不报。惠于朋友，庶民小子。子孙绳绳，万民靡不承。

大意是：不要信口说话，不要苟且应付，没有人将自己的舌头摁住，一言已出难以追回。出言总会有回应，施德总能有回报。对朋友要有好处，把关爱惠及百姓。子子孙孙慎守祖训，人民没有不顺从。

应该说，老臣所言非常具有人性化，和领导在"唠家常"，但蕴含极强的做人处世原则。几千年过去言语仍铿锵有力，宛如一粒粒钢珠砸在地板砖上发出脆响。

老臣的处世哲学造就了耳提面命、舌不可扪、白圭之玷、投桃报李、谆谆告诫等成语。可谓名传千古的美文。其不但具有文学的审美，亦是语言的宝藏。阅读这样的文章，如品经年窖藏的老酒，余味绵长，涤荡肺腑。

有这等水平的良臣该是领导的幸运啊。

原载于 2013 年 4 月 20 日《新商报》

非拍马之赞美诗

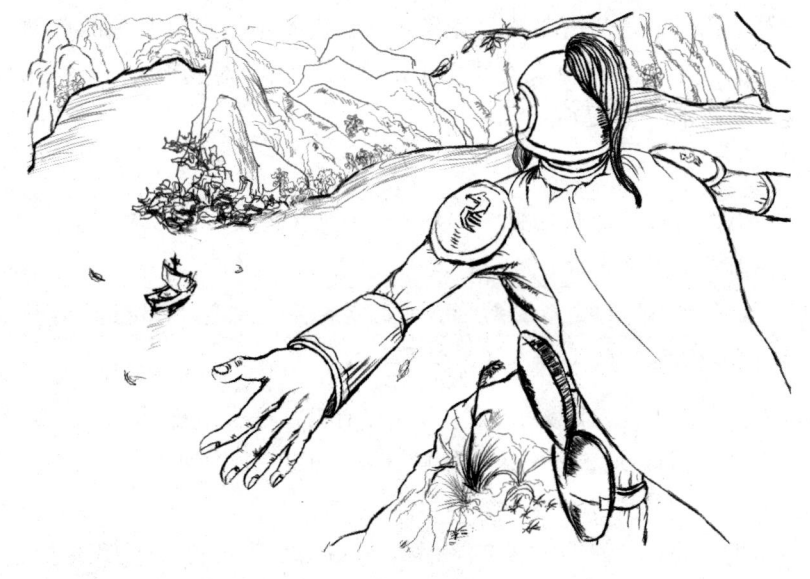

夏隆升　作

　　一位叫仲山甫的大臣奉命前去东方筑城,友人吉甫作诗送别,他不遗余力地赞美大臣政绩出色、德才兼备,并希望他早日完成任务载誉归来。所有的赞美、祝福、希望的话语都寄托于《诗经·大雅·烝民》。这是一首赠别诗。不得不佩服咱们的老祖宗,人家自幼苦读诗书,满腹博学,兴之所至口吐莲花,诗情洋溢,不但在当时也为我们这些后人留下不朽的诗篇,实让我等自惭形秽,也感到幸甚至哉。

　　诗中赞美仲山甫的妙句可谓信手拈来,如小心翼翼;既明且哲,以保其身(明哲保身);夙夜匪解;穆如清风。这些词语形象、生动、逼真地刻画了朝廷重臣的为人处世原则与清正廉明的光辉形象,实乃主旋律的正面描写。也通过巧妙的修辞、比喻描述仲山甫非"柔则茹之，刚则吐之"之人。这句话后来演变为"柔茹刚吐"。这个成语的原意是软的东西吃下去，硬的东西吐出来，后来比喻欺软怕硬。而仲山甫恰恰不是欺软怕硬之人。他刚直不阿，作风正派，是老百姓爱戴的好官。"爱莫助之"（爱莫能助）则表达的是"人们常说，德行轻如鸿毛，人们却很少能够举起它。我暗自忖度，只有仲山甫能够举起它，我们爱莫能助啊！"乃至"天子的朝服上有破绽，只有仲山甫能够缝补它"。

应该说，这首诗对官员的赞美达到了至高境界。一个官员，为官一任，得到这样的评价并且千古流芳，实在不容易。

诗歌最后两段，则描述的是仲山甫踏上征程的情景，从诗歌中，我们看不出仲山甫年岁几何，但身居高位，被王委以重任，想必也是知天命，甚至花甲之年。此等年纪被派遣开拓疆域，抛家弃子的寂寞不消说，寒暑的煎熬、病痛的折磨自是少不了的。诗中未见仲山甫的只言片语，对其形象与心情的猜测，我们只能借助艺术的想象了。

诗曰：

仲山甫出祖，四牡业业，征夫捷捷，每怀靡及。四牡彭彭，八鸾锵锵。王命仲山甫，城彼东方。

四牡骙骙（kuí），八鸾喈喈。仲山甫徂齐，式遄（chuán）其归。吉甫作诵，穆如清风。仲山甫永怀，以慰其心。

翻译为：山甫出行把路祭，四马高大强有力。征夫敏捷动作疾，纵有私情难顾及。四匹马儿奔驰急，八只鸾铃响声齐。周王命令仲山甫，前去东方建城邑。

四匹马儿向前行，八只鸾铃响不停。山甫动身去齐国，但望迅速早回程。吉甫写下这首歌，美如清风暖人心。山甫临行多思念，聊以此歌表慰问。

烝民意即庶民，泛指百姓，是春秋战国时代及之前历代对"百姓"的称谓。

原载于 2013 年 4 月 27 日《新商报》

靡不有初，鲜克有终

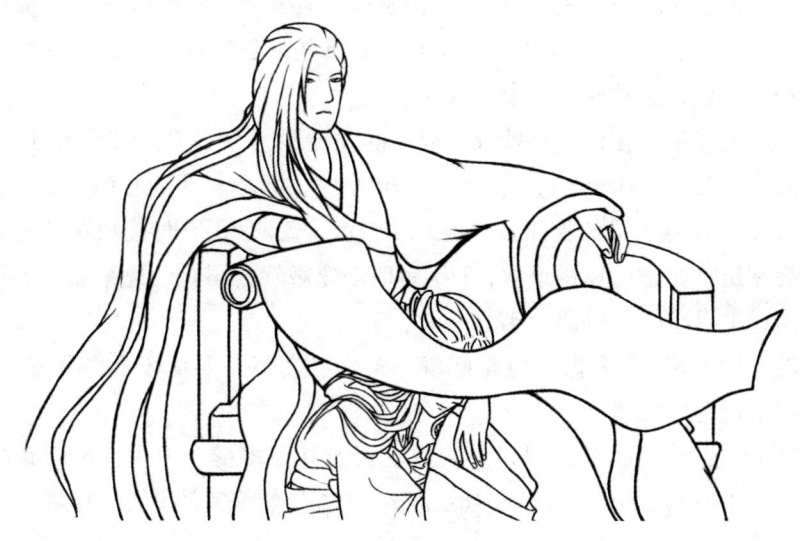

罗佩昕　作

　　人来到这世上都带着使命和责任。使命者，有大有小。责任者，亦有大有小。但有始有终，善始善终才能"修成正果"。这个过程必然充满着太多的变数，经受风霜雨雪，饱经坎坷挫折，遭遇大起大落之后，有的人半途而废，有的人喟然长叹，有的人见异思迁，有的人知难而退，倏忽间，人生的戏剧落幕，空留下懊恼伤怀抱。

　　凡事都有开头，万事开头难——其实有些事开头并不难，也许还很容易，但难在坚持和长久。开了好头，能不能有好结果是个未知数，但动辄灰心丧气、埋怨抵触的心态和做法一定得不到好的结果。

　　有一句成语正是这类人的形象写照：靡不有初，鲜克有终。出自《诗经·

大雅·荡》。《荡》是一篇借古讽今诗。诗人通过假托古代明君周文王慨叹殷纣王无道来讽刺当政者荒淫昏庸,刚愎自用,导致民怨沸腾,社会动荡,希望君王能以史为鉴,亡羊补牢。

在泱泱华夏五千年历史进程中,有太多的统治者沉湎于醉生梦死之感觉良好状态。"优裕"的生活不但让统治者"怡然自得",也让觊觎君王席位的人神魂颠倒,即便飞蛾扑火也在所不辞。最近的当属袁世凯,此人无视民意,践踏民主,仓促称帝;坐上帝王宝座后其丑陋之面目与"先哲"毫无二致——荒淫昏庸,肆意妄为,让中华民族陷入更加危重的内忧外患之中。他的这种"靡不有初,鲜克有终"的状况是有志者期待的,越早终了,越利于民族大义。

普通人做事,都是小事,或事情都不大。普通人或者也能做大事却没有机会。但小事做长做久肯定有回报——始终如一地敬业,必练就一身本事;对爱情不离不弃,终收获芬芳的果实;坐十年冷板凳,必学富五车,才高八斗;生命不息奋斗不止,必功成名就令人敬仰。

一项研究显示,在任何领域取得成功的关键跟天分无关,只是练习的问题,练习1万个小时——10年内,每周练习20小时,大概每天3小时,"一万小时法则"在成功者身上得到验证,电脑天才比尔·盖茨13岁时接触到世界上最早的电脑终端机,始学计算机编程,7年后他创建微软公司时已连续练习7年程序设计,超过1万小时。可谓十年磨一剑。

当然,1万小时内人做的应是好事、善事、义事,不是坏事、陋事、恶事,否则一定会成为罪大恶极之人。

"荡荡上帝,下民之辟(bì)。疾威上帝,其命多辟。天生烝民,其命匪谌(chén)。靡不有初,鲜克有终。"听,那远古之声在激荡着我们的耳膜。

原载于2013年5月11日《新商报》

谗者如青蝇

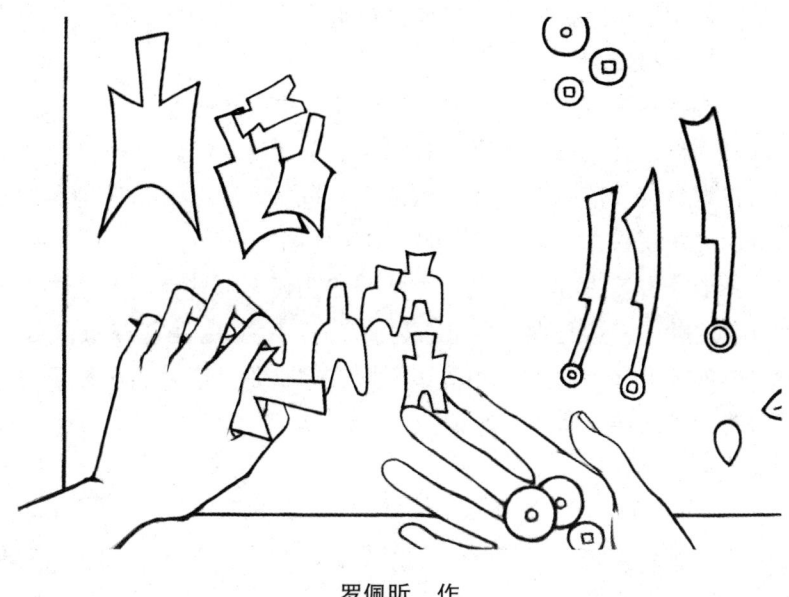

罗佩昕 作

谗言这个东西仅限于人类。动物种群中是否有善于谗言者，限于语言上的沟通障碍，人不得而知。我们习惯上理解动物的竞争法则为弱肉强食，直白、干脆、利落，不搞歪门邪道。只是狐狸狡猾，老设计陷害其他动物，油嘴滑舌且善于谗言——那也是童话里的传说，是否真如此还是个未知数。

人类因聪明故，脑袋瓜子活，心眼子多，善于谗言者不乏。说谗言的目的当然不是学雷锋做好事，与人为善，替人着想，全在于全心全意为自己服务。一门心思为自己，有时必然要踩住别人的肩膀、别人的脑袋、别人的利益，甚至别人的性命。古往今来，此类人层出不穷。

善于谗言者，我以为其是有先天基因的，是骨子里的一种"介质"，总之，自其面世之后其就带此种成分，DNA 决定的事情自然很难改变。若怀疑此种说法，就需要对书香门第、官宦世家、坐贾行商的"门风"和"传统"做出合理的解释了。自然，也有后天善于"学习"者，溜须拍马、阿谀奉承、八面玲珑、"口吐莲花"，那得益于社会的教化、习俗的浸染，并自身孜孜不倦地"钻研"。

谗者如青蝇。此比喻出自《诗经·小雅·青蝇》：

营营青蝇，止于樊。岂弟（kǎi tì）君子，无信谗言。
营营青蝇，止于棘，谗人罔极，交乱四国。
营营青蝇，止于榛，谗人罔极，构我二人。

这是一首反谗诗。谗言之人喜欢见缝就钻，同嗡嗡乱叫的苍蝇极为相似，诗人巧妙地抓住了这一特征譬喻，进而道出谗言具有的巨大危害。诗歌形式稳妥，语言直白，状物传神。

由此，青蝇在我国古典文化中成为"谗言"的同义词。

苍蝇人见人恨，其逐臭品性决定其浑身都是秽物。但其无视自身"弱点"，乃至洋洋自得地盘旋、落脚于美味佳肴之上，危害于人。或执著地萦绕于人的耳畔、鼻翼、皮肤表层，让人欲睡不能，梦不能圆。

但"岂弟君子"对其是厌恶的、不屑与之为伍。那些性格厚道的人与善于谗言者如同分水岭，一边是青天白日、碧波荡漾，一边是阴霾遍布、飞沙走石。但分水岭并非如地狱和天堂那样划清了界限，常常是，岂弟君子躲不开善于谗言者，并最终为其所误、所伤、所害。

只因非仅青蝇喜好逐臭。

原载于 2013 年 5 月 18 日《新商报》

男人之家室

罗佩昕　作

男大当婚女大当嫁，自古男人与女人除了性别区分，其余就是"道义"的不同。所谓道义，无外乎责任——对父母、对妻子、对子女。更大的道义或是行侠仗义，或是血洒疆场，或是精忠报国。这似乎是男人与生俱来的使命。没有人刻意强调，没有人耳提面命，没有人要挟强迫，那"就是爷们的事儿！"

大多数情况下，男人成年要有家室，光棍汉大抵不是多么光彩的事儿。如今说起家室或许指的是妻子儿女，但这一词语本意却指房屋。

房子是最令男人焦灼和不安的东西，自古以来，房子都是男人身份、身价的象征，是事业成功与否的物质体现。没有房子，居无定所，浪迹天涯，那是单身汉、流浪汉的标志。有一户院子，有一套房子，有妻子，有儿女，有幸福的欢笑，有袅袅的炊烟，有饭香，房子便通体温暖无比。

房子是一个硬件。男人没房子目光是软弱的，腰杆子是软塌塌的，步子是无力的。而令男人无奈、愤懑的是房价水涨船高，要置办一个像样的"家室"在如今越来越是一个难题，是一场攻坚战。

"家室"一词出自《诗经·大雅·绵》：

绵绵瓜瓞（dié），民之初生，自土沮漆。古公亶（dǎn）父，陶复陶穴，未有家室。

古公亶父，来朝走马。率西水浒，至于岐下。爰及姜女，聿（yù）来胥宇。

周原膴膴（wǔ），堇（jǐn）荼如饴。爰始爰谋，爰契我龟。曰止曰时，筑室于兹。

迺慰迺止，迺左迺右。迺疆迺理，迺宣迺亩。自西徂东，周爰执事。

乃召司空，乃召司徒，俾立室家。其绳则直，缩版以载，作庙翼翼。

捄（jiū）之陾陾（réng），度之薨薨（hōng）。筑之登登，削屡冯冯（píng）。百堵皆兴，鼛（gāo）鼓弗胜。

乃立皋门，皋门有伉。乃立应门，应门将将。乃立冢土，戎丑攸行。

肆不殄（tiǎn）厥愠，亦不陨厥问。柞（zuò）棫（yù）拔矣，行道兑矣。混夷駾（tuì）矣，维其喙（huì）矣。

虞芮质厥成，文王蹶（guì）厥生。予曰有疏附，予曰有先后。予曰有奔奏，予曰有御侮。

诗歌描写了周王室的祖先古公亶父率领周人从豳迁往岐山周原，开国奠基的故事和文王继承古公亶父的事业，维护周人美好的声望，赶走混夷，并建立起了完整的国家制度，歌颂了周人的英雄，是一部真实的周人的史诗。诗歌内容丰富，结构宏伟，作者善于作规模宏大的描写，场面描写尤其突出，特别是修筑宫室宗庙的劳动场面。男人未必是为自己建造安乐窝，正如大大小小的城市里的农民工在为城里人修造"家室"的同时，心里一定思忖，自己何时能有一套房子，有一个家室。

每当看到男人们为了家室而劳作的场景，不知女人们会不会感受到一种感动和力量——自古男儿斗志强，但不斗行吗？

原载于2013年5月25日《新商报》

高山景行

罗佩昕　作

  一般用"高山景行"来形容伟人。或者所形容的不是伟人，也是品德极为高尚的人。用来形容新婚妻子是极为少见的，或根本不曾见过。不是说为人妻子者品德就不高尚，或者不"极为高尚"。这是一个语境和习惯。

  "高山景行"出自《诗经》，由"高山仰止，景行行止"简化而来。当然它的本意也不是指新婚妻子德行高尚，而是指巍峨的高山要仰视，平坦大道能纵驰。诗中描述了新郎官载着新娘子放马奔驰的场景。人生之中，还有比这更幸福的时刻么？

  《诗经·小雅·车舝》中的新郎适逢人生大喜，快乐的心声诉诸目光所及的一个个"要素"——你听——车轮转动车辖响，妩媚少女要出阁。不再饥渴慰我心，有德淑女来会合。虽然没有好朋友，宴饮相庆自快乐。丛林茂密满平野，长尾锦鸡栖树上。那位女子健又美,德行良好有教养。宴饮相庆真愉悦,爱意不绝情绵长。虽然没有那好酒,但愿你能喝一盏。虽然没有那好菜,但愿你能吃一点。虽然德行难配你,且来欢歌舞翩跹。登上高高那山冈,柞枝劈来当柴烧。柞枝劈来当柴烧,柞叶茂盛满树梢。此时我能接到你,心中烦恼全消掉。巍峨高山要仰视,平坦大道能纵驰。驾起四马快快行,挽缰如调琴弦丝。今遇新婚好娘子,满怀欣慰称美事。

这字里行间所传递出的信息表明,新郎官对这桩婚姻是满意的,对新娘子是满意的。乐不可支之余,在诗中几乎极尽"恭维"之语,恨不得向全世界宣告幸福滋味,真如春风拂过水面激起内心阵阵涟漪。同时,我们从诗中所传达的信息猜测这不是一桩包办婚姻,而是自由得一塌糊涂的一对新人的结合。既是自由的,便没有理由不幸福,没有理由不志得意满、意气风发。

如今的婚姻更都是自由的结合,也许新婚之初,小两口恩恩爱爱,相敬如宾,但随着时间的推移,心生龃龉,貌合神离,甚至反目成仇者不乏。其中原因各种各样,但受外界诱惑,喜新厌旧的比例越来越高。

但上述种种毕竟算是在"滚滚红尘"中经了一遭。君不见,还有一些新人前脚领了结婚证,颁证者嘴里的喜糖还没融化,新人恶语相向冲进来办离婚证,可谓一下子撕破脸皮,刚才的那点恩爱如臭豆腐一样令人厌恶。

德行不分性别。高山景行的丈夫和高山景行的妻子那是绝配、模范。倒是,模范夫妻越来越少,露水夫妻、一夜夫妻、反目成仇的夫妻、狼狈为奸的夫妻越来越多。

世风是否日下,夫妻关系亦可印证。

原载于2013年6月1日《新商报》

投畀豺虎

谣言这个东西是有杀伤力的,所谓杀伤力,必是面积够大,受众够广,后果够狠。既有此等功效,嗜好谣言者自是不乏。

动物世界有无谣言委实不知,但动物界的生存法则——"弱肉强食"人类皆知。强弱之界定靠的不是谣言而是体力,体力的竞争有如体育竞技,能者上,弱者下,非常公平。谣言或许就是人类的专利,这东西出自人嘴,而人嘴吃得杂,吃得多,毒性大,通过这么一张俗不可耐的嘴造出的谣必像毒气弹臭不可闻,但威慑四方,被殃及者胆战心惊,人人自危,只求自保。

谣言的杀伤力取决于其捕风捉影的程度和力度,程度高、力度大者,谣言所到之处无不排山倒海、摧枯拉朽,有秋风扫落叶之势。更有甚者,无风无浪的生活也能被善于造谣者掀起轩然大波,被唾沫星子击中者有时有口难辩,越辩越黑,大有世界末日来临之恐惧。

造谣者用心险恶,有时是出于自身利益而使出下三滥招数,有时是受人蛊惑、利诱为他人死心塌地服务,成为别人的一杆枪。

谣言祸国殃民,但这只过街老鼠却非人人能得而诛之。因大凡造谣者多时都非孤身一人作战,背后有一个团队、一个势力范围、一个圈子。

巷伯就是一位被谣言祸及者。他为谣言付出了可能是惨重的代价——受宫刑,做宦官,与西汉大史学家司马迁异代同悲。巷伯在诗中恨不得将造谣诬陷者"投畀豺虎",意为把那些以谗言陷害他人的人喂给豺狼老虎吃掉,这个成语后用来表示对坏人强烈憎恨并予以惩治。

《诗经·小雅·巷伯》诗曰:

> 萋兮斐兮,成是贝锦。彼谮人者,亦已大甚!
> 哆(chǐ)兮侈兮,成是南箕。彼谮人者,谁适与谋?
> 缉缉翩翩,谋欲谮人。慎尔言也,谓尔不信。

捷捷幡幡，谋欲谮言。岂不尔受？既其女迁。

骄人好好，劳人草草。苍天苍天！视彼骄人，矜此劳人！

彼谮人者，谁适与谋？取彼谮人，投畀豺虎。豺虎不食，投畀有北。有北不受，投畀有昊。

杨园之道，猗于亩丘。寺人孟子，作为此诗。凡百君子，敬而听之。

那个造谣者是不是被"投畀豺虎"不得而知。但透过历史烟云我们看到这种"美好"的愿望更多未成为现实。一句话，造谣者在暗处乱箭齐发，无辜者、善良者、正直者势单力薄无法与之抗衡。

造谣者必要给人罗织罪名，诗曰："萋兮斐兮，成是贝锦"，乃"罗织"二字最形象的说明。花言巧语织成的这张贝纹的罗锦，是多么容易迷惑人啊。

时至今日，造谣者仍不乏其人，又"得益"于网络，谣言波及迅猛，有如山崩海啸。对付此等造谣者，确实需要将其"投畀豺虎"。

原载于 2013 年 6 月 8 日《新商报》

知其一不知其二

闫丹宁　作

　　常云：透过现象看本质。现象为"其一"，本质为"其二"。知其一不知其二，是谓幼稚，知其二不知其一，是谓浅薄。

　　放眼观潮，一窝蜂、一拥而上、嘈嘈切切者大约跑不出知其一的范畴。愤懑、歇斯底里、"同仇敌忾"者很容易成为知其二一类。前者有点傻，像无头的苍蝇，人云亦云；后者有点呆，像笨拙的熊，横冲直撞。

　　还是要做个聪明者——所谓聪明，绝非奸诈，是说话前会思考，办事前善分析，遇到困难时头脑冷静。力争做到知其一，也知其二。知道得不全面，理解得不透彻，但也知道大方向，不至于偏离轨道后触礁搁浅。

　　知其一不知其二者有时无伤大雅，有时却会陷入迷茫和误区，甚至面临险境。《诗经·小雅·小旻》曰："不敢暴虎，不敢冯河。人知其一，莫知其他。战战兢兢，如临深渊，如履薄冰。"意为：不敢空手打虎，不敢徒步过河。人民深知这一条，不知道其他更危险的事。一定要小心谨慎多提防，就像走近那深渊旁，就好像踩在薄冰上。

作者在诗中批判昏聩的君王善恶不分、宠信奸臣；暗地里，小人们党同伐异；朝廷之上，谋士们夸夸其谈。这一切使得作者对国家充满担忧，试图警醒君王，人民知其一不知其二，缘于身处底层，贫困潦倒，其命运多舛也成为一种必然，而君王必定要高瞻远瞩，亲贤臣远小人，鞠躬尽瘁，如亦知其一不知其二，则难免以偏概全，偏听偏信，贻误国家。

毋庸置疑，作者是一位富有正义感，对国家和人民的命运非常关心的人。他在揭露当权者的昏聩，批评执政者听信谗言、斥责一些权臣的拉帮结派。类似的政治讽喻诗，在《诗经》中还有很多。这些诗歌不但在当时具有针砭时弊的作用，即便在今天读来仍具有警示意义。在泱泱华夏几千年的历史浩瀚长河之中，正是这样富有正义感的"臣民""前赴后继"才促进了国家不断发展、民族不断振兴。

时至今日，由"人知其一，莫知其他"提炼而来的成语"知其一不知其二"形容人们只知道事物的某些部分，而对其缺乏全面的了解。现实生活中，还有一类人却属于知其一，但不想知其二的一类。缘何至此？因为其乐于得过且过，乐于止于表象，乐于浅尝辄止，乐于睁一只眼闭一只眼，乐于视而不见听而不闻，乃至无视民怨沸腾，强奸民意。

"知"亦有很多层次——你知我知，天知地知；知无不言，言无不尽；知人善任；温故而知新；知之为知之，不知为不知；知我者谓我心忧，不知我者谓我何求……

做个知（智）者吧。

原载于 2013 年 6 月 15 日《新商报》

高岸为谷,深谷为陵

闫丹宁 作

"变"是人生的常态,没有谁的人生不变。

在"变"的过程中,有人"变"好——生活好,事业好,日子一天天欣欣向荣。有人"变"坏——心情坏,身体坏,整日里郁郁寡欢,唉声叹气。好与坏,没有严格的标准,不好用一句话界定清楚。旁人觉得好得不得了,人家或许并不满意;旁人觉得糟得不行,人家整日里乐呵呵的,一副坦然与从容模样。要看人的修行、处世哲学以及对欲望和物质的追求。

大抵是千人千面,不尽相同。伟人一生总与"变"剪不断理还乱,且多时大起大落，时而立于潮头，时而沉入低谷，乃至上上下下，起起落落，凄凄惨惨，但熬过终成伟业。普通人一生与"变"丝丝缕缕相连，时而笑，时而哭，时而悲，时而怒，乃至喜极而泣，悲痛欲绝，熬过才算强者。

"窥探"充满变数的人生之结局，应去医院。近日老父入院，我得以近距离"观察"患者——患癌症的，几进几出，生命已近终点；患重病的，手术经历生死，终转危为安；因祸瘫床的，年纪轻轻或以此终老。一言蔽之，健康时好好活，活好每一天。还应去殡仪馆，那是人生的归宿，一切的变到了那里都成为过眼云烟，浓缩、固定于一个长方形的匣子，并泯灭于尘埃。

世间的重大变迁可用一句成语来形容：高岸为谷，深谷为陵。语自《诗经·小雅·十月之交》。古人洞悉世事，一语道破"天机"：高岸可沉为低谷，深谷可突为山陵。人生之巨变如山河之换颜，无非山河要靠星移斗转，而人生之变有时却在朝夕之间：一夜暴富，一蹴而就，一日白头，一落千丈。

近日友人的遭遇极为例证——活得好好的，有权有位，风华正茂，却被"拽"了进去，一连多日杳无音讯，我等风闻情况不妙，可能要遭受牢狱之灾。纵为朋友，我等也有心无力，力不从心，无能为力，只能静观其变，期待奇迹出现。

不说人，这世界的变化又是何其快！生活、城市、婚姻、战争、和平……似乎，不变的只有那遥远的星空大叔、寂寞的嫦娥妹妹。

诗曰：

> 十月之交，朔日辛卯。日有食之，亦孔之丑。彼月而微，此日而微。今此下民，亦孔之哀。
>
> 日月告凶，不用其行。四国无政，不用其良。彼月而食，则维其常。此日而食，于何不臧！
>
> 烨烨震电，不宁不令。百川沸腾，山冢崒（zú）崩。高岸为谷，深谷为陵。哀今之人，胡憯莫惩？
>
> 皇父卿士，番维司徒。家伯维宰，仲允膳夫。棸（zōu）子内史，蹶（guì）维趣（cù）马。楀（jǔ）维师氏，艳妻煽方处。
>
> ……

人这一生，便如一根草，弱不禁风和瘦小。

原载于 2013 年 6 月 22 日《新商报》

他山之石

闫丹宁　作

人家说借来的母鸡不下蛋，又说外来的和尚会念经——这个话题一直以来众说纷纭，各有道理。有道是借来的母鸡亦有蛋下得好的，外来的和尚亦有滥竽充数不会念经的——说到人才引进的话题，其实早在几千年前的周宣王时代的诗歌中就有形象生动的描述。

《诗经·小雅·鹤鸣》曰：

鹤鸣于九皋，声闻于野。鱼潜在渊，或在于渚（zhǔ）。乐彼之园，爰有树檀，其下维萚（tuò）。它山之石，可以为错。

鹤鸣于九皋，声闻于天。鱼在于渚，或潜在渊。乐彼之园，爰有树檀，其下维榖。它山之石，可以攻玉。

诗中的"它山之石，可以攻玉"人们早已耳熟能详，并成为经典引用之语，常用常新。自然，这也是成语"他山之石，可以攻玉"的原始出处。这里的"攻"，不是"攻击"，是加工、雕刻之意。意思是：别的山上的石头，能够用来琢磨玉器。能够想象得到，此处的石、玉，是一语双关，并非单纯指宝物，而是比喻贤人、能人，俊才也。比喻别国的贤才可为本国效力；渐后，这句话用来比喻能帮助自己改正缺点的人或意见。或者好的做法、先进的经验。

诗中，与他山之石"相映成趣"的是"萚"与"榖"。萚指的是枯叶，榖指的是楮树，一种落叶乔木，树皮是古代造纸的原料。在诗中，萚与榖都指的是小人。而树檀（檀树）指的是贤人。"爰有树檀，其下维萚"和"爰有树檀，其下维榖"两句，说的是檀树长得高又高，树下落叶随风飘，楮树长得矮又小。作者旗帜鲜明地表达了对于他山之石的渴望，对于本土窝囊废的蔑视。而这番道理，最终要让周宣王接受才能使他山之石真的有机会攻玉。这又是一篇写给最高决策者的关于人才引进的建议书。

兴邦要靠人才，从周宣王时代至今历史风云变化无常，但此道理历久弥新。

原载于 2012 年 12 月 29 日《新商报》

一日三秋

闫丹宁　作

　　葛，是一种多年生藤本植物，叶子为三片小叶组成的复叶，小叶菱形或盾形，花紫红色，荚果上有黄色细毛。茎皮可用来制葛布。这是《现代汉语词典》上的解释。当然，萧也是一种植物，艾也是一种植物。我可不是在普及植物常识，意在提醒读者别小看这些植物，因为在几千年前的田间地头它们就在旺盛地生长着，同时旺盛生长的还有青年男女美好的爱情。

　　丝毫不用怀疑，那时的民风如此淳朴，年轻人可以大胆地直抒胸臆，表达对情人的思念。可以想象在原野上、庄稼地里，人们一边挥汗如雨地劳作，一边唱着隽永的歌谣，那是何等的富有诗意的生活。更不用说，他们随意抒发的情愫、随口创作的歌谣已成为千古流传的经典作品。

　　得佩服那时的人活得诗意且有情趣。而此种诗意和情趣又建立在渊博的文学素养的基础上。我们的老祖宗当年所接受教育的主要途径是通过生产劳动和社会生活实践，没有专门人员和专门机构，教育手段是通过语言、口耳相传、观察模仿。渐后，教育初兴，家有塾，党有庠，术有序，国有学。到西周时，我国最古老的学制即教育制度才初具规模。但农人的孩子是上不起学的，也没有接受教育的权利。而田间地头的劳作者一定都是上不起学一族，此种情形下，这些经典歌谣的产生难道不是奇迹？

先人们太有才了。

> 彼采葛兮，一日不见，如三月兮！
> 彼采萧兮，一日不见，如三秋兮！
> 彼采艾兮，一日不见，如三岁兮！

（《诗经·王风·采葛》）

"一日三秋"这个成语便出自上面的诗歌。

时至今日，青年男女的爱情哪里还有这等期待？智能手机像条拴狗绳，人走到哪儿跟到哪儿；互联网像全人类的偶像，一刻不见便让人失魂落魄；QQ像个小妹妹，总是调皮地眨呀眨呀眼；微博像个特务，一搜一个准。

来一首打油诗：

> 彼手机兮，一日不见，如三月兮！
> 彼网络兮，一日不见，如三秋兮！
> 彼QQ兮，一日不见，如三岁兮！

彼微博兮，一日不见，如三世兮！

丧失了期待的爱情，没有味道；丧失了诗意的爱情，没有味道——按房子的平方米、位置，车子的牌子、档次，工资数额的多寡衡量的爱情指数实在是没有丝毫的诗意，也没有了丝毫的情意，有的是经济指数，以及婚后的时间指数。

再来一首打油诗：

> 彼地久天长兮，有房子兮？
> 彼爱情兮，房子大兮？
> 彼结婚兮，房子中心兮？
> 彼离婚兮，房子一分为二兮！

这世道，发出以上质问倒也非俗不可耐，但一点也不雅和富有诗意，老祖宗们听了，会"扑哧"一笑。

原载于2013年6月29日《新商报》

嗷嗷待哺

闫丹宁　作

  幼时每个人都有嗷嗷待哺的经历，我尤其如此。那时父亲在东北当兵，母亲一个人在西北老家劳作，母亲与爷爷、奶奶关系不和。母亲出工时，将襁褓中的我置于摇篮中，含泪（猜想）撒手而去。母亲早上出工，午时回来。这半天对于我而言便是嗷嗷待哺的过程。也许这个过程对于一个婴儿而言过于"惨烈"，因此至今我的头脑中仍残存记忆。我还记得我的啼哭撕心裂肺，作为奶奶的那个小脚女人于心不忍，曾悄悄潜入我母亲的房间，给我嘴里塞过食物。我曾写过一篇小说《人影》，讲述了这段经历和我内心的感动，大约是因文字富有真情，因此被选入中学语文试卷和被多本杂志和图书转载。

  嗷嗷待哺者自然是弱者、可怜者。幸运的是我每次嗷嗷待哺的时间并不很长,加之有奶奶的偷偷关怀,因此不至于被饿死,不像一些留守儿童那样嗷嗷待哺无果最终小命呜呼哀哉。

"嗷嗷待哺"这个成语出自《诗经·小雅·鸿雁》,原句为"鸿雁于飞,哀鸣嗷嗷"。看似与嗷嗷待哺关系不大,因为鸿雁如今被赋予了美好的含义,千里路上鸿雁传书的确是让人期待的事,但"鸿雁"其本意却是"流民"的同义词。流民嗷嗷待哺自是说得过去,表明时局动荡,社会乱杂,人衣不遮体,食不果腹。

《鸿雁》正是一首乱世流浪者的哀歌。西周后期政治黑暗,危机四伏,战争频繁,造成庶民、奴隶大量逃亡。在生灵涂炭、民不聊生的境况之下,嗷嗷待哺的婴儿自然活不下来,嗷嗷待哺的流民也是饿殍遍野。

俗语曰,民以食为天。老百姓的吃饭问题是任何一个国家的头等大事,来不得半点马虎,它影响政局稳定、发展。因此,让老百姓吃饱、吃好,丰衣足食,安居乐业,国家才能有国泰民安之和谐与盛世景象。

全诗为:

> 鸿雁于飞,肃肃其羽。之子于征,劬劳于野。爰及矜人,哀此鳏寡。
> 鸿雁于飞,集于中泽。之子于垣,百堵皆作。虽则劬劳,其究安宅。
> 鸿雁于飞,哀鸣嗷嗷。维此哲人,谓我劬劳。维彼愚人,谓我宣骄。

寥寥数行短诗,还演绎出其他成语:

百堵皆作:意思是许多墙堵都筑起来。后用以指同时建造大批房子。

哀鸿遍野:由"鸿雁于飞,哀鸣嗷嗷"发展而来,比喻灾祸下四处是流离失所的难民。

执政者以史为鉴,类似这样民间"创作"的乱世流浪者的哀歌就会越来越少。

原载于 2013 年 7 月 20 日《新商报》

目光柔软　内心坚强

钟永康　作

越活越背的人还是不多。正常人大抵都是想努力和奋斗的，因为不如此就过不上好日子。当然，好日子也没有整齐划一的标准，吃香喝辣算是好日子，锦衣玉食也算好日子；有一个属于自己的栖身之地算是好日子，住豪宅别墅也算是好日子；有一个稳定的工作算是好日子，空中飞人日理万机，成就感十足，也算是好日子。这是在一些人眼里的好日子，但有些人可能觉得住在乡下，喝纯净的山泉，吃自个儿种的蔬菜，儿孙绕膝，其乐融融，就是最好的日子。

不管哪种好日子，都是努力争取来的，是人生的一种良性渐变。做、等、靠、要，过不上好日子，或者偶尔过上好日子也不会长久。

形容地位上升的成语是"出谷迁乔"。谷者低处也，乔者高木也。爬出谷底，飞上高木，自然地位迥异，原本是仰视生活，如今是俯视众生。

人生总有转变，常言道，穷则思变。我们可以将"穷"看成一个宽泛的概念——揭不开锅是一种穷，没有一技之长是一种穷，没有社会经验和阅历也是一种穷。要变则要进，进则会往高处走。这是一个浅显却又深刻的道理。

当然，也有人不慎从高木上一头栽下来，有的跌得很惨再无振翅高飞的可能。有的艰难地爬起来，奋发图强，又飞到更高处，可谓奇迹。

更有一些人之人生演绎，风起云涌，大起大落，灿烂与晦暗竟在一时一刻间。

人生如戏，我们都是各自戏台上的主角。

《诗经·小雅·伐木》是抒写宴请亲朋故旧的诗歌，饮酒摆宴、歌舞欢乐表达了人的喜悦情感和和睦关系。阐释人是有感情的，要常来常往，即便飞到高处了，也要常与民同乐。

全诗为：

伐木丁丁（zhēng），鸟鸣嘤嘤。出自幽谷，迁于乔木。嘤其鸣矣，求其友声。相彼鸟矣，犹求友声。矧（shěn）伊人矣，不求友生。神之听之，终和且平。

人来世上走一遭，应是：出谷迁乔之时，不趾高气扬，飞扬跋扈；凄惨黯淡之时，不自暴自弃，破罐子破摔。

目光柔软，内心坚强。

原载于 2013 年 7 月 27 日《新商报》

急人之难

钟永康 作

　　人总有难心事，心急如焚、忧心忡忡之时总企盼得到帮助，此时得到的帮助有如雪中送炭，但凡有情有义之人总会牢牢地记得，乃至刻骨铭心，正所谓患难见真情，也可以言，真情来自患难。

　　我有个小兄弟，我们曾在一个单位工作，我和他的单位属于上下级关系。那一年他工作不顺，时受小人刁难。我从中斡旋，暂时帮他渡过危机，后又帮助举荐，让他换了个单位。再后来，他脱离单位自主创业获得成功。当了董事长的小兄弟见面后一口一个"师傅"地叫我，让我觉得不好意思。他后来又要新开一家公司，想请我去当总经理。总经理不敢当，但这份情谊于他于我均一生难忘。

我有个"老师",在我还是文学青年时,他是杂志社的编辑。他每期都发我的文章,有时一期发两篇,连发好些年。我的那点在局部范围内的所谓名气离不开那家杂志社的鼎力"打造"。时过境迁,我书已出了十部,新华书店、网上书店都在销售。但我见了老师总忘不了当年他对我的帮助,第一杯酒先敬老师,过年过节先给老师寄盒月饼。

难心事不见得就是日子紧巴、缺钱。当然,日子捉襟见肘需要人资助的境遇可能很多人都遇到过。工作上有难心事,爱情上有难心事,仕途上有难心事……每当此时,远方或近处那伸过来的一双手,那关注的目光,那安慰的话语,都是急人之难,有时足以令人泪流满面。无非"帮助"的方式不同罢了。

我们上一辈人之间的互助精神是令我等汗颜与窘迫的,他们之间的关系——邻居间和睦相处,房门钥匙可以很放心地交付;同事之间亲密无间,孩子们之间可以串门、吃饭乃至借宿;上下级之间互相尊重,领导体恤下属,下属关心领导,乃至领导退休多年,下属仍年节忘不了探望。为何?除了大环境,都是小细节,一个个细节都是基于"急人之难"上。

《诗经·小雅·常棣》讲的也是急人之难。"急人之难"这个成语源自"脊令在原,兄弟急难",形容热心助人解决困难。

古时家族人丁兴旺,兄弟姐妹们多,诗中所说的兄弟大约是亲兄弟。打虎亲兄弟,手足确情深,这是来自血脉、骨子里的毋庸置疑的事实。我兄弟待我不错,借钱二话不说,借车钥匙甩给你,工作中的难心事帮我分析、寻求对策。除了亲兄弟还有"江湖"上结识的兄弟,刚刚就和江湖兄弟小酌了一回,听我明天上飞机,非要找人给我调个头等舱,不是要口、显摆,是真想给兄长帮个忙。

有兄弟好,有有情有义的兄弟真好。

诗曰:

> 常棣之华,鄂不韡韡(wěi)。凡今之人,莫如兄弟。
> 死丧之威,兄弟孔怀。原隰裒(póu)矣,兄弟求矣。
> 脊令在原,兄弟急难。每有良朋,况也永叹。
> 兄弟阋(xì)于墙,外御其务。每有良朋,烝(zhēng)也无戎。
> 丧乱既平,既安且宁。虽有兄弟,不如友生。
> 傧(bìn)尔笾(biān)豆,饮酒之饫(yù)。兄弟既具,和乐且孺。
> 妻子好合,如鼓瑟琴。兄弟既翕(xī),和乐且湛。

宜尔室家，乐尔妻帑（nú）。是究是图，亶（dǎn）其然乎！

如果你有兄弟，要记着兄弟的好；如果兄弟误会了你，你要尽可能原谅他；如果兄弟有难，你当伸出援助之手；如果你有能耐，一定要帮兄弟。

当然，此处的兄弟，不是黑帮那套，不是酒肉哥们；也不是不求同年同日生，但求同年同日死那类——两肋插刀就算了，太血腥，和平年代不兴这个，我们追求的是在自己的能力范围内的宽容与慷慨。

原载于 2013 年 8 月 3 日《新商报》

父子情的表现方式

钟永康　作

古时讲究父子纲常，父亲在家中绝对权威，按如今的说法，绝对的大老爷们一个，不可冒犯、顶撞。哪像如今——小女年已十五，在父亲面前动辄撒娇、耍赖，一日外出游玩，我说她傻乎乎的，她来一句，你全家都傻——我愣怔，怒气上扬，她觉得不对，赶紧认错，省了一顿皮肉之苦。其实如今的孩子有口无心，很多口头禅来自网络和民间，良莠不分，"活学活用"，殊不知"冒犯"了长辈尊严的同时，也显示出自己的无知。无知者无畏，似乎有这个成分。

人人都有尊严，尊严有大有小。像古时把家庭气氛弄得像公堂也不好，像现在整个没大没小，孩子们动辄说你龌龊、卑鄙、目光短浅，你也觉得难堪、难以接受。其实很多孩子哪里懂得这些词语的语境，甚至连"龌龊"怎么写都不知道，不怪，但需要及时予以教导，这些词语也是中华民族语言文明之瑰宝，要用得恰如其分才行。

不论何时底线不能突破。

小说《红岩》中有个叛徒叫蒲志高，我妻子显然是看过由此改编的电影或读过书，小女有时向我打"小报告"（在妻子当面），我妻子说她是"蒲志高"，一次两次不要紧，说多了在小女脑海中留下了印痕，有一次，小女说，爸爸，我再不能跟你说妈妈的"坏话"了，妈妈老说我是"蒲志高"——我觉得这不好，只要不是无中生有的话题，实事求是地说事儿，怎么会是蒲志高呢？我在"家庭会议"上认真地提出了这个问题，自此，"蒲志高"这个革命叛徒从我家逃走了。

关于父子情的表现在古代诗歌中极少管窥到，《诗经·小雅·四牡》却从一个侧面反映出儿子对父亲的体贴和关切，体现出诗人的拳拳之心。作者是一名小公务员，他驾着马车行走在路上，心中挂念着家中衰老的双亲无人照料，发起了牢骚。

诗曰：

四牡騑騑（fēi），周道倭（wēi）迟（yí）。岂不怀归？王事靡盬（gǔ），我心伤悲。

四牡騑騑，啴啴（tān）骆马。岂不怀归？王事靡盬，不遑启处。

翩翩者鵻（zhuī），载飞载下，集于苞栩。王事靡盬，不遑将父。

翩翩者鵻，载飞载止，集于苞杞。王事靡盬，不遑将母。

驾彼四骆，载骤骎骎（qīn）。岂不怀归？是用作歌，将母来谂（shěn）。

大意是：

四匹公马跑得累，道路悠远又迂回。难道不想把家回？官家差事没个完，我的心里好伤悲。

四匹公马跑得疲，黑鬃白马直喘气。难道不想把家回？官家差事没个完，哪有时间家中息。

鹁鸪飞翔无拘束，忽高忽低多舒服，累了停歇在柞树。官家差事没个完，哪有时间养老父。

鹁鸪飞翔无拘束，飞飞停停真欢愉，累了歇在枸杞树。官家差事没个完，哪有时间养老母。

四骆马车扬鞭赶，马蹄得得跑得欢。难道不想把家回？将这编首歌儿唱，儿将母亲来思念。

这名公务员有心没力，满肚子怨言但解决不了根本问题。

老去是生命的必然。古时儿孙满堂，人多，赡养老人的问题比较容易解决；不久的中国会进入独生子女挑大梁的时代，两个孩子四个爹妈（爷爷奶奶要长命百岁呢?），爹妈命长是福气，但当他们进入耄耋之年后生病住院，两个孩子该如何表达和体现伦理真情？不过，年轻一代聪明，说不定就发明出能端茶倒水、做饭洗衣、掏耳朵修指甲、陪老人唠嗑的机器人。

原载于 2013 年 8 月 10 日《新商报》

民之愿望，日用饮食

钟永康　作

　　想一想我们为什么活着，就是"吃穿"二字。这话忒俗，显得我们一点都不高大。但民以食为天，这是亘古不变的真理，因此，吃穿二字，俗是俗，但俗得可爱。吃穿简单又深刻，说其简单，粗茶淡饭布衣茅屋，来自自然回归自然，足矣；说其复杂，饕餮之徒从未绝迹，锦衣玉食之风日盛一日，由此我们知道，口腹之欲亦是万恶之源。

　　想一想我们为什么活着，就是想长命百岁。这话也俗，显得我们没有视死如归的豪迈和血气。长命这件事，从古至今从上到下人们都不含糊，无非我们图的是无病无灾、颐养天年；君王图的是福如东海、寿比南山——万寿无疆。过程大有不同，结果都差不多，活过一百岁，就赚了。活命简单也又复杂，其简单的表现是，不以物喜，不以己悲，有吃有喝，乐得逍遥；言其复杂，天下熙熙，皆为利来，天下攘攘，皆为利往，人们往往难以"独善其身，兼善天下"。

为何活着，怎么活，《诗经·小雅·天保》似乎说得很透彻：

天保定尔，亦孔之固。俾尔单厚，何福不除（zhù）？俾尔多益，以莫不庶。

天保定尔，俾尔戬穀（jiǎn gǔ）。罄无不宜，受天百禄。降尔遐福，维日不足。

天保定尔，以莫不兴。如山如阜，如冈如陵，如川之方至，以莫不增。

吉蠲（juān）为饎，是用孝享。禴（yuè）祠烝尝，于公先王。君曰卜尔，万寿无疆。

神之吊矣，诒尔多福。民之质矣，日用饮食。群黎百姓，遍为尔德。

如月之恒，如日之升。如南山之寿，不骞不崩。如松柏之茂，无不尔或承。

主旨是：

人民纯朴又善良，有吃有穿真高兴。天下所有老百姓，受你感化有德行。

你像上弦月渐满，又像太阳正东升，你像南山寿无穷，江山万年不亏崩。你像松柏长茂盛，子子孙孙相传承。

这是一首祈福和祝愿诗，百姓希望君王"如山如阜，如冈如陵，如川之方至，如月之恒，如日之升"并且"万寿无疆"。他们认为只有君王活得如此"有质量"，百姓才能满足"日用饮食"，有德行讲伦理，幸福安康。

全诗洋洋数十句，但百姓对自己的生活质量的"要求"只有四字："日用饮食"。可见这四字虽然简单，意义却丰富无比。古往今来，古今中外，历朝历代的执政者都不能也不敢无视百姓吃穿问题，俗话说"国计民生"，民生——此乃国是否兴盛的基础。

原载于2013年8月17日《新商报》

一次阅读，一次出征

钟永康　作

如今已非春日，我却见到了春天的景象。那是由一本本书聚积起来的气象，人头攒动、摩肩接踵的情景像人才市场，像菜市场。人们在书中徜徉、流连、穿梭，夹杂着激动、急躁、兴奋乃至不安。这样的场景出现在广州这样的大都市，而且一连数日如此，总是令人浮想联翩。

我们是乘坐地铁从佛山至广州琶洲南国书香节现场的。在这个燠热的夏日，四面八方的人都是乘着地铁风驰电掣般赶往这个特大型集市。在广州和佛山范围内，不管你从哪里上车，只要目的地是琶洲，一律免费。人们仿佛乘坐着春天的地铁阅览广袤的没有围墙的大自然春天的第一次花开般急切。

人群中各色人聚集。襁褓中的婴儿、孩提幼童、豆蔻少女、弱冠男生、而立男子、不惑如我等……耄耋老者倒是少见，这样的一次春天的旅行和游走对于他们已是有心无力了，尽管书香比花香、草香、雨后泥土的芬芳更有别样的味道。

是的，不管一年四季的何时，书中总有一缕阳光逡巡至你的心房。你只要打开，阳光便明媚又温煦，花木丰茂茁壮。

《诗经》中这样的关于春天的描述却是出征后的风景。《诗经·小雅·出车》曰：

> 我出我车，于彼牧矣。自天子所，谓我来矣。召彼仆夫，谓之载矣。王事多难，维其棘矣。
>
> 我出我车，于彼郊矣。设此旐（zhào）矣，建彼旄（máo）矣。彼旟（yú）旐斯，胡不旆旆（pèi）。忧心悄悄，仆夫况瘁。
>
> 王命南仲，往城于方。出车彭彭，旂旐央央。天子命我，城彼朔方。赫赫南仲，玁狁（xiǎn yǔn）于襄。
>
> 昔我往矣，黍稷方华。今我来思，雨雪载涂。王事多难，不遑启居。岂不怀归，畏此简书。
>
> 喓喓草虫，趯趯阜螽。未见君子，忧心忡忡。既见君子，我心则降。赫赫南仲，薄伐西戎。
>
> 春日迟迟，卉木萋萋。仓庚喈喈，采蘩祁祁。执讯获丑，薄言还归。赫赫南仲，玁狁于夷。

大意是：

作者履行义务出兵，召集驾车武士。国家多事多难，战事十万火急。

但面对"草虫咕咕鸣叫，蚱蜢蹦蹦跳跳；春天日子漫长，花木丰茂茁壮；黄鹂唧唧歌唱，女子采蒿群聚"的自然与人文景象，作者表达了从忧到喜的深刻而敏感的心理变化，这些看似信手拈来的风景描写令人宛如闻到书香般荡涤肺腑。

花开在春天，自有其自然规律；读书却是随性的，在春日的清晨、夏日的午后、秋日的黄昏、冬日的深夜，一本书、一个人、一席地、一杯茶，然后是一场盛筵——一次阅读、一次出征，总能有所收获，即便是那些沿途闲适的花花草草、蝶舞鸟鸣，亦会给你人生的体悟。

人生，不就是一次次出征么。

原载于 2013 年 8 月 24 日《新商报》

故乡是一种情结

林捷　作

　　故乡不是概念，是一种情结。尽管在不久的将来它或许会成为一个概念，随着城镇化的加快，越来越多的人会告别生养他的富饶或贫瘠的土地而进入城镇，身份由农民"置换"为"市民"，故乡渐行渐远，逐渐模糊。

　　但情结的消逝是一个漫长的过程，甚至，故乡的轮廓隐匿了，但故乡的情结盘桓在心中，像文化的传承一般一代一代人接续下去。

　　幸甚至哉。在物质的时代，我们的心中还有神圣的净土——可以怀念的村庄，可以魂牵梦萦的溪水和歪脖子树。

　　故土难离。但在这个时代没有什么可以困顿人出行的步伐，越来越多的人会在一生中选择远离故土一次、二次……像是命运的安排，某种生命的注定。

人在异乡已然是一种现实存在。俗话说,适者生存。有人适应,有人心生隔膜,不同的人对异乡与故乡的对比而滋生的情结是迥异的。这的确是一种异样的情感,人在内心容纳一座城市,它的建筑、气候、人、观念,如同男女之间的情愫,或者是情人眼里出西施,一好百好,或者处处觉得它别扭、生分、疏离,远不如故乡那么贴切与自然。

《诗经·小雅·黄鸟》正是异乡人情感的真实体现:

> 黄鸟!黄鸟!无集于穀!无啄我粟!此邦之人,不我肯穀。言旋,言归,复我邦族。
>
> 黄鸟!黄鸟!无集于桑!无啄我梁!此邦之人,不可与明。言旋,言归,复我诸兄。
>
> 黄鸟!黄鸟!无集于栩!无啄我黍!此邦之人,不可与处。言旋,言归,复我诸父。

大意是:

黄鸟呀黄鸟,你别停在我家的树上,别吃光了我的粮食。这里的人对我不好。转来转去,我还是要回到家乡。这里的人对待异乡人,"不我肯穀""不可与明",甚至"不可与处",总之,这里不好。

这似乎是一首流浪者的哀歌,诗人流落他乡,没有人收留他,也没有人理解他、同情他,感到与他乡之人难以相处,所以想返回故里,回到自己的家族中去,回到父母兄弟的身边。也有人说这首诗是女子被丈夫抛弃后想返回自己宗族的作品,是讽刺周宣王时道德沦丧的。朱熹《诗集传》认为这首诗是"民适异国,不得其所,故作此诗",是写诗人流浪他乡无法生存的真实心态与写照。

人在异乡,情感是复杂的。从我的切身经历而言,没有五年至十年的时间,人是无法融入异乡的,这个过程是一种磨砺、煎熬、挣扎。需要渗入你的血液的有文化、习俗、语言以及形形色色的人。很多人半途而废,一些人成功地"转型"。至于得与失,全在于内心的忖度与揣摩。

但人心有容乃大,对于海外游子而言,祖国是故乡;对于北上广如我等,甘肃、辽宁、新疆是故乡;对于进入城市的人而言,乡村是故乡……故乡是青春,永远活跃。

原载于 2013 年 8 月 31 日《新商报》

经营四方

林捷 作

　　如今颇为时髦的一个词乃"经营"也。经，经济；营，营生。便是赚钱。人亦曰经营人生，经营人生的目的是什么，还是赚钱；人亦曰爱情也可以经营，我终于还是没想明白如何经营爱情，两口子好好过下去得了，风餐露宿也是你，锦衣玉食也是你，最后白头偕老，到了"下面"还是你。

　　经营与钱有关，但消费不叫经营，叫花钱。那就是用一种手段摆弄钱。摆弄好了，赚钱；摆弄不好，亏钱。前日一家银行的信用卡中心致电于我，给我十万元的额度让我花——我不能拿这么多钱去胡吃一通，也不能夜夜笙歌。"出来混，迟早要还的"，我拿什么还？若是善于经营，十万块也不是小数目，借鸡下蛋最划算，很多商中翘楚起步钱也没有十万，几百、几千、几万而已。但我实在不会经营，去炒股，怕竹篮子打水一场空；买房子，那点钱还差得远；买车，已经有了一辆破破烂烂的四轮儿；创业，四十不惑，不敢尝试；出书，倒是可以，但自费书新华书店不上柜。不如把十万块钱码到茶几上，感受一下、触摸一下、欣赏一下，再灰溜溜地还给银行。傻子。

从《诗经·小雅·何草不黄》中读到"经营"一词时，我还是吃了一惊。想不到老祖宗如此具有经商头脑，几千年前就创造了这个词语，让几千年后的芸芸众生如痴如醉，满大街流淌着混杂着各色气味的经营之道。

其实，老祖宗没那么钻钱眼儿。"何草不黄？何日不行？何人不将？经营四方。"此处的经营为奔波之意，似可引申为颠沛流离的生活状态。本诗描写行役在外的征夫生活艰险辛劳，表达了对遭受非人待遇的抗议。

如此说来，不管是现代还是古代，社会底层有很多人确在"经营四方"。奔波、漂泊，居无定所。我见过的，早年在深圳，随处是"淘金"一族，其日子过得苦，没有尊严，人见人嫌。但为生存计都挣扎着活。有的人活得很好，也有经营不成打道回家的，估计没少受街坊邻居的揶揄和嘲笑。

作为一个词语的衍生、借用，"经营"无错，错在今人无论做何事都先想到经营，人际关系要经营，成长之路要经营，供个孩子上学，也要算一算花了多少钱，最后孩子能挣回多少钱，还说得振振有词。

过于现实吧。

不现实的人是不食人间烟火，自然不行。但太现实的人是烟火熏多了，乃至人都走了形。

原载于 2013 年 9 月 7 日《新商报》

自求多福

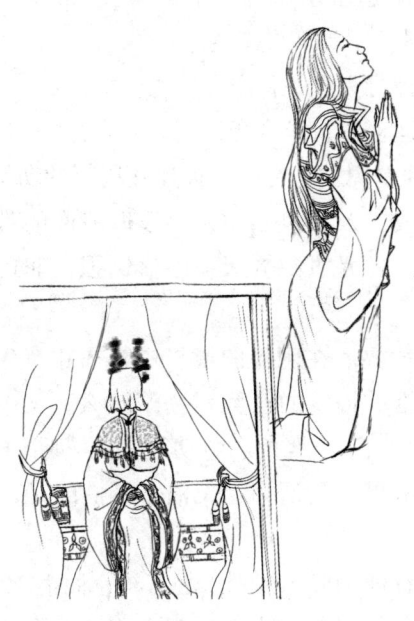

林捷 作

  从我父亲身上，我知道福是一道复杂的命题。他出身农家，是"泥腿子"，吃不饱肚子，没什么福；但不甘落后，年轻时当了兵，提了干，上了军校，有了工资，可以养家糊口，比起农村的兄弟，有了福；从部队转业后，继续当医生，后副主任医师，在小城医界乃权威，救命百条，颇受人尊敬，有福；年衰体弱时病魔缠身，上过几次手术台，吃了大苦，遭了大罪，乃至不能放开吃，放开喝，放开行，器官衰竭，福窜得远远的；年轻时脾气暴躁，对我母亲动辄"铁砂掌"，我母亲忍了，对他仍贴心照料，是福；及至老境，在他神志昏迷时对我母亲"出言不逊"，我母亲仍为他端屎端尿，是其大福。

福是虚幻的，又是实在的。可产生于琐碎的生活，又萌生于精神世界。不一定常有，未必没有。原本是福，又不是福。看着是福，其实是祸。福无双至，祸不单行。总之，福与祸不亲，也不生；不紧，也不慢；不密，也不疏。伴随人之一生，冷眼观潮间，福之所倚，祸之所伏，不是因果，却命中注定。

谁不自求多福呢。求是一种心愿，非常美好。看福地，想福利，求福音，谋福祉，乃至福至心灵。但自古以来，一生福运相随者寥寥无几，无疾而终者寥寥无几。

想起福，是因从《诗经·大雅·文王》中看到"永言配命，自求多福"之语。意指顺应天命不违背，自求多福多吉祥。王者求福，求大求全；百姓求福，求小求细；男人求福，求追求求事业，求父母安康，求子女快乐；女人求福，求安逸求舒适，求青春常驻，求妩媚婀娜。

求乃一种姿态，一种行为，一种心愿。很美好。

无人求灾祸，求命运多舛，求众叛亲离，求早死。

《文王》一诗歌颂的是周文王受命于天建立周邦的功绩，叙述商周兴亡交替的道理，告诫和勉励周成王及后世君主，要汲取殷商的教训，效法周文王顺应天命，实行德政。如此，便是洪福齐天，国盛民强；非此，便是灾祸连连，民不聊生。

福归根到底是一种境界。在闲淡的境界中，福才有生存的土壤。看过美国作家、哲学家亨利·戴维·梭罗的《瓦尔登湖》么，文中体现出的那种与世无争、清雅唯美的心气，与当下浮躁的、急功近利的、唯利是图的大的社会环境，显然是完全彻底的两个世界。是谓福。大福。可惜的是，无几人能修炼到如此高的精神境界。

无欲则刚——言之有理。但无欲则未必有福；而欲望太多亦未必有福。

福大多时是"修"来的，前世太远，现实很近。要想有福，行善积德。行了善积了德，仍无福——那是个例，不去论它。

原载于 2013 年 9 月 21 日《新商报》

思无邪：不要胡思乱想

林捷 作

　　尽管从字面上理解"思无邪"是包括我等许多人的"习惯"，"习惯"是否正确要打问号，但汉语如此浩瀚与丰富，望文生义也好，断章取义也罢，都是对汉语的应用，用了总比彻底丢弃要好，只要不贻笑大方，贻误后人，犯原则性错误。

　　思无邪，我更愿意理解为思想无邪念。

　　思无邪，后语出《论语·为政第二》，是我国伟大的思想家、教育家孔子评价诗歌总集《诗经》的著名观点。

　　"子曰：《诗》三百，一言以蔽之，曰'思无邪'。"翻译过来就是：孔子说："《诗经》中三百多首诗，用一句话来概括，就是不胡思乱想。"

　　胡思乱想是否属于"邪念"，自是不一定。但邪念一定是胡思乱想的结果。

正如有些官员上台掌权后，非思无邪，而是思有邪，千方百计捞钱、渔人取鱼般渔色。心中有了邪念，如果放任自流，必然要肆意妄为。

过日子要思无邪，干工作要思无邪，对待爱情更要思无邪，否则，思想抛锚了，人生便闪了腰。

思无邪不是孔子的"发明"，其最早出现在《诗经·鲁颂·駉》中，駉为马字旁，望字生义，自然与马有关。这是一首夸赞马的诗。古时无其他动力，马有力，是主要的运力。有马则可以兜风、驰骋、挑衅、作战、一溜烟地逃窜。家有牡马是家庭实力的体现，将有良驹才可以叱咤风云。马又除了脾气不对路偶尔尥个蹶子外，再无其他毛病，生活方面的追求也不高，草料填饱肚子而已。于是，赞马、夸马、咏马是人乐意而为之的事儿。

诗曰：

駉（jiōng）駉牡马，在坰之野，薄言駉者？有驈（yù）有皇，有骊（lì）有黄，以车彭彭。思无疆，思马斯臧！

駉駉牡马，在坰之野，薄言駉者？有骓（zhuī）有駓，有骍（xīng）有骐（qí），以车伾伾（pī）。思无期，思马斯才！

駉駉牡马，在坰之野，薄言駉者？有驒（tuó）有骆，有骝（liú）有雒，以车绎绎。思无斁（yì），思马斯作！

駉駉牡马，在坰（jiōng）之野，薄言駉者？有骃（yīn）有騢（xiá），有驔（diàn）有鱼，以车祛祛（qū）。思无邪，思马斯徂！

思无疆、思无期、思无斁、思无邪，读来朗朗上口。意义却完全不是望文生义就能理解。"思"是一个语气词，无实际意义。后面才是要表达的感受。无疆指跑起路来远又长，无期指雄壮力大难估量，无斁指精力无穷没限量，无邪指沿着大路不偏斜。总之，对马赞誉有加。

我以为，从马身上，今人亦可学到很多，做学问，当讲究思无疆，眼界再高一点，胸怀再宽一点，学问才可以做大；对爱情的追求，当讲究思无期，二奶、小三即便昙花一现，也搅浑了爱的至真至纯；无斁为无厌烦之意，对事业的执著，当讲究思无斁，不见异思迁、浅尝辄止。凡此种种，却要在"无邪"之下才能实现。

原载于 2013 年 9 月 14 日《新商报》

知我如此,不如无生

林捷 作

如果我知道我的未来,如果每一个人都知道自己的未来,那未来也就不存在了。

未来是一列没有终点的列车,你尽可以欣赏沿途的风景,一路向前;你尽可以憧憬下一站的邂逅与奇遇,心荡神摇;但这列车不走回头路,不能掉头,此时的已成过去,过去的已成记忆。

人生变幻无穷,多数人生活得很幸福,知足常乐。但命运之手哪有绝对公平与公正?总有这样那样的人备受命运的捉弄,生活凄惨,命运多舛。此时,大概就会有"知我如此,不如无生"的感慨和自暴自弃。

正如昨夜我不停地辗转反侧,那是因为感冒这个敌特分子四处作祟让我的身体机能全面"崩溃",我在备受"煎熬"之余,后悔天冷未及时添补衣物。此时我的心情就是——知我如此,不如早早御寒。

友情也是如此。你会发现,某一时刻你会突然想起一个人,或者另一个人,想起当年在一起时的情景那么美好,年轻的心澎湃且柔软,但不知为何竟然失去联系十几年,其间电话不曾打过,QQ不曾聊过……更不曾见过。早知如此,何必相识?

"知我如此,不如无生"到底是一种喟叹和无奈。虽然消极但有感而发也是人之常情。但此种情绪不应是芸芸众生的常态。这话往根源处说就是人根本不该到世上走一遭,再往深刻里说——死了得了。此语出自《诗经》。

《诗经·小雅·苕之华》曰:

> 苕(tiáo)之华,芸其黄矣。心之忧矣,维其伤矣。
> 苕之华,其叶青青。知我如此,不如无生!
> 牂(zāng)羊坟首,三星在罶(liǔ)。人可以食,鲜可以饱!

本诗描写的对象是饥民。饥民是什么样的生活状态我没见过,但看过书,看过电影,那种生不如死、颠沛流离的生活确实是一种极大的磨难、痛苦、摧残。一般人都熬不过去。我要是处于那种情形之下也会抱怨老天——早知如此,你让我来到这世上干什么?

可惜的是,大多时候人都要被动地接受现实。人对生活的选择会被一场风霜雨雪打落得七零八落,会从山巅坠至低谷,低谷跌至深渊。当然,也有的人生活处处是鲜花、阳光、和煦的风。

物极必反。发出"不如无生"之慨叹者,内心潜伏着一种抵触与反抗,一种对命运的不甘与反叛。一个人,一群人,一个部落,一个民族,发出这样的心声是个危险或可怕的信号。

原载于2013年9月28日《新商报》

娶妻如"砍木"

郭小凤 作

凡事自己干,不是不行,那会很累;懂得借力有时事半功倍。要不怎么说领导艺术也是一门学问,"领袖"不是人人都能做的。

举个例子,我母亲照顾我父亲,一个人不行,子女又少有时间替换,我提出给她雇个护工,她不同意,觉得花钱不划算,又帮不了什么忙——第一个概念,花钱划不划算的问题,这就像老板花钱请人工作,老板划不划算呢?第二个概念,帮忙还是不帮忙的问题,这还像人给老板工作,人如果懒惰、懈怠甚至帮倒忙,老板一定有办法治他。

我母亲年岁大了,给她讲这些她不接受,是个"老顽固",所以她生活得很辛苦,除了她自己努力,旁人无药可解。

做事情借力是必要的。比如说写作,现在离开电脑就不行;唱歌,离开

KTV 就没感觉；砍柴，没有斧头用手劈试试？生孩子，离开妻子不行——把妻子比成生育的工具，天下的女人都不接受，很愤怒，很受伤。我此处所言本意——生孩子是两个人的事，男人自个儿搞不定。

娶妻和砍木是有关系的，容我慢慢讲来。如今在城市看不到砍柴的场景了，我幼时在内蒙古林区常见大人砍柴，抡起斧头照准圆木的横截面狠狠地砍下去，"咔嚓"一声，圆木分成两半。林区只有木头，没有煤炭、汽油、液化气，人们取暖全依赖木头。木头很粗，需要用斧头砍成半，再砍成半。在寒冷的冬季，木头被冻得脆生生的，尖利的斧刃所向披靡，无往不胜。但娶妻和砍木到底有什么关系呢？《诗经·豳风·伐柯》做出了形象的说明。

诗曰：

伐柯如何？匪斧不克。取妻如何？匪媒不得。
伐柯伐柯，其则不远。我觏之子，笾（biān）豆有践。

原来，娶妻和砍柴不能画等号——想想也是，娶妻是娶个囫囵人来，娶个宝贝；砍柴是把柴生生地分开，然后焚毁取暖，哪里有关联？诗意为婚娶必须通过媒人，就像伐柯必须借助斧头——故作玄虚了一回。

媒人就是介绍人，介绍人一般都是熟人，熟人对双方都知根知底，又有一副热心肠，因此撮合起美事来有煽动性，成功概率大。似乎古代专门有媒婆这个职业，以此为生，成就了不少好姻缘。当然，也有一些淫媒婆，专为男女行邪恶淫荡之事撺掇。

媒婆是人，有血有肉，不是工具。用现在的话言，是中介、婚介。斧头不是人，冷冷冰冰，是工具，是利器。但媒婆的嘴好比斧头的刃，嘴利不利往往决定事情成不成；斧头的刃决定砍柴的速度，也意味着体力付出的多寡，从这个意义来说，两者是有相同之处的。

如今年轻人大都自由恋爱，爱得快，恨得也快，像拿斧子劈柴。

原载于 2013 年 10 月 12 日《新商报》

小康日子：我家有羊

郭小凤　作

　　我家没有羊，我始终没发现家里有过羊。我小时家里养猪、养鸡、养猫、养狗，种植蔬菜。家境不富裕，不贫穷——几岁的小孩对贫富没有概念，有吃有喝有玩有乐，幸福得很。也没发现贫富差距，院子里的孩子吃的穿的用的玩的都差不多。倒是有一户率先买了大彩电——其实不大，但那时一定要冠以"大"字，否则对不起彩电。孩子们都被吸引过去，欢聚一堂，坐在人家客厅里看彩电，真是社会主义大家庭。

　　但没听过有彩电的小伙伴鄙夷地冲我们喊："我家有大彩电！"

　　孩子们的爸爸有的是团长，有的是营长，有的则无一官半职。官有官样，有的人家有摇把子电话，有的人家门口"站"着吉普车。孩子们满院子跑，没听谁喊:"我爸是团长!""我爸是……"我爸是我爸,我们是我们,拼老爸,孩子们不会,老爸不教。

那个时代真好。听见卖冰棍的都让人兴奋,放电影时上千人的礼堂能坐满人,几分钱、一毛多钱的小人书就把我们给启蒙了。

幸福一点都不复杂,一台彩电、一辆自行车、一本书都能让我们幸福无比。而诗经时代没有彩电、自行车,幸福则由一群羊带来。《诗经·小雅·无羊》是一首悠扬的牧歌,细致入微地描绘了放牧牛羊及回家的场景。牧羊人"披着蓑衣,戴着斗笠,背着干粮",优哉游哉地漫步在蓝天白云之下。从蓑衣、斗笠、干粮分析,牧羊人可能不是一个孩子,这么大群的羊,一个孩子似乎首尾不能相顾。但不管怎么说,"我家有羊"是毫无疑问的,有这么多羊,那家境自是不错,但牧羊人仍是"以薪以蒸,以雌以雄"——捡来树枝做柴草,打来雌鸟和雄鸟,自己动手,"丰衣足食"之后,又"牧人乃梦"什么梦呢?众维鱼矣。梦到鱼,丰年庆有余。

全诗为:

谁谓尔无羊,三百维群。谁谓尔无牛,九十其犉(rún)。尔羊来思,其角濈濈(jí)。尔牛来思,其耳湿湿(chì)。

或降于阿,或饮于池,或寝或讹。尔牧来思,何蓑何笠,或负其餱(hóu)。三十维物,尔牲则具。

尔牧来思,以薪以蒸,以雌以雄。尔羊来思,矜矜兢兢,不骞不崩。麾之以肱(gōng),毕来既升。

牧人乃梦,众维鱼矣,旐维旟矣。大人占之:众维鱼矣,实维丰年;旐维旟矣,室家溱溱。

生活简单,欲望单纯;生活复杂,欲望交织。简单的生活中幸福却常在,复杂的生活里幸福时有时无,飘忽不定。但更多的幸福和美好却来自简单,如同这简单的放牧。

原载于 2013 年 10 月 19 日《新商报》

苦于内心才是真苦

郭小凤　作

这个季节，我的老家兰州是瓜果飘香的，桃子，特别甜，还不贵，五六块钱一斤的是上好的；白兰瓜，又称兰州蜜瓜，瓜瓤软、甜，蜜汁一般。我专门空运了十来箱到南方送给亲密的友人，虽然运费不菲，但能够让他们品尝到我家乡的物产，我觉得是非常有意义的事。这也是我对家乡的一种爱吧。

瓜果一般都是甜的，酸的、涩的、苦的也有，但不是主流。

苦瓜是个例外。

苦瓜这个草本植物老早就有了，《诗经·豳风·东山》中就有"有敦瓜苦，烝在栗薪"之语，意为"团团苦瓜苦又苦，挂在栗木柴堆上"。几千年前，老祖宗们就吃苦瓜，那时老百姓餐桌上可食蔬菜瓜果肯定不如现在多，苦瓜这东西若是餐餐吃，真是"受得苦中苦，方为人上人"，对味蕾是一种煎熬。

但奇怪的是明代以前的医书中并无苦瓜的记载，明代李时珍的《本草纲目》始列入。时珍曰："苦以味名。苦瓜原出南番，今闽、广皆种之。五月下子，生苗引蔓，茎叶卷须，并如葡萄而小。七八月开小黄花，五瓣如碗形。结瓜长者四五寸，短者二三寸，青色，皮上痱如癞及荔枝壳状，熟则黄色自裂，内有红瓤裹子。瓤味甘可食。其子形扁如瓜子，亦有痱。南人以青皮煮肉及盐酱充蔬，苦涩有青气。"

我在北方时，吃不到（现在市场上有了）苦瓜。到了南方后，南方人竟以其为主要蔬菜之一，家里的餐桌上便也常见苦瓜。第一次听到这个名字时，觉得很怪；吃到嘴里，真是苦得扎实。我是不太爱吃的，但女儿爱吃，妻子爱吃——每次苦瓜炒鸡蛋、苦瓜炒肉片、虾仁炒苦瓜、豉香肉末炒苦瓜、苦瓜蛤蜊清火汤等，她们吃得来劲，我也不能隔岸观火，象征性表示一下而已。

《诗经·豳风·东山》描写的是一位远征的士兵在归家途中思念家乡和亲人，但是苦瓜作为一种农作物出现在诗中，我起初并没有发现什么特指之意，因为同时出现在诗中的还有蚕、瓜蒌、喜蛛、萤火虫等迄今可见且我们熟悉之物。但细细品咂之后我觉得颇有些意味，你看，苦瓜属寒性，瓜蒌亦性寒味苦，诗中总共出现了两种蔬菜但都属于苦寒之物，作者是不是以此表达心中不解的苦闷与愁绪？当然，也或者只是一种巧合，那些花花绿绿的蔬菜瓜果不在百姓日常饭桌之上，平时见不着，作者可写之物唯上耳。

西周时代，战乱频仍，民不聊生，老百姓的日子的确过得像苦瓜一样苦。苦瓜苦了他们的嘴，也苦了他们的心。而如今的我们吃着苦瓜，谈笑风生。

苦与不苦，不要看嘴，要看内心。

原载于 2013 年 10 月 26 日《新商报》

全民打工岂敢定居

郭小凤 作

居于何处对于人生而言实在是个重大课题。我曾以为会定居在兰州,没想到去了深圳;以为会定居深圳,没想到去了广州;以为会定居在广州,取薪之地又在佛山。如今在广佛两地间跑,被人称为候鸟。因为久久"定居"不下来,自己也养成了不安分守己的性格,在一地待一段时间就想到另一地去,循环往复,大概用我的第一本书的书名《城市行者》来形容自己的一生该是最恰当的了。

一般情况下,包括我的父辈在内的很多人,一生会定居于一个地方,再也不换。由此产生的"裙带关系"错综复杂,显见的就是人情世故多得不得了,婚丧嫁娶一个接着一个，快乐之余，负担也不小。

人生总是充满变数，而又往往难以预料，"居于何处"是变数之一种。不知道自己将居于何处，岂敢轻言定居，过安逸舒适的日子？

《诗经·小雅·采薇》中的"岂敢定居"说的却不是上述之意。这是一位戍边兵士在服役归来途中写下的诗篇，出征行军，前途未卜，吉凶难料，哪来安定，哪敢图安定？如今是和平年代，不太打仗，全民打工，不管是高级领导、中级白领、低级工仔，都是一个"打"字。既然是打，就有胜败，胜了方可言定居，败了要么打道回府，要么转战南北，定居遥遥无期。

有的城市为了让打工仔定居，给户口（有门槛）、给房子（有优惠）、给待遇（比如孩子上学），有的真就定居了。到一座陌生的城市定居的确是需要一些魄力的，光有魄力还不行，还要有能耐，光自己有能耐不行，还要让一家人都得有点能耐，否则寅吃卯粮，居是居了，定不下来。

一个士兵从战场上下来安然无恙，实属侥幸，感叹定居不易实属言由心生，经历了人生的大起大伏、出生入死，面对或许到来的定居生活，他的心情是无比舒畅的，由此，他也在这首诗中创造了千古称颂的佳句："昔我往矣，杨柳依依。今我来思，雨雪霏霏"。看来，安居乐业是人生极大的"浮华"，是任何人都梦寐以求的事儿，功成名就之时，也即是安居乐业的开始。

全诗为：

采薇采薇，薇亦作止。曰归曰归，岁亦莫止。靡室靡家，猃狁（xiǎn yǔn）之故。不遑启居，猃狁之故。

采薇采薇，薇亦柔止。曰归曰归，心亦忧止。忧心烈烈，载饥载渴。我戍未定，靡使归聘。

采薇采薇，薇亦刚止。曰归曰归，岁亦阳止。王事靡盬（gǔ），不遑启处。忧心孔疚，我行不来！

彼尔维何？维常之华。彼路斯何？君子之车。戎车既驾，四牡业业。岂敢定居？一月三捷。

……

但安居乐业之路哪有那么容易，不管在几千年前还是几千年后，对于普通人而言，都是一座高山，泥泞遍地，道路崎岖，想攀至山顶，需一生拼搏。

原载于2013年11月2日《新商报》

拮据原意不是手头紧

郭小凤 作

　　拮据是个很文雅的词语，普通老百姓日常生活中不太常用，一般以困难、手头紧、紧紧巴巴等词语来形容日子的窘迫。

　　别人我不太清楚，若干年前自己也常有"拮据"的状况发生，到银行取钱，每次十块、二十都取过。办了很多银行的折子，但一直没存进去什么钱，多少年过去还是空头账户。偶尔也向人借个五块十块的。再往前推几年，从学校刚毕业那阵儿，每月工资总共就五六十元，除去吃饭及日常用品等用度已所剩无几，好在看电影不花钱，工厂俱乐部成立了影评协会，我因积极撰写影评而成为会员，持会员证即可免费入场——若不是有此优待，看电影或许也要借钱买票呢。

但拮据的原意并非如此，你或许想象不到它指的是"爪子因劳累伸展不灵活"——把人的手说成爪子那是骂人，此处也不指人，指的是小鸟，是麻雀还是喜鹊不太清楚。这只可怜的小鸟的形象出自《诗经·豳风·鸱鸮》。鸱鸮是古时对一类猛禽的说法，这里指的是猫头鹰。猫头鹰昼伏夜出，捕食兔子、老鼠、小鸟等，是小鸟的克星。诗歌中的小鸟被猫头鹰残害，猫头鹰抓走了她的小孩，她的"爪子"因为筑巢已经累得痉挛，她祈求猫头鹰不要再毁坏她的家。

可以想象在凄风冷雨中那只孤独无助的小鸟在忍受失去孩子的痛苦之余，还要筑巢和贮存过冬的粮食，已累得爪子不听使唤，嘴巴满是伤口，还要时刻提防猫头鹰对她的袭击。

这首诗是我国最早的寓言诗，是那个特定时代老百姓的生活写真，至于猫头鹰具体所指谁已不可考，小鸟到底为何人也无从得知，诗人用这种隐蔽的方法来表达遭受迫害的痛苦和对生活的悲观绝望，悲恸之感绵延几千年至今令人动容。

中国汉语博大精深，其含义均有根可查，有据可考，这是我们文化的血脉与根源。近闻高考语文总分增加备感欣慰。汉语是中国文化和中国人的根，皮之不存，毛将焉附？

中国人，把根抓住。

听一听那只小鸟的心声吧：

鸱鸮鸱鸮，既取我子，无毁我室。恩斯勤斯，鬻（yù）子之闵斯。

迨天之未阴雨，彻彼桑土，绸缪牖（yǒu）户。今女下民，或敢侮予？

予手拮据，予所捋（luō）荼。予所蓄租，予口卒瘏（tú），曰予未有室家。

予羽谯谯（qiáo），予尾翛翛（xiāo）。予室翘翘，风雨所漂摇，予维音哓哓（xiāo）！

原载于 2013 年 11 月 9 日《新商报》

思念亲人就回家

何佩仪　作

　　我上学时人在山东，父母在西北，我给父母写信，不像有的学生寥寥数语，最关键的就两个字："给钱。"我那时不抽烟，不喝酒，不谈恋爱，唯一的爱好是"写作"，这最是低成本的活儿，一本方格稿纸才多少钱？能写很多字。信封、邮票也不贵。但写得虽多，厚到可垫脚，可当枕头，但发不出来。就是写得不好，写得不好谁敢告诉别人，羞死人。偷偷摸摸地好几年终于迎来"艳阳天"，署我名的一块"豆腐块"在报纸上赫然入目。

　　好消息随着我的"长信"西归，父亲恨不得举着那张报纸在全城招摇，我理解，我至今还很感动，这是我第一次发表作品且是在人生地不熟的齐鲁大地——孔子的故乡。

那时，信是人们表达思念和传递消息的重要载体。除了通过邮局寄信外，若有人回乡，捎一封信回家更是最最重要的事。捎不是简单的一个动作，而是一种责任和信任。这封信，涵盖了漂泊之人全部的思念、全部的惦记、全部的情与爱。能替他捎信之人，一定是他非常信任亲近之人。但那时西归之人少之又少，飞机离生活异常遥远，坐火车也是一种大动静，物流与人的"位移"十分"艰难"，大多时，西归之人可遇而不可求。我四年的异乡求学，没给父母捎过信，父母也没给我捎过信，更别说捎什么土特产好吃好喝的。哪像现在，你就是大冬天人在南方想吃东北的冰糖葫芦，今晚不到明天肯定就到，保证透着浓浓的"寒意"。

《诗经·桧风·匪风》的作者也在寻找西归之人：

匪风发兮，匪车偈（jié）兮。顾瞻周道，中心怛（dá）兮。
匪风飘兮，匪车嘌（piāo）兮。顾瞻周道，中心吊兮。
谁能烹鱼？溉之釜（fǔ）鬵（xín）。谁将西归？怀之好音。

大意是：
那风刮得呼呼响，车子跑得飞一样。回头瞧瞧离家路，心里忧伤又凄惶。
那风刮得打旋转，车儿疾驰不安全。回头瞧瞧离家路，想念家人泪涟涟。
谁能煮鱼和烧饭，我来涮锅又洗碗。有谁西归回乡去，托他捎个平安信。

作者离家已久，惦记父母和妻子儿女，无奈路迢迢水迢迢，加之兵荒马乱，写的信送不回去，又无可以捎信之人，于是忧心如焚。为人父母、为人妻女者对离家已久的亲人那种翘首以盼、望眼欲穿的心情真是一种痛苦的煎熬。

年轻时不太理解，如今父母已老，我在家中的"顶梁柱"作用日益凸显，父母对我的感情竟"一日不见如隔三秋"，竟常让人有"夕阳西下，残阳几度，悲壮异常"的感慨。

有言道：父母在，不远游——你既远游，但在父母最凄凉孤独的人生尽头，凡子女者都应"西归"，勿寻借口。

原载于 2013 年 11 月 16 日《新商报》

没有烦恼的猕猴桃

何佩仪 作

  对于猕猴桃,我初次看到它时觉得很好奇——凡与猴子相关的别人反应如何我不清楚,我打小看"孙悟空"多,对猴子的好感如"滔滔江水绵延不绝"。但猕猴桃不是猴子,不能玩只能吃,大多时吃到的都是酸猕猴桃,偶尔能吃到甜的——别看它外形粗糙,但味道独特,那种感觉不是一般水果能有的。也许是这种水果名称比较"古怪"吧,我在大超市观察到,它受人们欢迎的程度远远不如苹果、香蕉、橙子、榴莲、葡萄等。

  但它从不哗众取宠和招摇惑众;它像个农夫,非常收敛、克制、冷静地居于花花绿绿的水果丛中。它更不会有什么烦恼,它与"猴"有关,却不是孙悟空，没戴紧箍咒，它没有七情六欲和喜怒哀乐——它就是一只历史悠久的果子。

《诗经·桧风·隰有苌楚》的主角便是猕猴桃。

猕猴桃古称"苌楚"，出现在《诗经》中说明那时的老百姓已经吃上了猕猴桃。但它仍是一个果子，没有生命与情感，可在几千年前的诗人笔下它却似非如此：

> 隰有苌楚，猗傩（nuó）其枝，夭之沃沃，乐子之无知。
> 隰有苌楚，猗傩其华，夭之沃沃。乐子之无家。
> 隰有苌楚，猗傩其实，夭之沃沃。乐子之无室。

译文是：

洼地有羊桃，枝头迎风摆。柔嫩又光润，羡慕你无知不烦恼。

洼地有羊桃，花艳枝婀娜。柔嫩又光润，羡慕你无牵又无挂。

洼地有羊桃，果随枝儿摇。柔嫩又光润，羡慕你没家要关照。

读者不要误解，此羊桃不是彼杨桃，是猕猴桃的另一种称谓。诗人羡慕猕猴桃没有烦恼，无牵无挂，一人吃饱全家不饿。如果这种羡慕成立的话，那庄稼地里生长的所有的作物都是令人羡慕的，它们都没有烦恼，都无牵无挂，都各长各的。

真的没有烦恼么——秋风冷雨，酷暑寒霜正是它们的克星，万木凋零之时正是它们的生命谢幕之际，它们被人咀嚼、吞咽，虽粉身碎骨却还要忍气吞声，那种苦楚与伤痛只是我们感觉不到而已。说它们没有生命也可，说它们生命无处不在也不过分。

如果纯粹是一种闲情逸致，诗人羡慕猕猴桃，吟咏自然，歌唱万物，并不是什么令人惊异之举，就算我这个九流作家还写过一些歌颂自然的散文呢。

但文章千古事，透过历史的烟云，让我们把目光放回到诗人所处的时代，再看这首诗便是另外的意境了——它是诗人满心无奈与忧伤的体现，焦躁与愤懑郁郁而结于胸中才使得诗人"断然"将自己与猕猴桃类比，并得出自己不如猕猴桃的结论。

到底遭遇何种重大不幸、痛苦、折磨而发出"人不如草木"之感慨，我们无从而知，但在那种战火纷飞、激荡不安的时代，人民流离失所、苦不堪言，绝望之中羡慕的何止猕猴桃，所有自由的生物都是人们艳羡的对象，包括蝴蝶、南飞雁、和煦的风。

看得人心酸。

原载于 2013 年 11 月 23 日《新商报》

两情相悦不容易

何佩仪　作

爱情最是说不清道不明的，但不管怎么说，两情相悦才是真正理想的爱情，强扭的瓜多数不甜，有的甜一时也不长久，有的酸甜苦辣咸五味杂陈。

两情相悦却不容易，古人不容易，今人也不容易。从古至今，美好的爱情都非"唾手可得"，多时不但令人憔悴，也让人心碎，但往往经历了这样的情感起伏、挫折与波澜，两个人的爱情才具有稳固的基础，因此，由陌生到熟悉乃至相悦的过程往往令红尘中的男男女女喜忧参半。

《诗经·陈风·防有鹊巢》曰：

防有鹊巢，邛有旨苕。谁侜（zhōu）予美？心焉忉忉（dāo）。

中唐有甓，邛有旨鹝（yì）。谁侜予美？心焉惕惕。

大意是：

哪见过堤上筑鹊巢，哪见过土丘长水草。谁在离间我心上人？我心里愁苦又烦恼。

哪见过庭院瓦铺道，哪见过山上长绶草。谁在离间我心上人？我心里害怕又烦恼。

作者在诗中列举的四种情况都是在生活中不可能发生的事，以此坚信自己与心上人之间的爱情是稳固的，即使海枯石烂但爱情的元素不会发生变化。但实际上字里行间的担忧又切实表明他们的爱情正在经受某种考验——或许有人离间作祟，或许有强硬的竞争对手，或者受到某种物质的或精神的制约，他的不安情绪非常强烈。此时爱情对于作者而言无疑是一种煎熬与痛苦，因为他非常想长期拥有，但又怕很快失去，心理的矛盾与情感的跌宕交错在短短的几句诗中令人牵挂和担心。

男女之间的爱情总存在着种种可能与不可能性，分分合合总是并肩而行。随着时代的更迭，海枯石烂的爱情越发鲜见，更多情况是虽然两情相悦，但未必能开花结果，即便开了花结了果，一场秋风冷雨酷暑寒霜也能把爱情打得七零八落。

爱情渐呈弱不禁风状态。

就在前几天，有一个母亲公然说，她女儿只嫁公务员，而此时她的女儿已与不是公务员的情郎不但两情相悦，而且有了"果实"，一段本来美好的爱情由于一个母亲俗不可耐的价值观不但蒙上了厚重的阴影，而且极有可能夭折，成为这对青年男女一生的伤痛与疤痕。

事实上，爱情这个极为美丽的词语正变成菜市场的讨价还价，变成股票市场的垃圾股与潜力股的较量，变成衡量价值的标杆，变成秤砣，变成聚宝盆，变成改变命运的直通车……这样的爱情不美，却很实惠。实惠与美是两个境界，实惠是物质的，美是精神的。

但两情相悦一定是精神释放的有机物。

原载于 2013 年 11 月 30 日《新商报》

坏事做绝，死都不安生

何佩仪　作

门与人关系颇大。

门槛。老房子都有，出门进门要抬脚跨过。现在人们爱用门槛比喻标准或者条件，当公务员有门槛，开公司有门槛，上大学有门槛，在城里落户有门槛，娶个媳妇也有门槛。

门外汉。是说你外行。有的人真外行，有的人装外行。外行领导内行要靠领导水平，内行领导外行要靠业务能力。

门路。做事的诀窍，解决问题的途径。门路前面加个"走"或"钻"字，意义便耐人寻味了，如今很多人做事前先找门路，说明门路是一条特殊的路，看不见但摸得着。

如今，年轻人都知道个门户网、白领上班要刷一下门卡、五星级酒店门口都有门童——"门"无处不在。

也有医院的门。也有墓门。

医院的门人都不愿意进，却又躲不过去。我的父亲已入老境，病入膏肓，多次进入医院的门，进了那个门，你就知道人生如浮云，浮华是一场梦。无论你曾经如何高低贵贱，一旦到了口不能食、浑身颤巍巍之时，你就可怜得连一条虫都不如。

人人都是忌讳提到墓门的。其实如今的人，活着当房奴，为了几扇门，几间房，死了能有个犄角旮旯安放"灵魂"就已是天赐的福，哪里会享受什么带墓门的"地府"，你以为你是古代的王爷？记得几年前，当我知道父母已悄悄为自己定制了棺木（他们住在县城，火葬并未大面积推行）时，非常震惊并大惑不解，好好的，做那个干什么！可是这才过去几年光景，父亲的身体健康状况已落魄到如此地步，显然——我需要正视的事实是，我亲爱的父亲离"墓门"已经不远了。

都说生老病死乃人之常情，但生是喜，其他的都是悲。我们能做的是活时做一个正直的人，死后留下一个好名声，不要让有的人举起斧头劈了你"墓门"旁的树——就算无树可劈，也不要让人家在你的墓前跺脚咒骂。

在人墓前劈树是千夫所指的行为，若没有深仇大恨，人断断不会这么干。但《诗经·陈风·墓门》中，有人就愤慨地将一棵酸枣树"斧以斯之"。

诗曰：

墓门有棘，斧以斯之。夫也不良，国人知之。知而不已，谁昔然矣。

墓门有梅，有鸮（xiāo）萃止。夫也不良，歌以讯之。讯予不顾，颠倒思予。

这是谁的墓呢？春秋时陈国国君桓公弟弟陈佗的。陈佗在哥哥病时杀了太子，哥哥死后篡位，结果导致陈国大乱。陈佗做了如此坏事，百姓自然对其恨之入骨，因此有人在他墓门前劈树以发泄不满。

正所谓坏事干绝，不得好死。

原载于 2013 年 12 月 7 日《新商报》

涕泗滂沱为美人

何佩仪　作

　　爱一个人到"涕泗滂沱"实不容易。涕是眼泪，泗是鼻涕，滂沱形容大雨，"涕泗滂沱"四字自然形容泪涕俱下的"悲壮"。这副德行与尊荣想必是经受了失恋的巨大打击——实则不然，站在湖边想一个人，也能到"涕泗滂沱"的程度。

　　《诗经·陈风·泽陂》中的主人公除"涕泗滂沱"，还有其他"并发症"：睡不着觉、忧郁、愁闷、难熬。总之，生活被全盘打乱，六神无主，差不多快跳湖了。

是男人思念女人，还是女人思念男人？按常理，在感情上女人大都委婉含蓄，即便想到骨子里，也不能让天下人都看到"涕泗滂沱"。但一个男人动辄涕泗滂沱也说不过去，男子汉哪来那么多咸水水。

还是先读诗：

  彼泽之陂，有蒲与荷。有美一人，伤如之何？寤寐无为，涕泗滂沱。

  彼泽之陂，有蒲与蕳（jiān）。有美一人，硕大且卷（quán）。寤寐无为，中心悁悁。

  彼泽之陂，有蒲菡萏（hàn dàn）。有美一人，硕大且俨。寤寐无为，辗转伏枕。

译文是：

那个池塘堤岸旁，既长蒲草又长荷。那边有个美人儿，使我思念没奈何。睡不着啊没办法，泪涕俱下雨滂沱。

那个池塘堤岸旁，既长蒲草又长兰。那边有个美人儿，身材修长容貌好。睡不着啊没办法，心中愁闷总怅然。

那个池塘堤岸旁，既长蒲草又长莲。那边有个美人儿，高大壮实很端庄。睡不着啊没办法，枕上翻覆难安眠。

还是觉得这是一首男子思念女子的诗，诗中对所思念之人的描述有"有美一人""硕大且卷""硕大且俨"等诗句。虽然"美"也可指美男子，但"硕大"这个词原意为"修长"不是如今的巨大。"卷"指头发卷曲而美丽。"俨"指端庄矜持。这些词语都"指向"了女子。要是一个男人身材修长、头发卷曲、端庄矜持——"极品男"！

男女两情相悦，一定会产生思念。我们能看出《诗经》时代男女在爱情上的大胆与自由。民风淳朴，人性自由，生活恬然，人们日出而作，日落而息，如果没有战乱和天灾，那真是令人向往的生活。

《诗经》中的大多数诗歌，句子都在不断地重叠、回旋，《泽陂》也不例外，像一首歌谣，读与唱都朗朗上口。在古代人民质朴的嗓音中，语言的亲和力、贲张力都呈现出来。《诗经》来自民间，经传唱而流传，哪里像所谓现代诗，干涩、难懂，作者还自诩高深莫测。

诗中出现的植物有蒲草、荷花、莲蓬（荷花的果实）等。主人公当时所处的环境非常美好，一点灰霾都没有。

原载于 2013 年 12 月 14 日《新商报》

尽可能做个乐观的人

李关德　作

其实挫折人人经历过,不同的是人对待挫折的态度。挫折自然也有不同,大与小,生活、事业、爱情,像一个喜欢捉迷藏的小姑娘,不经意间就出现了;像一堵墙横亘在面前,看你怎么办。

若能乐观地对待挫折,你的心头一定会盈漾一缕温暖的阳光。

乐观是一种豁达与淡薄的处世哲学,说起来容易做起来难,更并非人人可以坦然视之,因为它是让你放弃诱惑、利禄、功名,看淡一切,随遇而安——对名,不闻不问;对利,不趋不避;对恨,大肚能容。如果做到了,乐观便毫无疑问会成为你生活中的一道好茶,芳香四溢,涤荡肺腑,沁人心脾。

只是,我们生活的这个时代,放眼一望,处处皆是名利欢场、欲望怪圈、物质陷阱，太多的人信奉"有钱"能使鬼推磨（有钱的好处当然妙不可言，笔者也不否认），"有名"不尽财源滚滚来（有名的好处笔者亦不否认）。因此，乐观地生活、处事、处世之人便愈加稀有，看看周围便可管窥一二——人活得都累，很多男子年纪不大却面目沧桑，很多女子被生活摧残得不是令人心醉而是让人心碎。

乐观不分古今，诗经时代就有极乐观之人，《诗经·陈风·衡门》曰：

> 衡门之下，可以栖迟。泌（bì）之洋洋，可以乐饥。
> 岂其食鱼，必河之鲂？岂其取妻，必齐之姜？
> 岂其食鱼，必河之鲤？岂其取妻，必宋之子？

没有豪宅大院，可以住在简陋的屋子里；没有大鱼大肉，清清的溪水就可以充饥；如果你想吃鱼，不一定非要吃黄河里的鲂鱼或鲤鱼；如果你要娶妻子，不一定非要娶齐国的姜姑娘、宋国的子姑娘。

作者或者作者所描述之人是乐观主义的代表——对住的没要求，对吃的没要求，吃鱼不一定吃什么好鱼，娶媳妇不一定是名门望族的美娇娘，这等思想之下人岂能不快乐和闲适？诗歌从一个侧面为我们展示的也许是当时社会某个阶层或某个群体人情世态之"写真"。

此一时，彼一时。如今你就是再乐观再积极再与世无争，也不能住简陋的房子，因为它可能没水没电没暖气，等死；江河湖海污染越来越严重，很多鱼虾透着一股浓浓的煤油味，不好吃甚至不能吃；没钱还想娶妹子，啥地方的妹子愿意跟你，光你的棍去吧。

因此，乐观虽然是值得提倡的，是积极向上的一种心态，但前提是你不必为五斗米折腰，不必"床头屋漏无干处，雨脚如麻未断绝"，这是生活层面；精神上，你独立、自由、洒脱，不处处受牵制与钳制。

你要看到阳光，才会如阳光一般温暖。你天天微笑，才会感染更多的人一起微笑。

尽可能乐观，或许是我们不错的选择。

原载于 2013 年 12 月 21 日《新商报》

先贤后人又一年

李关德　作

　　时北方冬季。前日去老舅家说了几句外行话，我以为此时西北的农人已开始"赋闲"，天寒地冻，没事可做，喝喝茶看看电视听听广播唠唠嗑——我被"讥讽"为离开农村太久，已不接地气——文雅的说法是严重脱离生活。

　　我四五岁时离开西北农村老家，随父到东北"从军"，先在内蒙古阿荣旗，后在吉林白城，虽都不是大地方、大城市，但也不是农村，母亲不再大面积种地，我也不再是严格意义上的农家孩子。故而对农民日出而作到底在做什么，农作物的生长周期十分模糊，甚至瞪着眼睛说"瞎话"。

城里人讲究，讲究的是生活质量；农民也讲究，讲究的是"因地制宜""因时制宜"——腊月凿冰冲冲响，正月送往冰窖藏，二月举行祭祖礼，三月春阳暖洋洋，四月远志结了子，五月知了叫得响，六月吃李子和葡萄，七月吃瓜甜如蜜，八月庄稼收割忙，九月建好打谷场，十月粮食进谷仓，十一月忙着打狗獾（形似狐狸的动物）。你看，一年到头没个闲的时候，月月都有活干，时光穿梭至几千年后的此时，虽农人再无处打猎也不允许打猎，但收拾房子，摘果子，务地，准备过年，有的人家还开着农家乐、烟酒副食铺子，哪里有彻底坐下来像城里人一样享受个双休日、长假、年假什么的。

以上从寒冬腊月到春暖花开的描述只是那时农民生活的"缩影"，并非全部，它出自《诗经·豳风·七月》。作为农业大国，几千年前的老祖宗一年做些啥我们已大体清楚，虽然斗转星移，但没有换天换地换祖宗，故而农村遵循原有的生活规律和植物的生长周期，是一种不忘本的品质。

可以发扬，反季节蔬菜新鲜水嫩——天冷，罩上塑料大棚，让蔬菜在温室里可劲地长；但有的人一反到底，打激素，催熟，用尿素硫黄熏，手段无所不用其极。培育新稻种也没问题，像袁隆平先生一辈子就为了增加稻子的产量；偏有人喜欢转基因，还有人偷梁换柱让转基因粮食混入国家粮食储备库。

又是一年。当年的老祖宗们已准备"朋酒斯飨（xiǎng），曰杀羔羊。跻（jī）彼公堂，称彼兕觥（sì gōng）"，那是一年中最幸福的光景，也是中国人最幸福的光景，当年人们的心愿是"万寿无疆"，如今我们不敢有那么高的奢求。

面对新的一年，我们的希望很朴实——喝无污染的水，吃非转基因的米，穿不致癌的衣服，住非豆腐渣的房，过平平安安的日子。

能满足我们吗？

原载于 2013 年 12 月 28 日《新商报》

悲痛欲绝的词语表达

李关德 作

  用活人殉葬，是奴隶社会的一种非常残酷的制度。被殉葬者有的被活埋，也有被杀或自杀后陪葬的。中国的殉葬制度，从考古发现，最早始于殷商时期。

  据《史记·秦本纪》记载：秦穆公死后，"从死者百七十七人。秦之良臣子舆氏三人名曰奄息、仲行、针虎亦在从死之中。秦人哀之，为作歌《黄鸟》之诗"。

  由此，《诗经·秦风·黄鸟》是百姓血泪之控诉，也是对死去的正直与善良之士的追悼和哀挽。

  第一段这样写道：

> 交交黄鸟，止于棘。谁从穆公？子车奄息。维此奄息，百夫之特。临其穴，惴惴其栗。彼苍者天，歼我良人！如可赎兮，人百其身！

短短几句诗，为我们留下了两个成语，其一为"人百其身"。

"人百其身"的含义是"用百人赎他一人"。悲痛欲绝的心情可以理解，但说法欠妥，俗话说一命抵一命，生命无贵贱之分，他纵是再好，再有能耐，再高贵，也不能百命换一命，否则岂不是与封建统治者沆瀣一气？当然，不要说在奴隶社会，就是在封建社会，百姓之命如草芥一般，岂可与统治者一命抵一命？

由"如可赎兮，人百其身"衍化出另外一个成语："百身莫赎"，这一成语转换了"立场"，意为：拿一百个我，也无法把你换回来，形容心情极度沉痛。"用一百个我"和"用一百个别人"显然是完全不同的概念，道理上也说得过去。

其二为惴惴不安。由惴惴其栗生出。

此成语倒是常用，干了坏事，收了贿赂，杀了人，心里惴惴不安，一有点风吹草动，更是闻风丧胆，辗转反侧，吓得尿了裤子。

人生在世，哪里会一帆风顺，都会遇到点挫折，但一般情况下用不着悲痛欲绝，悲痛欲绝之时，定是失去最爱之人或承受巨大打击之时，那时你纵是有"百身莫赎"之悲怆却也于事无补，因此珍惜现在最为主要。

至于惴惴不安，若你一生行善事，走光明大道，看淡名利与钱财，保持宁静与朴素之心，自然与此毫无关联。

看来，活不是问题，如何活才是学问。

原载于 2014 年 1 月 4 日《新商报》

读读情诗动动心

李关德 作

会写情书的人未必会写情诗，情诗比情书要求高，属于诗歌的范畴，没点文学功底是装不了人的。不管情书还是情诗，写不好就"肉麻"，那显然不是多高的境界，但是不是流于低俗要具体情况具体分析，手边没有参考资料，不好妄语。如今这个时代可能很少人再写真正的情书了，想对人家说几句话，表达一下思念或爱慕之情，一封邮件、一个短信、一个微信就OK了，哪里还有耐心去"书"。情诗更是稀缺，几十年来，国人格外重视英语，非常轻视中文，很多大学生，甚至中文系的大学生，甚至更高学历的人，手底下别说有两把刷子，几根短毛都没有，说起来头头是道，要动笔写诗那真是刘姥姥进了大观园，一点门道都摸不着。

诗是语言之精粹，好诗寥寥几字、几句便可让人心旌摇曳、浮想联翩。而情诗最与人心贴近，若写得好，定能打动某一颗心，管它是女人心还是男人心。

写情诗最拿手者，古人也。

近来闲读《诗经》，发现许多情诗中的佳句，特辑录于此，与读者分享。

《诗经·陈风·宛丘》：

> 子之汤兮，宛丘之上兮。洵有情兮，而无望兮。
> 坎其击鼓，宛丘之下。无冬无夏，值其鹭羽。
> 坎其击缶，宛丘之道。无冬无夏，值其鹭翿（dào）。

写的是一名男子爱上在陈国的一个叫宛丘的小城跳舞的巫女。"你的舞姿回旋荡漾，舞动在那宛丘之上。我是真心爱慕你啊，只可惜没有希望。"前面两句，表达了男子强烈的爱慕之情；"洵有情兮，而无望兮"传递出男子极度失望的心情，明知对巫女的感情没有结果，男子仍不管寒冬与酷暑前去"捧场"，可谓执著与痴迷。

诗歌当然要讲究韵律，读来要朗朗上口，《诗经》中的大部分作品为民歌，属于口口流传不断加工而成，更是经过了"市场"的严格检验，字字珠玑。

《诗经》中的很多作品读者非常熟悉，《关雎》中的"关关雎鸠，在河之洲。窈窕淑女，君子好逑"已成为年轻人谈情说爱的"口头禅"，诗中那美好的风景与情愫令人心动。

而《静女》中的"求之不得，寤寐思服。悠哉悠哉，辗转反侧"则形象生动地描写了陷入单相思状态的男子的愁绪与苦闷。

若说到悠远与深邃的意境，则《蒹葭》中的"蒹葭苍苍，白露为霜。所谓伊人，在水一方"为代表之语句。

以上大体是男子对女子的情思描写，而《子衿》中的"一日不见，如三月兮"则是一名女子对男子的无限情思的真情流露。

若说"肉麻"与"直接"，《野有死麕》一诗中"野有死麕（jūn），白茅包之。有女怀春，吉士诱之"可谓代表。

要想写出好的情诗，多读一读《诗经》定有收获；纵是写不出，情感一定会得到升华。

原载于 2014 年 1 月 11 日《新商报》

婚姻不是富矿

李关德 作

中国人忌讳说"死",要是一张口说谁谁"死了",那是对死者的极不尊重。一般说仙逝、驾鹤西去、走了、撒手人寰。若是因公或其他原因失去生命,则有殉职、牺牲、遇难等说法。

反正不说死。

自己说自己,一般是百年之后。对于一般人而言,都活不过百年,所以百年足以抚慰心灵,不让自己很受伤。

"百年之后"作为生与死的临界线,被赋予特定之语境,最早出自《诗经·唐风·葛生》。

葛生蒙楚,蔹(liǎn)蔓于野。予美亡此,谁与独处。

葛生蒙棘,蔹蔓于域。予美亡此,谁与独息。

> 角枕粲兮，锦衾烂兮。予美亡此，谁与独旦。
> 夏之日，冬之夜。百岁之后，归于其居。
> 冬之夜，夏之日。百岁之后，归于其室。

这是一首妻子悼念逝去的丈夫的诗。在荒野荆棘、寒风呼啸之地，妻子一面悼念丈夫，一面想象丈夫独眠于地下的寂寞与孤独，内心异常凄凉与苦楚。她内心发出这样的声音：等我百年之后，和你墓里见，回到你身旁。

字里行间都体现出妻子对丈夫的深厚感情。她的丈夫为何英年早逝，诗中没有说明，但从陪葬的物品分析，死者当时用的是以兽骨做装饰的枕头，盖的是锦缎的被子，又长眠于长满葛藤的山间，而非卷一张草席随便挖个坑草草埋葬——死者生前有一定的物质基础，家庭条件尚可，非穷得叮当响、揭不开锅之情形。

常言道，夫妻本是同林鸟，大难临头各自飞。那是指活的时候，也非所有的夫妻都是这般情形。诗中的这名女子在丈夫逝去之后不但未"飞"，而且要在百年之后"同居一室"，是对那些势利、同床异梦、贪图一时荣华富贵的夫妻的极度讽刺。

百年修得同船渡，千年修得共枕眠。人生一世，草木一秋，当你和她牵手走进婚姻之殿堂，享受幸福人生之时，你要知道，那既是命运之安排，又是承诺之笃守，理当有难同当，有福同享，竭力营造一个温暖的港湾，避风避雨，白头到老。

只是，看看如今，很多人前脚领了结婚证，后脚去办离婚证；有的夫妻反目为仇，互相攻击，无所不用其极；有的又是婚前财产公证，婚后各算各的经济账，各打各的小九九；有的"红旗不倒"，"彩旗飘飘"，自诩为有能耐，有本事。

婚姻就是一本书，需要婚姻中人认真品读，书中自有高潮、起伏、低落、挫折、磨难，有山穷水尽、柳暗花明。但都需要携手并肩面对，而不是独立寒秋。

婚姻如贫瘠之田，需要耕耘才能肥沃并生长庄稼。如一开始就当富矿开采，必然有资源攫尽千疮百孔之时。

原载于 2014 年 1 月 18 日《新商报》

今夕何夕

吴杰超　作

先看看这些词语（为了方便读者理解，后面根据有关词典和书籍做了释义）：

绸缪：紧密缠绕的样子。

三星在天：猎户座中央三颗明亮的星，冬季天将黑时从东方升起，天将明时在西方落下，常根据它的位置估计时间。

三星在户：指已到夜半。

邂逅：不期而遇，引申为难得之喜。

今夕何夕：今夜到底是何夜？

这些词语，大部分现在还见得着，有的用得还很频繁。而如此多的词语却出自一首短诗，用字字珠玑来形容此诗丝毫不为过。

《诗经·唐风·绸缪》曰：

绸缪束薪，三星在天。今夕何夕？见此良人。子兮子兮，如此良人何？
绸缪束刍，三星在隅。今夕何夕？见此邂逅。子兮子兮，如此邂逅何？
绸缪束楚，三星在户。今夕何夕？见此粲者。子兮子兮，如此粲者何？

这是一首非常喜庆的诗，说的是新婚男女入了洞房，相互表达喜悦与兴奋。俗话说，洞房花烛夜，金榜题名时，乃人生之大喜。作者形象生动地描写了一对新人的情态，生活气息浓郁，而丝毫看不出"父母之命，媒妁之言"的"制度"印痕，字里行间反映出那时民风开放婚姻自由的程度，与今日男女自由恋爱婚姻自主并无二致。

尤其是新婚女子的大胆与热烈，你看她，"今夕何夕，见此良人"——良人：古代妇女称其夫为良人，"今夜到底是何夜，能和这样的好人相见"，"良人"回应——你呀，你呀，面对爱人怎么办？两人互相"打情骂俏"，酝酿即将爆发的云雨之欢。很难想象，若两人此前并不相识，若新郎官揭开新娘的红头巾（纯粹是假设，不知那时有无此习俗），大失所望，对不上眼，即便双方的感觉还过得去，那又怎能在如此短的时间里语出如此精致、巧妙、生动的诗语？

今人单独不用"绸缪"二字，所见均为"未雨绸缪"——趁着天未下雨，先修缮房屋门窗，比喻事先做好准备。这与"绸缪"之本意相差甚远，欠读古文者若不清楚词语之来源与本意，生搬硬套怕也会贻笑大方。

尤其是"今夕何夕"一词，读来真是朗朗上口，凝练到了极致，表达人的激动、喜悦、幸福、兴奋之心情简直恰如其分。优美凝练的词语，能给人留下充足的想象空间，在这一点上，不读《诗经》，不足以揣摩。

祝愿天下人在一生中，多一些"今夕何夕"的慨叹，那是人生之盛景，也是社会之和谐。

原载于 2014 年 2 月 8 日《新商报》

守护父母

吴杰超 作

孔子说，父母年迈在世，尽量不长期在外地。不得已，必须告诉父母去哪里，为什么去，什么时候回来，并安排好父母的供养。此为"父母在，不远游，游必有方"。很多年以前，我举家到了异地他乡，一位年长者出此语提醒我。我那时还没有父母已老的概念，他们也确实不老。可时光如梭，如今他们已入老境，病魔缠身，远游的我面临两难抉择，是回去照料父母还是继续所谓的事业；是所谓花钱买孝心还是守候在他们身边伺候服侍？

社会发展到今天，时空的距离已不是主要问题，故乡再远，也不过个把小时的航程；想见父母，周五去，周一来，无非平素要努力多挣一些路费。可是，事情远不是那么简单，人正壮年行动自如，人至耄耋步履蹒跚，若再受恶疾困扰，衣食屎尿不能自理，此种情形，你鸟一样飞来飞去于事何补？

其实，无论何种情形，为人子女者头脑中一定要有父母何怙、父母何食、父母何尝的概念，因为父母给了我们血肉之躯并把我们抚养成人。

《诗经·唐风·鸨羽》曰：

　　肃肃鸨羽，集于苞栩。王事靡盬（gǔ），不能蓺（yì）稷黍，父母何怙？悠悠苍天，曷其有所？

　　肃肃鸨翼，集于苞棘。王事靡盬，不能蓺稷黍，父母何食？悠悠苍天，曷其有极？

　　肃肃鸨行，集于苞桑。王事靡盬，不能蓺稻粱，父母何尝？悠悠苍天，曷其有常？

这首诗控诉的是繁重的徭役给人民带来的痛苦。一位农民长年在外服役，不能在家耕作，家中田园荒芜，父母衣食无着，他焦急悲伤却又无可奈何，只能仰望苍天，高声哭喊。

古代农民日子虽苦但人丁兴旺，父母靠不上老大靠老二，靠不上老二靠老三，总有所依。这与现在社会不同。如今需要面对父母年老这一难题的不只是我，我们这一代人的父母多有两子（女），还算人丁"兴旺"，我们的下一代多属独子独女，真到我们耄耋之年，他们纵有三头六臂也得疲于奔命，什么事业、追求，都是空话。或背负不孝之恶名"天马行空"。哭矣。

一个非常严峻的社会问题。

面对年迈之父母，人其实别无选择——因为我们年幼时，父母给我们以依靠，以吃，以穿，以暖；我们成人后，则要给父母以依靠，以吃，以穿，以暖。所有的理由与借口与父母之赡养无关，只有安排好父母的饮食起居，你才算一个合格的人，人格才算齐全，若要做到完美，那就是回到父母身边，或将父母接至身边，精心伺候，最后一勺子一勺子喂饭、喂药，直至其生命终结。

生命轮回，朴素至极。

原载于2014年1月25日《新商报》

明星煌煌

吴杰超 作

明星有天上的，人人可见；有地上的，有人想见却见不着。地上的明星其实也能见着，要看怎么见，远在天边，近在眼前，电视里、网络上到处都是明星英俊或妩媚（有人也用"搔首弄姿"一词来形容）的面孔。明星不光是歌星、影星、舞星，如今嫩模也是星，作家也是星，文化名流也是星，乃至一些老板都是星。以前是众星捧月，如今是众人捧星。不管是好星还是坏星，美星还是丑星，吸引眼球的就是亮星。

星光当然比烛光灿烂，千万道目光凝聚成的光束照到哪里哪里亮，石头也能变钻石。有的人为了成星、耀眼，一"夜"成名，一脱成名，一哭成名，一骂成名，一卖成名，一跳成名。昨晚，一位十年没联系的旧友不知从哪里淘到我的电话，寒暄几句后便进入正题：让我推荐一下他的作品——我算哪根葱，还推荐别人的作品？但人人想出名的欲望其实已经不用丝毫的掩饰，都写在脸上、嘴上。我自己何尝不是？发了一条微博，便等着看"群众"的反应；写了一篇博文，如果百余人看便心里失落，千余人看便觉得欣慰，万余人看便觉得高兴，十万人看便四处宣扬——功利社会，我自己都功利得几乎丑陋，一篇博文便能让人管中窥豹般洞悉自己内心的虚伪与欲望。

想到明星，是看到了"明星"，尽管此明星非彼明星。但追溯一个词语之根源，地上的"明星"显然出于天上的"明星"。在遥远的诗经时代，天上的星星只比现在多不比现在少，可谓明星煌煌。熠熠生辉的星星让男人（或者是一个女人）心里紧张又激动，这个人在等待自己心中的那个星星。

《诗经·陈风·东门之杨》，诗曰：

东门之杨，其叶牂牂（zāng）。昏以为期，明星煌煌。

东门之杨，其叶肺肺（pèi）。昏以为期，明星晢晢（zhé）。

译文是：

东门外面有白杨，枝繁叶茂好地方。相约黄昏来相会，等到星星闪闪亮。

东门外面有白杨，风吹树叶沙沙响。相约黄昏来相会，等到启明星儿亮。

在这样美好的夜晚，如果有一个女子或男子头顶星光翩跹或健步而至，那该是多么浪漫的景致，可惜，主人公等了很久，等得星光都黯淡（其实是内心黯淡）了，还是没有等到。

不是每一个夜晚都星光灿烂，不是每一桩爱情都天遂人愿——心头有星，眼睛才会亮。

原载于 2014 年 2 月 15 日《新商报》

明月何时染乡愁

吴杰超　作

　　太阳和月亮都挂在天上,都可望而不可即,但是望着太阳,你想不起故乡或者情人(其实也不敢长时间仰望,刺眼),可望着月亮,你不但会想起故乡,想起情人,还会想起很多的往事。特别是人在异乡、浪迹天涯的岁月里,月成为很多人情感的寄托。站在月下,望着或阴或晴或圆或缺的月,情感丰富的人甚至会泪流满面。

　　在中国人的心中,月亮已经牢牢地打上了怀人与思乡的烙印,但这种烙印起于何时——月亮与人的关系,绝非与生俱来——是诗经时代的一首诗把月亮与人与情感关联揭示出来。

　　《诗经·陈风·月出》曰:

月出皎兮，佼（jiǎo）人僚（liǎo）兮。舒窈纠（jiǎo）兮，劳心悄兮。
月出皓兮，佼人懰（liú）兮。舒忧受兮，劳心慅（cāo）兮。
月出照兮，佼人燎兮。舒夭绍兮，劳心惨（当为"懆"，cǎo）兮。

这首诗的主旨不是怀念故乡，而是思念美人。青年男子在一个月光如水的夜晚，站在林间，仰望明月，思慕心爱的姑娘：

明月皎皎出天空，美人娇美体轻盈。缓步慢走多妖娆，想她使我心焦躁。
明月皓皓挂天空，月下美人真俊俏。步履舒缓身婀娜，想她使我心烦恼。
明月高悬照四方，美人月下神采扬。缓步行来姿态美，想她使我心忧伤。

《月出》让中国人的情感得以寄托和升华，也让后代诗人写出了无数精美诗句，尤其是李白的《静夜思》，可谓妇孺皆知：

床前明月光，
疑是地上霜。
举头望明月，
低头思故乡。

据说，李白作此诗时是 26 岁，在一个月明星稀的夜晚，远离故乡的诗人抬望天空一轮皓月，思乡之情油然而生，随即写下了这首传诵千古、中外皆知的名诗，影响了世世代代的学童，让中国人的思乡之情与月亮更紧密地联系在一起。

我第一次离开故乡时比李白先生小了许多，才 5 岁，但那时我跟随父母迁移，加之年幼，思乡之情朦朦胧胧并不真切；我第二次离开故乡时是 16 岁，还比李白先生小，一个人在山东求学，父母在老家，思乡之情强烈浓郁；我第三次离开故乡时比李白先生大了许多，年已 34 岁，举家南迁，一晃就是十多年，此时父母均已年老病弱，让我时刻揪心，思乡之情难以言表。

我没有李白的才华，写不出精彩的华章，但是关于故乡的文字也写了不少，那都是真情的流露。

故乡与爱情借助一轮明月的衬托，让古往今来无数作家笔下流淌着涓涓的溪水，清澈、隽永、甜美。

原载于 2014 年 2 月 22 日《新商报》

子有酒食，鼓瑟吹笙

吴杰超　作

酒在中国源远流长。很多中国人好酒，视其为"哥们兄弟"。搁到现在，关于谷物酿酒的起源主要有两种观点，即先于农耕时代，后于农耕时代。不管哪个观点，在《诗经》时代老祖宗们有酒喝是确凿无疑的。

《诗经·唐风·山有枢》曰：

> 子有衣裳，弗曳弗娄。
> ……
> 子有车马，弗驰弗驱。
> ……
> 子有廷内，弗洒弗扫。
> ……

> 子有钟鼓，弗鼓弗考。
> ……
> 子有酒食，何不日鼓瑟？

酒食自然是酒与食物。但到底是何种酒，是杜康还是杏花村，茅台还是五粮液，我不清楚。按照诗歌所描述的来分析，这主人公家底殷实，有衣裳（肯定不是老百姓的布衣），有车马，有院子有房子，有钟有鼓，有酒有吃的，当然是一个地地道道的大户人家。可他却不会享受生活，你看，衣裳压了箱底，马车不乘不驰，院子不清不扫，钟鼓不敲不打，不饮宴不奏乐，整个一个"混世主"，属于不会享受美好的生活、生活态度极为消极一族。

当然，也或许是节俭过度、抠门、守财奴，要把财富带进坟墓一类。

但就算如此，也不至于连院子、房子的卫生都不清理和打扫吧，难道是怕扫多了浪费扫帚？

是个谜。

关于这首诗的主题，《毛诗序》认为是讽刺晋昭公，说晋昭公"不能修道以正其国，有财不能用，有钟鼓不能以自乐，有朝廷不能洒，政荒民散，将以危亡，四邻谋取其国家而不知，国人作诗以刺之也"。清人方玉润则认为："时君将亡，必望其及早修改，以收拾人心为主，岂有劝其及时行乐，自速死亡乎！"

能明显地看出，本诗有含沙射影、顾左右而言他之意，因为作者刻画的这个形象在生活中绝无仅有，不是"另类"，而是"异类"。

作者在叙述了上述种种情境之后得出如下结论，你若继续长此以往，则：宛其死矣，他人是愉——他人是保，他人入室——似乎是一种断言，你要继续此种生活态度，那便是使他人愉悦、享福，住你的房子，你在阴间哭去吧。

诗有所指，人有所思，面对真实的生活，我不提倡今朝有酒今朝醉，明朝没酒喝凉水，日子得像溪水一样慢慢流淌，才可品尝得出其甘甜与美味，若一次挥霍殆尽，以后喝什么？下水吗？吃什么，酒糟吗？但另外一种人，则奉行"节衣缩食"主义，酒不敢喝，饭（美食）不敢食，一门心思存钱——钱确实是存下的，但钱更是挣来的，我的上一辈人月薪不过3000元许，而"80后"人月薪过万者已不乏。我们这一代人夹在中间，拿着过得去的薪水，享受着还算可以的生活。年轻人的生活质量普遍高过我们的父辈，这是不争的事实。尽管，啃老者不乏，那要具体情况具体分析，不能一概而论。

子有酒食，适时行乐。

原载于 2014 年 3 月 1 日《新商报》

日月其除,珍惜光阴

杨雪 作

都说人生短暂,要珍惜光阴,可不同的人对此态度甚至迥然有异。
《诗经·唐风·蟋蟀》曰:

  蟋蟀在堂,岁聿其莫。今我不乐,日月其除。无已大康,职思其居。好乐无荒,良士瞿瞿(jù)。
  蟋蟀在堂,岁聿其逝。今我不乐,日月其迈。无已大康,职思其外。好乐无荒,良士蹶蹶(guì)。
  蟋蟀在堂,役车其休。今我不乐,日月其慆(tāo)。无已大康,职思其忧。好乐无荒,良士休休。

这是一首劝勉诗,告诫人们虽然可以"及时"行乐,但要有所节制,一味放纵贪图享乐只会导致事业荒废；规劝人们要善于自律，勤勉踏实，激昂向上，在有限的生命中做出无限的事业。

  当然，"无限"有不同的层次，"有限"的"无限"并不难。有一个流行很广的"1万小时定律"，人只要经过1万小时的锤炼，任何人都能从平凡变成超凡。超凡的体现就是会成为某个领域的专家，而这个过程需要1万小时，按比例计算就是：如果每天工作四个小时，一周工作五天，那么成为一个领域的专家至少需要十年；如果每天工作八个小时，那就是五年。仔细想一想那些成功者，甚至"孤芳自赏"般"自恋"一下我们自己，但凡要在某一个领域做出突出的成绩，没有十年的坚持不懈的努力和拼搏是不可能实现的。反正我从事专业新闻工作的时间是十年；从事业余文学创作的时间是二十多年；从事所谓管理工作的时间是十多年……不敢说都取得了突出的成绩，但至少，从自己内心而言是"干一行爱一行"，认真地工作，执着地追求，如履薄冰地对待。

  生活中从来不乏今朝有酒今朝醉，明朝没酒喝凉水者；不乏一杯茶水一根烟，一张报纸看半天者；不乏做一天和尚撞一天钟得过且过者。没与其为伍，你该觉得幸甚至哉；正在这支"队伍"中，你该适时扪心自问，幡然醒悟。青春没有尾巴，只有遗憾；岁月不饶人，但你何尝饶过岁月？

  蟋蟀是极其普通的，随处可见，作者看见蟋蟀在堂触发了内心对人生和时光的慨叹，表达了发自肺腑的思想与感情，可谓以小见大，管窥一豹。当然，作者的思想是非常开明的，主张可以"好乐"亦应"无荒"，是一种豁达的生活处世哲学，由此而生出的成语"日月其除"辉映至今，还照耀着我们的灵魂。

原载于 2014 年 3 月 8 日《新商报》

颠倒衣裳忙奔波

杨雪 作

人在世上总要生活，如何活是浅显又深奥的道理。陶渊明不为五斗米折腰，是有骨气的活法；李白天生我材必有用，千金散尽还复来，是乐观的活法；杜甫床头屋漏无干处，雨脚如麻未断绝是窘迫的活法……大千世界，芸芸众生，活法千差万别。

都得从小活到大；从小干事、跑堂的、打杂的、跟班的、拎包的往上活；从基层活起。

大多数都得朝九晚五。你真要朝九晚五，恭喜你，好幸运。我没在北京工作过，听说那里的白领天不亮出门钻地铁，天黑乎乎的出门再钻地铁，两头不见天日。一天在路上得用三五个小时。有的在城里工作，在邻省寄居，天，一天要跑两百多公里的路。如此奔波，"颠倒衣裳"便不奇怪。

我刚参加工作时也颠倒过"衣裳"，把袜子穿错了，此袜子一只，彼袜子一只，在昏黄的白炽灯下，闹铃一响，抓过一只深的一只浅的就上了脚，然后一天都不敢迈大步；把毛衣穿反了，线头子像虾米似的暴露在众目睽睽之下；个别时也会把皮鞋穿错，就更丢人，贻笑大方。好在年轻，一张脸禁得住揶揄。此种生活状态，其实古往今来没什么差异。

《诗经·齐风·东方未明》曰：

> 东方未明，颠倒衣裳。颠之倒之，自公召之。
> 东方未晞，颠倒裳衣。颠之倒之，自公令之。
> 折柳樊圃，狂夫瞿瞿（jù）。不能辰夜，不夙则莫。

这里颠倒的衣裳，是上装和下装。古代上装称衣，下装称裳。那时民风古朴，衣裳也古朴，好衣裳当然有，但你想穿就穿？有钱未必穿得上。色彩更单调，锦绣华裳你没有。就这还能颠倒，可以想象小干事早上起来像无头的苍蝇一样忙乱的样子。那时住得都不远，城郭之内，从东跑到西，从南跑到北，也跑不出"北二环"。且官府都在好地段，不会为了打造金融区、商业区而搬到郊外。一个字，忙。非朝九晚五，而是醒得比鸡早，踩着星光和露水，顶着寒霜与风雪上班，只为妻儿老小的五斗米。

《东方未明》中当事人暗中摸索穿错衣裳的细节表现了他紧张、狼狈的"生动"的一幕，表达了内心的怨怒，却无可奈何。这个时代，若是"过劳"，你可以跟老板说"拜拜"，此处不留爷，自有留爷处。就这，还不时有白领"过劳死"。那个时代，没有超市、快递公司，那么多的制造工厂、楼盘，想找个拿提成的工作机会都不容易，况且或无编制却有底薪偶尔还能颐指气使的衙门工作者。

再苦再累，纵是一不留神把裤衩当了头套顶着一团臊气出门，也得干。

原载于 2014 年 3 月 15 日《新商报》

心之忧矣，理解万岁

杨雪　作

小女高一分班，说得好好的，上文科，她却悄悄选择了理科，还不吭声，直到我们"恍然大悟"时，她已进了理科班的宿舍、理科班的教室。数理化是她的弱项，她想"挑战一下自我"。我偷偷地笑了，典型的青春期反应。

理科也好，文科也罢，都为学知识。一个人在课堂所学只是人生之皮毛，更多的学习是在生活与社会中，学习是终身的。我未责怪她，只是鼓励她，既然选择了就要面对，要比别人多努力与吃苦。她是开心的，被理解的开心，对于青春期的孩子，我们需要付出更多的理解。

理解往往是一种让步，针锋对麦芒不是理解，是对峙。理解自古就万岁。

《诗经·魏风·园有桃》曰：

园有桃，其实之殽。心之忧矣，我歌且谣。不我知者，谓我士也骄。彼人是哉，子曰何其？心之忧矣，其谁知之？其谁知之，盖亦勿思！

园有棘，其实之食。心之忧矣，聊以行国。不我知者，谓我士也罔极。彼人是哉，子曰何其？心之忧矣，其谁知之？其谁知之，盖亦勿思。

作者内心非常忧伤，禁不住且歌且谣——一边唱歌一边朗诵。这大概是在桃园举行的一场朋友间的聚会，作者的表现让人觉得太过狂傲，十足的书生意气，土话就是得瑟，掂不住轻重，引申就是"嘴上无毛，办事不牢"。作者因忧伤而"放纵"，不被人理解，更加情绪低落，"我的忧伤谁知道，我的忧伤谁知道？"没有人感同身受，于是作者暗自喟叹："你该说些什么好？"

青春是一首歌谣，但不都是快乐与无忧，往往流淌着自命不凡、目中无人、愤世嫉俗、执拗倔强、自以为是的音符，这是此年龄段的必然，皆因其目光单纯、心地善良、青春勃发，情愫如荒草般顽强生长。被理解了，心怀感动；不被理解，烦恼苦闷。冷不防被人贴上"另类"的标签，讥讽与嘲弄，可使其性格扭曲，心理逆转，像一棵原本可以笔直生长的树干成为"盆景"。

"理解"不是青春期的"专利"，其无处不在，伴随人之始终。我是个业余文学爱好者，二十多年始终未割舍文学之情缘，有人赞许，有人鄙视，有人排斥，有人干涉，最强硬的说辞大概是"单位不养作家"，"一门心思搞副业"，"对待工作心不在焉"，云云。我亦有不被理解之苦恼和愁闷。而对于理解者的微笑与赞许，我则心怀感动，"投我以木瓜，报之以琼琚"，以百倍的热情投身于本职工作，自我评价职业生涯，主业与副业都没耽误，主副互补，相得益彰——有点大言不惭了。

可是，俗语说"人不为己，天诛地灭"，在如今以"我"为中心的价值标尺下，期待别人理解已是奢侈之事，如果意识到此，尽可能地换位思考，也不失为一种处世哲学，至少，你会活得"平和"些，不那么浑身是"刺儿"。

原载于 2014 年 3 月 22 日《新商报》

隐患藏于生活

杨雪　作

隐患者，藏而不露也。生活中隐患无处不在，一不留神，隐患显露，灾祸降临。

隐患自是多与人有关，多系人为。多与寡，好与坏，贫与富，善与恶……看似不经意之言行，实则有着必然之因果关系。

《诗经·魏风·葛屦》便藏隐患：

　　纠纠葛屦（jù），可以履霜？掺掺（xiān）女手，可以缝裳？要（yāo）之襋（jí）之，好人服之。

好人提提，宛然左辟，佩其象揥（tì）。维是褊（biǎn）心，是以为刺。

译文大概是：

我脚上穿的这一双夏天的破草鞋，怎能走在满地的寒霜上？我这双纤细瘦弱的手，怎能替别人缝制衣裳？做好衣裳后还要提着衣带衣领，恭候那美人（女主人）试穿。

美人穿后感觉很不错，却转过身去对我一点也不理，还往头上戴象牙簪子梳妆打扮。这美人心胸太过狭隘，所以我要作诗把她狠狠讽刺。

诗中，一个是女仆，属于社会最底层一类人，一个是富家女，地位高高在上。她们之间若井水不犯河水，毫无交叉与"纠葛"，隐患似可忽视，或许按照现在的说法，女仆或有"仇富"心理，但没有具体的对象，只是心念一闪而已，酿不成灾祸。但偏偏两人居于同一院落，一个是提供服务者，一个是被服务者，假如被服务者能够体恤与怜悯提供服务者，有慈悲之心，隐患亦可忽略。偏偏是被服务者完全"颐指气使"，"姿态万千"，于是，隐患便很有可能随时爆发。面对鄙夷与不屑于自己的女主人，女仆作诗讽刺，这是很文化的做法，若到忍无可忍之时，平时所受之气"贯注"于针而刺、于刃而扎，喂你"毒鼠强"，害你娇女幼子，看你还得意到几时。

生活中，如此的隐患爆发已不鲜见，乃至多有耳闻，追究根源，无外乎"尊重"二字。男人尊重女人，便无"祸水"；大人尊重孩子，便无"出走"；老板尊重员工，便无"罢工"。而离开"尊重"二字，隐患便如欲决之水、欲燃之火、欲裂之山、欲碎之石，险矣。

对比始终引领着生活，俗话说，人比人气死人，你面子上不比，心里在比；横着不比，竖着在比；往上不比，往下在比。比较才有奋斗的激情、前进的方向，但在比的过程中，保持怎么样的心态极为重要。诗中的女仆巧妙地作诗讽刺，也算是经过比较之后的一种理性的选择。

理性生活，与人为善。

原载于 2014 年 3 月 29 日《新商报》

不如意成就如意

余聪慧　作

　　人生总有不如意之时，有时如意与不如意并肩而行，难分伯仲。人生因如意而精彩，还是因不如意而出色，是个很复杂的命题，所谓各有千秋，不可一言蔽之。

　　余已四十有余，有时细细回忆，上学时不如意，重点中学初三的优等生（前三名）家里却早早把我送到外地上小中专，自此与大学无缘，及至小女，余言，只要你想读书，你读到什么时候老爸供到什么时候，天壤之别；毕业前，部队来学校选干部,我被选中,却被母亲硬生生阻拦,自此与军人无缘;工作之后,下车间,受了许多苦,好不容易当了记者,报社效益不好,半年不发工资;跳槽到南方国企,工作干得有声有色,却因一份检查报告惹恼权势显赫者,不得不重新抉择……都是不如意。有时很苦闷,喝过闷酒,心灰意冷,也"踽踽独行"于繁华的街市,思考明天与未来。却正是如此多的不如意又"造就"了我的许多如意——如意之事不用细说,否则就是得瑟、"卖拍"(甘肃方言,炫耀之意),总之——你个西北土包子,在南方安家落户,在你们那个小县城、你们那个省会、你的哥们朋友中,目前还是屈指可数的之一——我的灵魂发声。

出身很关键,起步也很关键,最关键的却是毅力与执著。不知假如当年上了大学,当了兵,二十几岁人生得意,如今还得意否,但现在我不得意,却恬然自安。当年踽踽独行的经历已成为我宝贵的人生体验与财富。

"踽踽独行"出自《诗经·唐风·杕杜》:

有杕之杜,其叶湑湑(xǔ)。独行踽踽(jǔ),岂无他人?不如我同父!嗟行之人,胡不比焉?人无兄弟,胡不佽(cì)焉?

有杕之杜,其叶菁菁(jīng)。独行睘睘(qióng),岂无他人?不如我同姓!嗟行之人,胡不比焉?人无兄弟,胡不佽焉?

译文大概是:

路旁赤棠孤零零,树叶倒是密密生。独自流浪好凄清。难道路上没别人,不如同父兄弟亲。叹息来往过路人,为何不与我亲近?兄弟不在无依靠,为何不将我帮衬?

路旁赤棠孤零零,树叶倒是密又青。独自流浪多悲辛。难道路上没别人,不如同姓兄弟亲。叹息来往过路人,为何不与我亲近?兄弟不在无依靠,为何不将我帮衬?

这是一位流浪者沿街乞讨的心情流露,字里行间表现出孤独、无助、悲伤、凄凉之意。流浪者自是不幸的,生活非常不如意、沦为沿街乞讨者更是一千个不如意,一万个不如意,和"如意"挂不上边,已至生与死之间徘徊与游荡。什么原因致其如此悲惨下场不去探讨,自古至今乞食者不乏,但绝非人人蒙冤受辱以致流离失所,他的"踽踽独行"有无自暴自弃与好逸恶劳的成分,有无四体不勤五谷不分的原因?

是要同情悲悯弱势者的,这是为人之仁,可是,要值得才行。

原载于 2014 年 4 月 12 日《新商报》

同仇敌忾对敌人

余聪慧　作

  相互之间不和谐、闹矛盾、不待见，自然做不成朋友，不是朋友便是敌人？也倒未必，和珅与纪晓岚好像也不是敌人的关系。老死不相往来的人是敌人，因为他们原本认识，关系或许还挺好；一见面就大动干戈的人是敌人，因为他们有仇恨的"基因"；不见面却天天相互攻讦恶语相向的人是敌人，因为他们根本就没想改善关系。敌人，不是情绪化的衍生品，是一种曾经或现在的伤害，一种无法消解的仇恨，一种价值观、人生观的完全对立。

  在开放的社会环境之下，敌人的说法似乎火药味太浓了，与和谐的气氛格格不入，听着刺耳，看着刺眼。但是，当一个人在地铁口挥舞着菜刀乱砍乱杀时，当一个人蓄意报复社会制造恐怖事件时，他不是敌人难道还是朋友？难道在敌人和朋友之间还可以找到一个比较中性的词语——陌生人、路人甲、昙花一现者……我词汇枯竭，一时无语。

不能说生活中处处充满敌人，又不是腥风血雨的时代，但敌人总是有的，有的在暗处，比如小人、善于钻营者、心狠手辣者；有的在明处，比如那些贪官污吏、为富不仁者。伤害了你，那他就是你的敌人；伤害了一个单位，那他就是单位里所有人的敌人；伤害了一座桥梁，那他就是走在桥梁之上的每一个人的敌人；伤害了一座城市，那他就是整座城市所有人的敌人。

破坏自然，你就是自然的敌人；破坏环境，你就是环境的敌人；破坏水资源，你就是水的敌人。对待敌人，当然不能客气，要同仇敌忾。因为敌人之淫威，若只是个人间的恩怨，倒无碍社会，但往往是敌人来势凶猛，"势如破竹"，此时，凭哪个人的力量自然难以抵挡，同仇敌忾之下，敌人起码不会那么嚣张。

"同仇敌忾"出自《诗经·秦风·无衣》，曰：

岂曰无衣？与子同袍。王于兴师，修我戈矛，与子同仇！

岂曰无衣？与子同泽。王于兴师，修我矛戟（jǐ），与子偕作！

岂曰无衣？与子同裳。王于兴师，修我甲兵，与子偕行！

诗中，袍为长衣，行军白天当衣，夜晚当被。军士手执兵器，在王室的号召下，英勇抗敌，士气慷慨激昂。同仇敌忾便是一种气度与威力，是被一种共同的信念所驱使，才能心往一处想，劲往一处使，出奇制胜。

信息社会最大的好处是民意处处可以体现，人人拥有自媒体已不是神话，网络反腐不再虚无而成为一种有效的途径。前几日一名记者实名举报一个商业大佬，搁在以往，可能悄无声息，但上了网，有凭有据，纵他再发布声明，再色厉内荏，在民意的鼎力支撑之下，不出半日，这个敌人的气焰便被扑灭了。

他是廉洁的敌人。

原载于 2014 年 4 月 26 日《新商报》

所谓伊人,在水哪一方

余聪慧 作

水总让人浮想联翩。我现在住的地方便与水很近,没有直面河流,河景房很贵,我住不起。虽然对于南方而言,与水太近不见得是好事,南方潮湿,每到梅雨季节,家里本来就湿漉漉的,若再近水,水气弥漫,人是要被潮出病的。但是,这丝毫不妨碍人们包括我对河景房的热爱。是的,能在客厅里俯视一条河流,甚至能遥望汪洋的海,能听见涛声,不管你是不是诗人,心中也是充满诗意的。我从阳台望出去,能从楼与楼的间距中看到那条波光粼粼的河流。十米的宽度,仅此而已。

地表水丰盈的城市便令人向往,青岛、大连、三亚、广州、珠海、香港……还有我的故乡兰州。据说那是唯一的黄河从城中穿越的城市,可是,显而易见的是,水的资源没有被开发得诗意盎然,没有游轮,没有码头,没有渔民,一年当中没有关于水的盛筵。城中正在修地铁,以疏通拥挤不堪的人流、车流,其实黄河自西向东,穿城而过,不正是自然恩赐的一条航运水道?

在水一方,该富饶的富饶,该落后的落后,全在于对水的理解和把握。

"水生万物,万物复归于水。"水生万种风情,人们借其寄托思乡之情、爱恋之心,亘古不变。我也觉得,生在水里的爱情要比荒山土沟里的爱情唯美。

《诗经·秦风·蒹葭》曰:

蒹葭苍苍,白露为霜。所谓伊人,在水一方,溯洄从之,道阻且长。溯游从之,宛在水中央。

蒹葭萋萋,白露未晞。所谓伊人,在水之湄。溯洄从之,道阻且跻。溯游从之,宛在水中坻。

蒹葭采采,白露未已。所谓伊人,在水之涘。溯洄从之,道阻且右。溯游从之,宛在水中沚。

诗人笔下的河流长着茂盛的芦苇,植物的生命印证了水的洁净。诗人独立河畔,深秋的白露已然结霜,他心中思念伊人,如果逆流而上去追寻,道路崎岖又漫长,如果顺流而下去寻找,仿佛就在水中央。自然,伊人"逝"于水上,顺流或者逆流的抉择,只是诗人内心的一种挣扎罢了,他的情绪随水起伏,随波逐流,我们眼前便清晰地浮现一位痴情的男子孑然长久地伫立于河畔的身影。

——如果他能穿越,此时,站在黄河之畔,满眼是漂浮的垃圾,满鼻子是臭烘烘的气息,别说茂盛的芦苇,就连几根水草都见不着,他心中的美好与诗意是不是不复存在?剩下的便全是对伊人的担忧或者埋怨,你跑哪不好,这么脏的水……

看来,所谓伊人,在水一方——要看什么水,在哪一方。

原载于2014年5月3日《新商报》

今者要乐，乐在平实

余聪慧　作

若谁奉劝人们及时行乐，必遭口诛笔伐唾沫星子淹。在中国这个古老而文明的国度，历来倡导吃苦耐劳、自力更生、奋发图强、先苦后甜。曾经乃至现在，享乐主义都是腐朽的、堕落的、不可救药的。

只是要看行什么乐，怎么行乐，凡事都不可一棍子打死。百姓之乐有多种，当要及时行——乔迁之乐，说的是有新房子；口腹之乐，说的是享受美食；事业之乐，说的是工作进步；金榜题名之乐，说的是学业有成；游山玩水之乐，说的是"在乎山水之间也"，不一而足；若不及时行乐，待到病老之时，悔之晚矣。我从我父亲身上印证了这一点，他年轻时在东北当兵，后来转业回到老家西北，几十年来很想再回东北看看，可没有及时行动，如今卧病在榻，断无重觅踪迹之乐。我三十岁前后忙于工作无暇顾及女儿，如今她已"亭亭玉立"，再有两年便要像燕子一样飞到别处去上大学，哪里还会有牵着她的小手，听着她叽叽喳喳小鸟一般鸣叫的快乐？

百姓之乐并非浓缩于生活，而是稀释于日常，日常之乐如溪水流淌，看着清澈，听着悦耳，喝着香甜，于是，当乐即乐，不可错过，否则愧对来世一趟。

《诗经·秦风·车邻》表达的也是及时行乐思想：

有车邻邻，有马白颠。未见君子，寺人之令。

阪（bǎn）有漆，隰（xí）有栗。既见君子，并坐鼓瑟。今者不乐，逝者其耋（dié）。

阪有桑，隰有杨。既见君子，并坐鼓簧。今者不乐，逝者其亡。

当然，诗中主人公并非寻常百姓，寻常百姓哪里有宝马，何来鼓乐吹笙？是个贵族，或不是官二代就是富二代。

诗文说：大车奔驰响，马儿头中白。君子去访问，侍者喜通报。高坡漆树园，洼地栗树田。见到那君子，同坐弹琴瑟。今朝何不乐，转眼衰老气。高坡桑树林，洼地杨树荫。见到那君子，同坐同吹笙。今朝何不乐，转眼埋坟茔。

"贵族"传递的信息不全是风向标，但也不都是腐朽之气息，朋友相聚，饮酒作乐，互相"勉励"，及时行乐，否则到了耄耋之年，与世界诀别之时，悔之晚矣，从人的乐趣和情感层面而言，此言无错，无"罪"，是"朴素"和真实的想法。

我们批判的是另一种及时行乐——奢靡淫乐，它以"超越"社会价值准则的形式污染人的耳目和社会风气，使人的正常物质与精神需求变异，而衍生为放纵、贪婪、丑陋之形态。

今者不乐，或许在情调上看似有些消极，但搁在襟怀坦荡的朋友间却是畅所欲言，真心话，掏心窝子的话。

今者要乐，乐在平实。

原载于2014年5月10日《新商报》

友谊第一,打猎第二

朱悦源 作

但凡运动会,都见标语上醒目地写着:友谊第一,比赛第二。成绩当然重要,但比成绩更重要的是友谊,是选手互相的理解,而不是不顾"生"与"死"的角逐。

人生自然可以比作一场竞技,前几天看女儿写的一篇命题作文《争》,连她都"知道"人人都在为房子、车子、位子、票子而争,争是一种普遍的心态。只是她罗列了现象,却没有进行批判,我适当对她进行了提醒——可以争,却不是唯一;有些东西能争来,有些东西争不来;争来的往往短暂,不争的往往长久;人生在世,要多争气。女儿尚在中学校园读书,涉世不深,我对其人生观、价值观自然要进行合适的引导。但话虽那么说,如今放眼世间何处不争?

只要遇好处、遇利益、遇"资源"时，人似乎红了眼、黑了心、迷了窍，争先恐后欲先攫取而后快。甚至连排个队坐个车这样的小事，有人也不守先来后到之礼仪而强硬加塞。

多时非资源紧张，乃人心不古。

其实，人生如果算作一场竞技，我更愿意理解为与自己的比赛，与自己赛跑，可知长短，方向明确，一般无关他人利益——当跑就跑，累了四仰八叉躺在草地上休息。

从《诗经·齐风·还》中我们看到的是"竞技场"上两个温文尔雅的猎手：

子之还（huán）兮，遭我乎峱（náo）之间兮。并驱从两肩兮，揖我谓我儇（xuān）兮。

子之茂兮，遭我乎峱之道兮。并驱从两牡兮，揖我谓我好兮。

子之昌兮，遭我乎峱之阳兮。并驱从两狼兮，揖我谓我臧兮。

《还》描写的是两个男人在山里打猎的情景。两人应不相识，在特殊的场合下相遇，在追逐猎物的过程中难免交互，此时的猎物即属于稀缺资源，是两个男人争夺的目标，搁到现在，有的人会眼红、排斥、争夺，到关键时刻，说不定会暗暗给对方的马一箭，要是发生口角之争，给人一箭欲除之而后快的心都有。但古代的这两个男人却是并驾齐驱、一同追杀，在此过程中不忘相互赞美，表现出男子汉的温文尔雅。

我们是礼仪之邦——但礼仪如今在有的人眼里是一钱不值的，高速行车时，频见从豪车车窗中扔出来的饮料罐、香蕉皮；在服务区休息时，垃圾桶近在眼前，妇人却"怡然自得"地将垃圾丢在地上；钢筋水泥隔着的邻居老死不相往来；电话号码被泄露推销电话一个个打来，乃至话筒里传出录好的广告……

至今，我给人打电话都是忐忑的，看时间对不对，人家在上班还是在休息，在出差还是在开车，心情好还是坏……打通时，先问人家说话方便不。因为麻烦，也就常以邮件、短信代替，能给对方以思考的时间。

熙熙攘攘，利来利往，也本无错——但争也好，逐也罢，要讲文明懂礼貌。

原载于 2014 年 5 月 17 日《新商报》

于平凡中寻找快乐

朱悦源　作

其实平凡的生活有许多快乐，可是如今有的人"无视"这一点，在一些人心目中，拥有锦衣享有玉食，坐有名车住有豪宅才是无比快乐和令人向往的生活——物质当然能给人以快乐，没有物质是万万不可的，可物质不是全能的，追求物质享受的过程与结果未必都让人快乐。

更多的快乐就"隐藏"于平凡的生活，看你如何去"挖掘"。参加工作二十多年来，我与父母离多聚少，交流很少，年轻时不懂，年长后，在我有了孩子后，我渐渐懂得了父母对孩子的依赖和期盼，那是任何物质也替代不了的。去年的一段时间，我抽出时间，谢绝应酬，减少写作，专门与父母相处了一段时间，我给他们做饭、洗衣，听他们说话，也说话给他们听。虽然父母均体弱多病，但是孩子的归来让他们无比欣慰，能感觉得到，他们是快乐的，那是发自内心的情愫，我也是快乐的。我的归来甚至让他们在左邻右舍、乡亲们面前的"底气"都硬了许多。

其实，这种平凡的生活之中的快乐并不需要我们付出太多，因为它们更多地滋生于精神和内心世界。于是我想，千万不要以工作太忙或应酬太多而主动放弃或逃避与父母和孩子相聚的机会，父母越来越老，孩子越来越大，这种机会一旦失去，是无法弥补或挽回的。

一个人快乐与否，与外部的环境会有关系，但更多取决于自己的内心和生活态度，即便是在艰难的生存环境下，快乐也是有的。有《诗经·周南·芣苢》为证：

采采芣（fú）苢（yǐ），薄言采之。采采芣苢，薄言有之。
采采芣苢，薄言掇之。采采芣苢，薄言捋之。
采采芣苢，薄言袺之。采采芣苢，薄言襭之。

采采同"彩彩"，繁茂、鲜艳的意思；芣苢是植物名，即我们熟悉的车前子。全诗的意思是：繁茂鲜艳的芣苢，采呀采呀采起来。繁茂鲜艳的芣苢，采呀采呀采得来。

繁茂鲜艳的芣苢，一片一片摘下来。繁茂鲜艳的芣苢，一把一把捋下来。

繁茂鲜艳的芣苢，提起衣襟兜起来。繁茂鲜艳的芣苢，掖起衣襟兜回来。

这是当时人们采车前草时所唱的歌谣，读这首诗时，我的眼前就浮现出一个生动的生活场景，人们的快乐如风游弋。可在那个时代，要说人民生活得很幸福、很美满、很和谐，是不恰当的，那时的人们面临生存的艰难与困苦是我们无法想象和感同身受的，因此这田野上洋溢的快乐只有来自他们精神的芳草园，是朴素自然的真情流露。

清人方玉润在《诗经原始》中说："读者试平心静气涵咏此诗，恍听田家妇女，三三五五，于平原旷野、风和日丽中，群歌互答，余音袅袅，若远若近，忽断忽续，不知其情之何以移，而神之何以旷。"

快乐始于心，出于心，逝于心。

原载于 2014 年 6 月 7 日《新商报》

美女扎堆便如云

朱悦源 作

老大年纪,再对美女评头论足恐不合适,但拿《诗经》说事儿,想必人能"理解"。

真正意义上的美女(南方人口头上的美女有时只是一个称呼)除了一些特定的场合和电影电视里,其实并不随处可见,炎热的夏季,我都嫌热,美女又怎么肯在大街上招摇过市?而且如今走路的机会越来越少,开车上路,目不敢斜视,只能盯着前车屁股上的尾灯,纵有美女像信号灯一样在街上闪烁,也只是余光一扫,"坐怀不乱"。

《诗经·郑风·出其东门》描述的正是那个年代美女如云的街景:

出其东门,有女如云。虽则如云,匪我思存。缟(gǎo)衣綦(qí)

巾，聊乐我员。

出其闉阇（yīn dū），有女如荼。虽则如荼，匪我思且（jū）。缟衣茹藘（rú lǘ），聊可与娱。

东门是郑国游人云集之所，名字与深圳罗湖的"东门"一样，深圳东门不到凌晨三点，基本上还是"游乐场"。有一年夏天，我们陪着父亲和母亲到东门散步，在我们眼里繁华的都市盛景到了老人眼里那真是人声喧嚷、摩肩接踵、流光溢彩，使他们透不过气。深圳自然也是美女如云之地，夜晚的深圳更是美女们的天堂，尤其在东门那个购物娱乐休闲之地，美女们更成流动的风景。其实同样繁华之地，各个城市都有；城市又各有千秋，正所谓一方水土养一方人，美女也各有特质——成都、苏州、扬州、大连、北京、上海……但似乎越大的城市、物质越丰富的城市、越开放的城市，美女越多，看来，美女还是喜欢热闹。

逛街便是图个热闹，爱逛街是女孩子的天性，美女更不待说。

郑国的东门我想象不出是个什么样子，但按照诗歌所描述，必定也是繁华异常。主人公信步而来，眼见街上美女如云，当然不能不被吸引，多看了几眼。但看归看，脚步却未停下，也未意乱情迷，因为那些都不是他的心上人，他的心上人身穿布衣，头裹围巾，正在辛苦地劳作。虽然他的心上人出身贫穷，模样也未必如那些美女，但他对她一往情深。

一位感情执著、专注的男子，不管是在古代，还是在当下，都算好男人。

诗歌创造了一个成语"美女如云"，由"出其东门，有女如云"而来。更让人惊讶的是，古时候的"如荼"也形容女子的美丽与众多，"如火"与"如荼"常常连用，哪里有美女的曼妙与遐思。

有人说美女是一种稀缺资源，此语是对美女的不尊敬——被当作资源，便有了被开采、挖掘、利用的可能，躺着中枪，一定有美女者心里愠怒。但亦有愿意被当作资源者，愿意被"疯狂"开采者，所谓女大不由娘，管不着了。

青春像小溪一样流淌，若只看容貌，再美也就那么几年光景。当红颜老去，爱却不见丝毫褪色，才是美女们最好的结局。

原载于 2014 年 6 月 14 日《新商报》

你的附加值是什么

朱悦源　作

人在职场,哪里会一直一帆风顺?

一帆风顺是一种美好的想象,更多时候,职场中人需要面对复杂的人际关系、繁重的工作,天上掉馅饼的事不是没有,但肯定砸不中你。

前几日去深圳看望一名已经参加工作的学生,好几年没见,一见面非常亲切。他在学校时在校报工作,很踏实,文字水平也好。毕业后先是在大连工作,后来思乡心切,我建议他回南方发展。起初工作不顺,换过单位,一度也很纠结。我不断地鼓励他,他也不断地努力,终于,在现在这家公司,他已是中层管理人员,待遇不菲,都超过老师了。

这是一家在国内有名的新媒体公司,经过学生的引荐,我见到了他的老板,一位语速极快、思维极为活跃的新媒体人,名片上没有职务,名字下面写着"首席清道夫"。他对学生赞赏有加,不是恭维我,是发自内心的,市场化程度极高的企业一个萝卜一个坑,不养闲人,给了学生这个岗位,一定是看重了他的能力和人品。

我很欣慰。在我的印象中,这名学生毕业后从未有过对所在单位或领导的怨言,踏实工作,积极进取,不论待遇多寡。

这其实很不容易。职场中人,任何一个单位,牢骚满腹者不乏。

先看看《诗经·小雅·祈父》中的这位:

> 祈父!予王之爪牙。胡转予于恤?靡所止居。
> 祈父!予王之爪士。胡转予于恤?靡所厎止。
> 祈父!亶(dǎn)不聪。胡转予于恤?有母之尸饔(yōng)。

译文是:
司马!我是君王的卫兵。为何让我去征戍?没有住所不安定。
司马!我是君王的武士。为何让我去征戍?跑来跑去无休止。
司马!您真不了解下情。为何让我去征戍?去时娘在,回来哭灵堂。

这位原来的岗位是卫兵,工作在城里,却被派驻前线当兵,因此满肚子牢骚。祈父是周王的军事长官,有调动人的权力。自然,按照常理,卫兵有卫兵的职责,他的职责是保护君王的安危,但是当前线吃紧,人手不够时,被调整岗位也属正常。到了前线,有的人保家卫国,奋勇杀敌,屡立战功;有的人贪生怕死,心神不定,老想着找关系走后门调回去。两种心态,便会有截然不同的职业发展结果。他如此"大胆"地发牢骚,在工作中一定会敷衍、得过且过,哪一个领导也不会喜欢。

不同的岗位对人都是一种历练,人人都当卫兵,凭什么你当卫士长?你得有附加值,而附加值便是比别人干得多、锻炼得多、贡献得多,当机会来临时,你自然会脱颖而出。

我想起一位老领导的话,8小时工时是法律规定的,但是你若每天只干8小时,甚至不到8小时,你就永远是普通员工。

多干的人,不会吃亏。

原载于 2014 年 6 月 21 日《新商报》

鹿鸣宴与谢师宴

朱悦源 作

对于高考考生来说，6月是注定备受煎熬的，"寒窗"苦读12年，冷板凳坐了4000多天，终于要扬眉吐气了。尽管会有考生落榜，但是那一点失落与悲伤无法冲淡满大街的喜悦和兴奋，"金榜题名"之日，正是有些学生大办宴席之时。

民间流行的谢师宴的举办者其实不是学生，学生虽然考中，但没有经济来源，拿什么请客？家长出钱，学生担名，老师成为座上宾。谢师宴也饱受社会议论，褒贬不一，但公正地说，算不得不正之风，更算不上违纪违法——有一种情况要除外，官员借子女考中而大摆筵席名为答谢师恩实行敛财之实。谢师宴是人们表达内心感激的一种通俗的表现形式。

古代有一种鹿鸣宴，与谢师宴有一点联系，但刚兴起时与考生无关，后来才与考生"挂钩"。

鹿鸣宴上要演奏一首乐歌，歌词是：

> 呦呦鹿鸣，食野之苹。我有嘉宾，鼓瑟吹笙。吹笙鼓簧，承筐是将。人之好（hào）我，示我周行（háng）。
>
> 呦呦鹿鸣，食野之蒿。我有嘉宾，德音孔昭。视民不恌（tiāo），君子是则是傚（dān）。我有旨酒，嘉宾式燕以敖。
>
> 呦呦鹿鸣，食野之芩（qín）。我有嘉宾，鼓瑟鼓琴。鼓瑟鼓琴，和乐且湛（chén）。我有旨酒，以燕乐嘉宾之心。

（《诗经·小雅·鹿鸣》）

诗以鹿鸣起兴，鹿是一种性格温驯的动物，人们都很喜欢。鹿不贪不霸，发现食物会招呼同伴一起享用，很和平与善良。

这是周王宴会群臣宾客的乐歌。上行下效，后来成为贵族宴会以及大型正规宴会的保留曲目。至唐代时，鹿鸣宴成为科举制度中规定的一种宴会，于乡试放榜次日，宴请新科举人等；到了宋代，皇帝殿试文武两榜状元后设"鹿鸣宴"；各地地方官则祝贺考生高中而设乡饮酒礼，亦为"鹿鸣宴"。在一千多年漫长的历史中，鹿鸣宴的地位和影响力相当深远，其功能既属庆功，又属饯行。

只是，鹿鸣宴的举办者都是"政府"，至少从面子上看都是官方出钱，是不是有老板地主背地里买单我们不知道，即便有也是个别。但现在的谢师宴出钱者大都为百姓、工薪阶层，个别人或者可以"报销"，却属于违纪行为，见不得光。

成语"鸣野食苹"便从"呦呦鹿鸣，食野之苹"演变而来，比喻诚心待人，能够同甘共苦。谢师宴的举办者大都属于诚心的，不排除有不得已而为之者——面子上过不去，人家都请，借钱也要请，就此一回打肿脸也要充个小胖子。

我以为，一切要顺其自然，师恩不是一顿饭，不吃这顿饭，师恩仍然在，吃了这顿饭，师恩也得不到升华，这原本就是两回事。师者，图的是学生自立自强，勤奋上进，能成为社会有用之才，图眼前之利者是当不好老师的。

谢师宴也好，鹿鸣宴也罢，酒肉飘香，笑声都要飞出窗去。但是，对于那些高考失利的学子而言，何尝不是一种巨大的压力与失落。人生无常，有人微笑便有人落泪，有人喜悦便有人哭泣。在这个时刻，我们应该更多关心那些失利者，少触碰他们敏感且脆弱的神经，安慰他们，东山再起。

原载于 2014 年 6 月 28 日《新商报》

人言何足畏

李泽宇　作

俗话说人言可畏，再俗一点就是唾沫星子淹死人。不知道这是不是中国特色，我没出过国——即便是出国，不工作个三年五载也体会不出人言与唾沫星子的力道。

被人言困扰的人，都已进入职场，都说职场凶险，在某一个阶段，我也曾体会到艰难与复杂，但还上升不到凶险的层次。职场虽有明枪暗箭，钩心斗角，但用不着流血、不需要拼命，打打杀杀那一套只在电影里的黑社会和谍战片里见过。

先说人言。就是别人说的话。一般的话和你没关系，关于你的话才和你有关系。关于你的话有好话与坏话之分，当然，好与坏也是相对而言，世上没有绝对的事。一般情况下，说你好话比说你坏话要好。为什么要说你坏话？因为你初来乍到，锋芒毕露？雷厉风行，触及利益？空降而至，打破格局？什么人在背后说你的坏话？当然是与利益有关的人。如果你是高管，中层一般犯不上说你的坏话；如果你是中层，一般员工犯不上说你的坏话；如果你是一般员工，高层或中层也犯不上说你的坏话，一般情况下大抵如此。毫无疑问，说你坏话的人都不是晚上躺在被窝里自言自语，坐在马桶上腹诽，在日记里发泄情绪，他们最终会把坏话说给能起作用的人，自然，这个人职位会比你高，权力会比你大。到了此时，人言的威力开始显现，你是否被唾沫星子淹死，有时就取决于某个人的判断与好恶。如果某个人鼎力支持你，人言等于放个屁；如果某个人想借机收拾你，人言便是导火索。

人都感觉活得太小心，都挺累，是因为职场之中确有不学无术者、不思进取者、浑水摸鱼者，唯恐天下不乱者。相对而言，年轻人多的职场，人际关系要简单许多，初入职场，朝气蓬勃，浑身是劲，没有也不会拉是非、倒闲话。老单位、老机关、老气横秋之所，为闲言碎语肆虐之所，这样的地方，肯定缺乏活力，没有创新，效率迟缓。

人言可畏由"人之多言，亦可畏也"衍化而来，出自《诗经·郑风·将仲子》：

> 将仲子兮，无逾我里，无折我树杞。岂敢爱之？畏我父母。仲可怀也，父母之言，亦可畏也！
>
> 将仲子兮，无逾我墙，无折我树桑。岂敢爱之？畏我诸兄。仲可怀也，诸兄之言，亦可畏也。
>
> 将仲子兮，无逾我园，无折我树檀。岂敢爱之？畏人之多言。仲可怀也，人之多言，亦可畏也。

说的是一对男女的交往，男的猴急，想鲁莽地翻墙穿园与女孩子见面，女孩子以礼法森严、人言可畏为由劝他回去。古时候，对男女作风问题抓得紧、看得重，稍不注意，便有伤风化，被人戳脊梁骨。如今，男女作风问题在很多时候成了"生活细节"，说明在这方面人们的思想观念"进步"很大，很放得开，无所畏惧。尤为"敬佩"的是，有的人无视民瘼、民意、民权，台上一套，台下一套——不畏"民言"，确是五百年修炼都未必抵达的境界。

原载于2014年7月5日《新商报》

承接人生风风雨雨

李泽宇　作

　　对于人生的比喻实在很多，我曾在一篇短文中这样比喻人生——人生实则就是一个个的剪影连缀起来的大戏。每个人都有一个影子，那影子或明或暗，或扬或抑；或者是你，或者不是你，或者叛逆或者顺从——你有时是无法操纵的，就像若干年前你说了什么话，做了什么事，及至后来再说起时，打死你也不相信自己曾经有过那样的豪言壮语或者莽夫之举。但剪影是生动的，是瞬间的永恒，因为是剪影，就少了许多的虚伪，而多了冷峻或者直白，也就多了几分"像"或者"不像"。

　　剪影是人生的一个片段。在看似漫长的人生中，风风雨雨常常伴随我们左右，故才有人生风雨、风雨人生、风风雨雨之说，说明人生总非一帆风顺，总会经历一些挫折，经受一些风雨，甚至遭受一些电闪雷鸣般的打击。

把人生与风雨联系在一起，出自《诗经·郑风·风雨》：

> 风雨凄凄，鸡鸣喈喈。既见君子，云胡不夷？
> 风雨潇潇，鸡鸣胶胶。既见君子，云胡不瘳（chōu）？
> 风雨如晦，鸡鸣不已。既见君子，云胡不喜？

这是一首写妻子和久别的丈夫重逢的诗。在一个风雨交加的日子，女子终于盼到男子回家，喜悦之情溢于言表。诗中，用"风雨凄凄""风雨潇潇""风雨如晦"来描述天气状况，也以渐进的语言衬托出女子心情的变化。而云胡不夷、云胡不瘳、云胡不喜则代表着女子在期盼男子回家的漫长的时光里的三个阶段，即由烦到病至喜。

《风雨》虽短，却具有丰富的艺术意蕴和内涵，将风雨、生活、爱情紧密地联系在一起，读来极为贴切，符合人物的心理变化，也营造出极强的艺术感染力。乃至"风雨凄凄""风雨潇潇"成为我等"文人"以及大众经常使用的"名词"，可谓放之四海，百读不厌。

相对于风雨凄凄、风雨潇潇，风雨如晦便是人生另外的境遇了，但历经人生磨难的同时，人们又常用"鸡鸣不已"来自我激励，可以想象，在凄风冷雨之中，雄鸡报晓该是怎样的风景？

人生总要经历风雨，如果说细雨霏霏是一种平缓的状态，风雨凄凄是一种悲惨的状态，风雨潇潇是一种急促的状态，那么，风雨如晦便是一种大难临头的艰难处境。有的人成了落汤鸡，有的人成为断头鸟，有的人鹰击长空，有的人乱石穿空，惊涛拍岸。

人生是属于自己的，人生又那么短暂，既然来到世上注定要经历风雨，为何不风雨彩虹铿锵玫瑰一股脑拿下？那样的人生才叫精彩。

原载于2014年7月12日《新商报》

遇人不淑伤不起

李泽宇　作

俗话说，男大当婚，女大当嫁，时至今日，娶谁家女，嫁谁家郎，越来越简单，也越来越复杂。

简单的表现是，一些女子择偶的标准虽然日新月异，但都一目了然，比如有房、有车、有位、有钱。复杂的表现是，你虽众里寻他千百度，那人却在别人处。

天下所有的女孩子都希望嫁个如意郎君，长得帅，只爱自己，有事业，有钱——满足全部的条件当然很难，有时可遇而不可求，如果只能满足一个条件呢？不同的人有不同的选择，有的人选择物质，有的人选择精神。其实，你在选择别人的同时别人也在选择你，因为婚姻是一辈子的事儿，任何人都不会不慎重。往往是，纵你千挑万选，但人心隔着肚皮，保不住会遇人不淑。

从古至今，这种事儿都常有，谁遇到谁倒霉，因为婚姻到底不是一桩交易、买卖、赌博，是刻骨铭心的爱恋与携手同行的责任，如果爱恋变成伤痛，如果婚姻之船搁浅、触礁、沉没，那种打击往往令人意志消沉，甚至生不如死。

《诗经·王风·中谷有蓷》曰：

中谷有蓷，暵（hàn）其乾矣。有女仳（pǐ）离，嘅其叹矣。嘅其叹矣，遇人之艰难矣！

中谷有蓷，暵其脩矣。有女仳离，条其歗矣。条其歗矣，遇人之不淑矣！

中谷有蓷，暵其湿矣。有女仳离，啜其泣矣。啜其泣矣，何嗟及矣！

译文是：

山中一棵益母草，根儿叶儿都枯槁。有个女子被抛弃，一声叹息一声号。一声叹息一声号，嫁人艰难谁知道！

山谷一棵益母草，根儿叶儿都干燥。有个女子被抛弃，长长叹息声声叫。长长叹息声声叫，嫁个恶人真懊恼！

山谷一棵益母草，干黄根叶似火烤。有个女子被抛弃，一阵抽泣双泪掉。一阵抽泣双泪掉，追悔莫及向谁告！

成语"遇人不淑"即出于此。诗中的女子是不幸的，她因遇人不淑而遭抛弃，她叹息、号叫、流泪、追悔莫及却于事无补。

女人天生弱小，在男人面前始终属于弱势群体，古今如此，古代尤甚。在古代，如果女子遇人不淑，她一辈子的幸福基本上就被葬送了，根本没有"东山再起"的机会。倒是今日，强调男女平等，婚姻不再是壁垒和篱笆。人们可以自由地结，自由地离；可以前脚结婚，后脚离婚，但披上婚纱的那一刻，没有哪个女孩子不对未来充满憧憬，不想幸福甜蜜地携子之手，与子同行，慢慢变老。可是现实中，人们还是在不断地看到有的女子为了维护捍卫婚姻而采取偏激行为的事实。这说明，婚姻永远都不是固若金汤的城池，就算城池固若金汤，如果守门的人朝秦暮楚、暗度陈仓你又奈何？

婚姻是一道复杂的计算题，过程重要，结果也重要，甚至过程比结果还重要，一个小数点的错误往往导致结果的差之千里。所以，天下女子面对婚姻这道计算题，务必好好计算经营，力求精准完美。

原载于2014年7月19日《新商报》

不做筑室道谋之人

李泽宇 作

有一成语叫"筑室道谋",由"如彼筑室于道谋"简化而来,指盖房子时和每个路人商量,比喻做事无主见。此语出自《诗经·小雅·小旻》,其中一段是:

哀哉为犹,匪先民是程,匪大犹是经。维迩言是听,维迩言是争。如彼筑室于道谋,是用不溃于成。

译文是:制定政策很可悲,不是效法祖先。治国的远大谋略不实行,只爱听肤浅浅薄的话,还要争论是与非。好像盖房子问路人,人多嘴杂建不成。

诗歌讽刺了君王善恶不分、宠信奸臣,暗地里,小人们党同伐异,朝堂上,谋士们夸夸而谈。这使作者对国事充满了担忧。诗人具有忧国忧民之心。

抛开政治,生活中筑室道谋者亦多矣。我常给女儿说,做事要有一定的主见,面对问题或困难,可以解决不了,但要思考,不能一推了之。前日晚天气燠热，厨房更如蒸笼，我"亲自"下厨，挥汗如雨，眼睛都快睁不开了。让女儿拿我的毛巾，女儿找了一圈说没找到。我云，如果站在厨房里的是你，我该怎么做？女儿恍然大悟，找纸巾，找其他替代品。

　　提问题是人的能耐，孩子在成长过程中不知道问过多少问题，可是，独立思考，解决问题才是关键。不要说小学生、中学生，连一些大学生亦缺乏主见，遇事筑室道谋，恨不得把所有的人都问一遍，结果众说纷纭，导致他没了主意。

　　对于生存能力的考验从未离开我们，当难题一个个接踵而至时，逃避解决不了任何问题。再举一例，亦发生在我身上，前几日与妻驱车在广州市区办事，车坏在十字路口，赤日炎炎之下，车流如过江之鲫之时，等待救援，影响交通；推车离开主干道，从没干过，丢人现眼不说，还有安全隐患。思忖之后，决定推着车走。中国的大多数司机是不让人的，更不用说让一辆抛锚的车。费了九牛二虎之力，终于将车推至一酒店地下停车场入口前的道路一侧，保安立即过来阻止，言影响车辆进入，其实是没有影响的。他是怕上司看到责怪。换位思考，这个保安没有主见，他要做的首先是报告上司，其次是指挥入场车辆注意特殊情况，同时积极帮车主联系救援，车主的问题解决了，他的问题也就解决了，在广州这样高效率的城市，救援抛锚车辆也就是一二十分钟的事。

　　独立思考的能力要从小培养，如今的孩子特别依赖父母。我女儿也是，16岁的"大姑娘"穿衣戴帽还要问她妈妈。我是有责任的，以前长期出差，不在一个城市生活，现在意识到这一点，亡羊补牢还不算晚。独立思考之后要学会解决问题，解决不了问题也要提出自己的见解，不能以"不知道"敷衍或一推了之。生活是最好的学堂，亦是人生的调色板，能解决生活中的问题，便能在面对社会与职场复杂的情况时做到忙而不乱、从容大度。

　　借助推车这一"案例"，我给女儿和其他几个孩子上了一课——如果将来你们刚参加工作开车在市区公干，车辆抛锚，该怎么做？有的说下车示意后面的车先行，有的说打应急灯，有的说打110。我说最佳的方式应是将车推离主干道，联系救援，在4S店维修前，将意外情况报告你们的主管，因为这涉及维修预算，然后打车继续办事。其间采取的其他措施都是辅助手段。当然，在这一过程中，安全是最重要的。有的孩子或许想问，我推不动怎么办？下雨怎么办？我要说的是，孩子的疑问，是因为不懂，是可爱的；成人的疑问，很多缘于惰性，会让人瞧不起。

　　孩子们似乎懂了。

　　他们可以不像古人那样忧国忧民，但他们不能不思考自己的未来。

原载于2014年8月9日《新商报》

龟厌不告：凡事忌过度

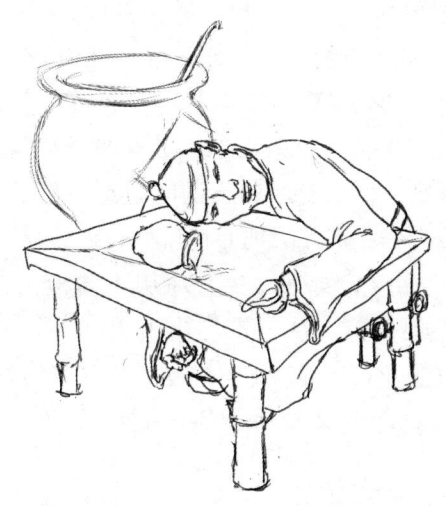

蔡卓廷　作

　　想到信用卡。信用卡可以透支，是个好东西。有的人办了很多张，以为很有"身份"，但信用卡不是你的钱柜，用了是要还的，适当地用，还得起，过度使用，保不准就会有拆东墙补西墙那一天，能拆上能补上，也还说得过去，万一"资金链"断裂，欠了银行的，银行可要告你上法庭。

　　一个朋友办了一张信用卡，额度还不低，透支后一忙忘了按时还钱，额度一下子减了一多半，还上了"黑名单"，等他买房子办贷款手续时遇到了麻烦，那个不良信用记录害得他好一番折腾。

　　信用卡是允许透支的，是方便和鼓励消费的一种方式，但凡事总有个度，不要到龟厌不告的程度。"龟厌不告"出自《诗经·小雅·小旻》，说的就是再有效的东西，过度使用也会失灵。

过度使用"磨损"就快。老是坐着，腰肌就劳损；老是趴在网上，眼睛就困；老是废寝忘食，肠胃就多病；老是喝酒，就伤肝。

过度使用的还有你的信誉。老拍胸脯，过会儿就忘，就没人再把你当回事。老拍脑袋，兴之所至，想当然，官声就不好。老以权谋私，准有"秋后算账"那一天。

度与量便可"概括"人生，度乃适度，不要过于张扬，量乃量力，不要过于索取或贪婪。把握住度量，人生总不会跑得过于偏差。

如今一些人很急躁，恨不得一夜暴富，一日千里，一举成名，一脱即"蹴"，一锤子买卖，"一竿子插到底"，一字打头，万事才开头，有人或许不然，一叶知秋又如何解释？那是他忽略了从春到夏叶子经历风雨的过程。

透支多时不美，总要付出一些代价，透支身体，于健康有损；透支青春，老了后悔；透支信誉，被人唾弃；透支友谊，哥们反目；透支爱，众叛亲离……龟厌不告，是古人的处世哲学，来自生活，绝非假大空。

人生不如意事常有，保持良好的心态，尽可能乐观豁达，便没有过不去的坎儿。我父亲受病痛折磨，偶也有悲观厌世的心态，我常鼓励他积极一些，再活三五年没问题，就很奇怪，那几天他心情就好，病情就稳定，说话底气就足。他也属于早年透支健康的人，身为医生，却从不体检，脾气乖戾，老搞"家暴"，一家人都没少挨他的打，甚至被打出了毛病。气急之下，还拔过猫的牙——还是在东北的时候，我家养的那只猫吃了我家养的鸡娃子，结果……

母亲并非信佛之人，却言父亲属于年轻时作恶（比如对待猫），老了还"债"（生大病）。

善与恶，美与丑，对与错，生活是最公正的评判师，我只是说，凡事皆有度，度之内，你尽可发挥，度之外，思忖再做，"超度"之事，不做为妙，一言一行，无外乎此。

原载于2014年8月30日《新商报》

我真的爱莫能助

蔡卓廷 作

　　一般不要求人——如今社会分工越来越细,"市场"提供的服务也越来越方便,很多事不求人也能办,而且比求人更方便和快捷。

　　求人办事是老观念,越落后的地方越"盛行",长年累月待在一个地方,前后左右都是熟人,办事先找人几乎成为固定思维模式。

　　寄快递也找人,发生在我母亲身上,她找的是在邮局工作的亲戚,天下邮局是一家,莫非还能走后门?熟人见我母亲寄的东西多,建议"走"包裹,几天就能到。包裹当然比快递收费便宜,这是邮局的规定,不是熟人给开的"后门"。母亲拿这个说事儿,我只有哭笑不得,包裹要我去邮局取,快递是送货上门,得到的"待遇"明显不同。

在小城，看病、上学、办户口……凡能找熟人的先找熟人，熟人被找多了，或许很烦，但不好说"爱莫能助"，伤面子。

有的事还违反政策规定，但碍于面子，熟人也要硬着头皮办，低头不见抬头见，你说咋办？他要是搬出《诗经·大雅·烝民》里的"爱莫能助"，那他的"坏"名声可瞬间就传遍了小城。

古人的爱莫能助源自内心，心里确实关切同情，可惜确实没有力量帮忙，而这种忙，我以为都是大忙、大困难、大挫折。而举手之劳的事，芝麻蒜皮的事，没人说爱莫能助。

求人越来越不是一件容易的事，非求人不可的事，也要看人家为难与否。每年招生季，有的孩子没考好，成绩离录取线差好远，有的熟人请我给说一说，照顾照顾——这是不懂招生规则，给人出难题。做生意的朋友想得到一个项目，请我给当官的朋友打个招呼，招呼当然可以打，可你首先要有参加招投标的资质，有公开参与竞争的"资本"，否则我就是在给朋友出难题，朋友如果违规操作不小心就砸了自己的仕途和饭碗，这事能干吗？

如今有的人的心态还停留在几十年前，认为现在还是关系社会、熟人社会、后门社会，走后门比走前门得到的便宜多，占据的资源多，殊不知，但凡走了后门的事情有多少不是违规操作，权钱交易，见不得光？

人在江湖飘，岂能赤条条来，赤条条去？事有很多，都需要办，但不论何时，要以不让别人"挨刀"为原则。

我有机场的朋友，关系很好，有时出门迟怕误了航程，就请他帮忙先办个登机牌，他一点都不为难，我也很开心。可如果我想把汽油带上飞机而去找人家帮忙，对不起，你太坏了。如果我买的是商务舱的票，却让人家安排到头等舱，对不起，你太不知趣了。提这样的要求，请别人帮这样的忙，本身就是自私自利，别具肺肠。此时，人家说一句爱莫能助还是好的，来一句——你以为你是谁！不只是面子没了，门牙都没了。

原载于 2014 年 9 月 6 日《新商报》

世间尽是长舌妇？

蔡卓廷　作

没有哪个女人说女人是红颜祸水、长舌之妇；正如少有男人说男人是孬种和软蛋。一般情况下男人说女人的多，女人说男人的多，同性相惜嘛。

长舌之妇这个词保准是男人说的，原话为"妇有长舌，唯厉之阶"，看起来文绉绉，实则给天下的女人戴了一顶很难摘掉的棉帽子。

女人尽是长舌妇？当然不是。世间，温柔的是女人，美丽的是女人，文静的是女人，小家碧玉的也是女人。没有女人这个世界就不是世界，生活就不是生活，整个天空都会乌黑一片。

长舌妇当然也有，说闲话，拉是非，亦有毒辣与蝎子心肠者。正如男人堆里也有民族败类、汉奸卖国贼，野蛮霸道龌龊到家狼子野心者。

以点概面，以偏概全都不科学，也不公正。

《诗经·大雅·瞻卬》是一首讽刺诗，被讽的对象是周幽王，周幽王宠幸褒姒，残害贤良，败坏纲纪，祸国殃民，直至周将不周。作者将灾祸的发生归咎于褒姒：

　　哲夫成城，哲妇倾城。懿厥哲妇，为枭为鸱。妇有长舌，维厉之阶。乱匪降自天，生自妇人。匪教匪诲，时维妇寺。

译文是：

聪明男人建国家，聪明女人多败国。美丽而又聪明女，又是枭来又是鸱。妇有长舌爱乱讲，灾难由此找到阶。祸乱不是从天降，出自妇人枭长舌。无人教来无人诲，只是妇人来把持。

我们拍着后脑勺想一想，褒姒一弱女子何来翻云覆雨的本事？褒姒的"能耐"来自男人，她只不过用得巧、用得好，充分地发挥，用到极致罢了。若男人一巴掌将她打入冷宫，她的那点能耐一阵风都能吹散。

可俗语言，英雄难过美人关，可见，凡英雄者，战场上可骁勇善战，一上情场便成了可爱的绵羊、温顺的驴子，这是天下男人的软肋，一个笑不得一个。

但正因如此，这个世界才是和谐的，男人刚强，女人柔弱，以柔克刚，百战百胜。如果反过来，男人软，女人硬，男人吃软饭，女人骆驼一样在沙漠里负重喘息，你觉得生活还有情趣么？

我们不希望看到的是男人被女人操纵，也不希望看到女人被男人操纵当成工具、武器，满足女人或男人不可告人的欲望。而是不是被操纵完全取决于自身。世间好男人多，好女人也多；坏男人不少，坏女人也不少。一个坏一个不坏，可以将坏的改良，也可以同流合污；两个都坏，黏糊到一起，就没救了。

故，若遇长舌之妇并不可怕，一刀斩去她的舌头就是；若男人穷凶极恶，趁他熟睡，绑了报官。

一念之间的事儿，不难操作。

原载于 2014 年 9 月 13 日《新商报》

文化之根藏于历史

蔡卓廷　作

以前有一句骂人的话：你这人（忒）没文化！现在不太用了，一来有了互联网，再没文化的人也可以百度来一点文化；二来现在人都有了文化，会玩智能手机、电子游戏，各种新潮玩意，你能说他没文化？

但文化却有差异。人与人的文化有差异，城与城的文化有差异，国与国的文化也有差异。比如同样的事，一个人难以接受，一个人很痛快地答应；到我老家兰州，你得吃牛肉面，得习惯吃面，到南方，你得习惯吃米，吃粉，到大连，你不能抵触海鲜，这是饮食文化；在中国，只生一个好，到外国，孩子再多人也不烦；在大城市，老夫老妻拉拉手在街上走一走，没事，在小县城，要保持一点距离，怪不好意思的；北方汉子，喝酒好一口闷，南方小伙子见了"东北小烧"吓破了胆。不一而足。

文化又是可以"嬗变"的，唐诗宋词是中国传统文化的瑰宝，一代一代传承陶冶着我们的情操，可你要是不想传承，把它从学生的课本里剔除，放心，不用多少年，中国的文化就断层了。和古建筑一样，拆了容易，一夜之间的事儿；修复或者恢复，想都别想，复制品上冒不出文化的芳香。

《诗经·小雅·都人士》说的正是文化的嬗变。

  彼都人士，狐裘黄黄。其容不改，出言有章。行归于周，万民所望。

  彼都人士，薹（tái）笠缁撮。彼君子女，绸直如发。我不见兮，我心不说。

  彼都人士，充耳琇（xiù）实。彼君子女，谓之尹吉。我不见兮，我心苑（yù）结。

  彼都人士，垂带而厉。彼君子女，卷（quán）发如虿（chài）。我不见兮，言从之迈。

  匪伊垂之，带则有余。匪伊卷之，发则有旟（yú）。我不见兮，云何盱（xū）矣。

"都"为城市，说的是城里的人。城里的人原来穿得好，说得好，言行举止都好，很有文化与修养。现在还是那座城，那些人，作者却寻觅不到原来的文化印痕。因为那座城换了主人，城里的人成了异族的奴隶。这一段历史发生于西周末年，周幽王荒淫奢靡致江河日下，东撤迁都，扔下的臣民沦为"遗民"，文化便在这种特殊复杂的环境下流失与变异，丧失了本来面目，令人心痛与悲伤。

文化的传承需要载体，比如衣装，比如建筑，比如文章，比如典籍，比如语言，比如人。忽视、漠视、排斥、剔除……都可以让文化随风而逝。当全民学英语，人人都说 English 时，人们的思想一定不会徘徊在"在河之洲"，而是在大洋彼岸。当我们遗忘历史时，悲剧一定会在某个时刻重现。

子曰：温故而知新。此处的故，看作历史或也无妨——文化之根都藏于丰沃的历史中。

原载于 2014 年 9 月 20 日《新商报》

你是否不愧屋漏?

俗语曰,明人不做暗事,这话要看怎么理解,首先他得是"明人",不是恶人;其次人在"明处"不做暗事,在暗处是否也不做暗事?

人生在世,最难的是一辈子不做暗事。

暗事也分层次,背后议论人是暗事,人长一张嘴,谁能保证背后不嘀咕人?嘀咕人也有区分,说人家的好话,是美德,说人家的坏话,是缺德。而背后嘀咕人,十之有九说的不是好话,是怕人听见的坏话。给人穿小鞋是暗事,小鞋夹脚,人都知道,穿的人疼,看的人爽,你越疼,他越爽,小鞋却像孙悟空头上戴的紧箍咒在人脚上生了根,有时会让你疼一阵子,有时会让你疼一辈子。落井下石是暗事,是暗事的极高境界,被砸者轻者伤,中者残,重者亡,几乎没有爬出深井的机会。

要不做暗事,得先做明人。明人即光明磊落之人。何为光明磊落?各有各的理解。我以为说真话、办实事、多自省、少争斗已是不易,更高的要求古往今来没几人能做到,都做不到的标准便是道德标杆,竖着就是它的价值,给人以努力的方向。

《诗经·大雅·抑》中有一句关于道德的哲理之言,"相在尔室,尚不愧于屋漏",后衍生为一个成语"不愧屋漏",原指古人堂屋的西北角开有天窗,阳光由此照入,故称屋漏。又常设祭于此处,意指神明之所在,这样的场景在电影里常见,有时黑洞洞的屋子里就那一块亮着光,让人心生不安之感,后指即使在黑暗中也不做坏事。

黑暗不仅是夜的黑,有时也是心的黑,心既黑,做事也黑。自己黑自己不算黑,顶多是自虐,你喜欢。黑别人才算真的黑,你喜欢得要死,别人心痛得要命。

换一种思维,世上没有无缘无故的爱,也没有无缘无故的恨,余也不能先入为主,老把别人想得那么坏,余要替黑者问一句,世上那么多人,我为什么偏偏黑你？

　　被黑者之情形可谓多矣——爱出风头，遭人嫉妒；得理不饶人，遭人排斥；争权夺利，遭人攻击，总之，若你与世无争，清心寡欲，任谁也黑你不着。

　　凡事便要辩证地看，不可钻牛角尖。

　　余工作二十多年，亦遭人黑过，当时气愤不平，时过境迁再一思忖，方悟出道道，假如余当时不如此，结果便不会如此；假如当时结果不如此，余现在也不会如此。此时与彼时，纠葛与关系，复杂得很。

　　路在脚下，脚尖朝外，怎么走，走多远，全在余心之屋漏容纳了几许阳光。

　　——完全黑暗时，你会仇视人间万物；一点阳光时，你会抱怨世道不公；半边阳光时，你会慨叹命运多舛；满是阳光时，你全身的每一个毛孔都渗着爱。而阳光的多寡，首先取决于个人，因为心锁只有本人才打得开。

原载于 2014 年 10 月 11 日《新商报》

难得绰绰有余

林锐 作

活了四十多年，我还没有绰绰有余的时候。绰绰有余本来也指的是钱财，多得用不完。我的父辈也没有绰绰有余的时候，父亲在世时也是副高职称，还有个小小的官位，但是他吃的、用的、穿的、戴的，无一例外地不入"流"，没有档次可言，只是合适、耐用。

社会中，有的人日子过得绰绰有余，前不久我所在的高校大一新生报到，有的竟是开着七八百万的"兰博基尼"亮相，很是热闹了一阵子，他的家庭经济状况应该不但绰绰有余，而且余得不知道怎么用。

在精神层面，也有活得绰绰有余者，想当年傅斯年、刘文典在蒋介石面前，不但跷二郎腿、叼烟斗，还以牙还牙、"破口大骂"，让蒋介石恼羞成怒却又无可奈何。

故此,绰绰有余用到人身上,有时可褒,有时可贬,要看在什么场合,怎么用。总归而言,要么体现财大气粗,要么体现颐指气使,要么体现特立独行。

这个成语出自《诗经·小雅·角弓》,原话是:此令兄弟,绰绰有裕。不令兄弟,交相为瘉(yù)。说的是兄弟之间要和睦相处,不能手足相残。是在告诫周王不能为了权力和地位而不顾礼仪道德,疏远甚至残害兄弟,要做家庭中的道德模范,给老百姓做出榜样。显然,这一成语的古义与今义不能说完全对不上号,但相差甚远。

兄弟者,我是有的。"80后"有的有,"90后"大都没有。不管你身居何位,钱财几何,如果你有兄弟姐妹,一定要认真对待,善良、坦诚、相助,不要心存私心、留有余地,要知道,在你成家立业之前,这个世界上你最亲的人,除了父母便是兄弟姐妹,而当父母年老体衰离我们远去,兄弟姐妹可与我们共同承担风雨。而且我相信,当你遇到危机时、陷入困顿时,兄弟姐妹会率先向你伸出援手,而且不计回报。

古语言,上阵父子兵,打仗亲兄弟,意指若一家人团结一致,上下一心,同心同德,事情就容易做成功,日子就会过得绰绰有余,尽管杨家将、岳家兵……被奸臣所害,结局未必完美甚至很悲惨,但其和睦之家风、互助之精神、磊落之为人为世代所称颂,无一例外地属于"模范家庭"与"模范兄弟"。

绰绰有余由此而来,尽管说的好像不是一回事,但我以为其精神内核仍是一颗:善行致远。

原载于2014年10月18日《新商报》

进退两难的狼

林锐 作

去过动物园,看过狼。很多小朋友都看过狼。关在笼子里的动物都是可爱的,纵是巨兽也奈何人不得。只是前几天有一个孩子被熊咬了,他在动物园游玩时翻过护栏,在黑熊笼前喂食黑熊,黑熊从破损的防护网口伸出嘴咬住男孩右手臂并咬断。这自然极为可悲,好好的一个孩子被熊毁了。

因此,狼与熊的可爱与可恨要看场合,和人一样,人和善时可爱,狰狞时可恨,性情之中,有时会走极端,所以该敬而远之时要躲着走,不可离得太近。

你见过老态龙钟的狼吗?我没有,但是按照古人之描述,狼老时,竟很可爱。

《诗经·豳风·狼跋》云:

狼跋其胡,载疐(zhì)其尾。公孙硕肤,赤舄(xì)几几。
狼疐其尾,载跋其胡。公孙硕肤,德音不瑕?

大意是：老狼前行踩颈肉，后退绊尾又跌倒。贵族公孙腹便便，脚蹬朱鞋光彩耀。老狼后退绊尾跌，前行又将颈肉踩。贵族公孙腹便便，德行倒也真不坏。

这是一只上了岁数的狼，也是一只没有减肥的胖狼，往前走能踩着自己脖子耷拉的肉，往后退又能踩着自己的尾巴而被绊得趔趄，够狼狈的，正所谓进退两难——"跋前疐后"这个成语即出于此。

但是诗刻画的主角其实不是狼，是人。把人比作狼，一般都不安好心，而且此诗中的人还不是一般的人，是周公，但《毛诗序》曰："《狼跋》，美周公也。周公摄政，远则四国流言，近则王不知，周大夫美其不失其圣也。"此诗不是损人，而是对周公雄韬大略、雍容大度，在艰难中取得伟大胜利之歌颂。

将领导比作狼，不可谓不大胆，作者选取了一个极为精巧的角度：老狼。狼之老矣，不再凶狠，又因为生活条件一贯优越，致老时形态憨态可掬。而作为一只狼，其当年的雄风又会很自然地映现在人们脑海里，这种艺术效果的传递奇特、夸张又未偏离生活本真。

人生也常出现跋前疐后之情状。昨天刚和一个男生进行过交流，他直言不讳地告诉我，他喜欢一个女生，致茶饭不思、夜不能寐，但女生并不喜欢他。他正处于进退两难之境地，进，显然无结果；退，心又有不舍。问老师怎么办，我说，爱，强求不得，你若真爱，就要做得更好、更优秀，吸引她的关注，爱情之博弈，有时勇者胜，有时能者胜，而在这之前，不要再打扰她。

进退两难之时，硬着头皮往前冲，只会令全军覆没，一门心思往后退，往往会前功尽弃，此时，更要讲智谋，所谓：善谋者胜，善决者赢，要知道，我们不是那一只优秀且优越的狼，充其量就是一只可怜的羊。

原载于 2014 年 10 月 25 日《新商报》

怎样才能出口成章

林锐 作

前几天我办讲座,一个大一女生为我主持。讲座前,我还让她专门练习了几遍,看着差不多了才到现场。按照流程,她要先介绍一下讲座嘉宾,可是现场的工作人员忘记打印我的简历,小女生慌了神,"欢迎"完现场的观众之后不知再说什么,最后竟跑到场外问我怎么办?还能怎么办?就算她不"邀请"我进场,我也得硬着头皮自己进去。

但在大学校园,这不丢人,毕竟他们都是刚走出高中校园的学生,到大学来就是学习专业知识、交际能力、演讲口才的。可要进了职场,若犯了此等错误,轻则受严厉批评,重则卷铺盖儿走人。

任何时候,口才都是极为重要的本事。但是口才的具备需要刻苦持久的训练。

不知从何时开始,我们已经习惯了面对讲稿照着念,习惯了照本宣科。讲话没有稿子，六神无主，语无伦次。而念稿子的人往往自己不写稿子，念着"代笔""捉刀"之"作"，哪里会有激情，怎么会感染人？更遑论出口成章。

我们与古人已差得太远。在诗经时代，生活在城里的人便能"出言有章"，《诗经·小雅·都人士》云："彼都人士，狐裘黄黄，其容不改，出言有章"，"出口成章"这一成语即出于此。出言有章当然是"脱稿"的至高境界，形容人说出来的话像美文、华章。

出口成章需要腹有诗书，要多读书，也要有阅历，两者结合再经过自身消化、思考、"创作"，文章便自然而然"言由心生"。古代没有互联网，没有信息垃圾，耳朵根子清净，诱惑少，稍有条件的人无不自幼刻苦攻读、博览群书。我买过一些古代典籍，都是一些"普及"版本，但对我而言已非常深刻，因为我从小——很多中国人从小从未接触过这些文化的精髓，充其量背一背唐诗，也背得很有限，大约略微超出语文课本"指定"的范畴。这不是我们偷懒，也不是我们不够聪明，而是社会风尚已离它越来越远。女儿升入高中之后，语文课本不是一篇一篇挨着讲，不是吟诵之声在走廊里荡漾，而是老师挑着讲，挑要考的讲。也不能怨老师，老师有什么选择权呢？是制度与模式使然。

读书少，内心便虚弱，于是如今的人不但做不到出口成章，连写一篇像样甚至通顺的文章也勉为其难。一个很小场合的发言、讲话，事先也一定要准备个稿子，至少得准备个提纲。它仿佛一根救命稻草，随时拯救我们空虚的精神。

时代的发展需要我们实干，实干兴邦，"演说家"不受社会欢迎——但此处的演说家应该指的是说大话、说空话的人，这样的人纵然口才再好，我们也没时间听他在唾沫星子飞扬中瞎白话。大话与空话成不了章，充其量是严重注水的口号。任何时代都欢迎听到有思想、有文化、理论联系实际、逻辑缜密、妙语连珠的"脱口秀"，它如初冬的微雪，让我们清醒与惬意。

而达到这一境界，需要持久的学习与磨炼，但前提是，更多人应该知道它很重要，是文化之传承的一种方式。

原载于 2014 年 11 月 1 日《新商报》

你的人生是否飘摇过

林锐 作

　　前几天和原籍东北的一位著名作家交流，谈到体制内与体制外的话题，我以为，如今很多年轻人喜欢进入体制内，首要的原因是"稳定"，不会风雨飘摇。相比而言，体制外的不确定因素会多一些，可能会经常换工作，有的换好了，有的换不好，进而居无定所、终日漂泊。

　　"漂摇"一词出自《诗经·豳风·鸱鸮》："予室翘翘，风雨所漂摇。"王安石《游土山》亦言："漂摇五城舟，尚想浮河楫。"漂摇指的是动荡的生活状态，也同飘摇。

漂摇与风雨自是要联系在一起的，故而有了成语"风雨飘摇"。

此时，北方已进入冬天，有的地方大雪纷飞。若用来表述人度日之艰难，已不是风雨飘摇所能形容，而要用到风雪飘摇，比风雨更甚之。我每日醒得早，今日凌晨时已听窗外雨打树叶的密实的响声；及至起来，走出门去，猛然感觉凉气袭人。南方的冬天应该快到了，走在风雨之中，我倒没有飘摇之感，却顿感风雨凄凄，又没有提早预备厚实的衣物，只能硬着头皮，打着伞，在雨中穿越昏黄的路灯，一路走下去。

但是之前，作为一名走出体制的人，我何尝没有经历过风雨飘摇？只是，我自觉自己很坚强，从未被生活击垮。而且，经历多年的漂泊，我已渐渐具有了抵御一般风雨的本领。

人生总会经历风雨，在某一个阶段，你也许会有飘摇之感，甚至茫然，看不到前景。如诗经中的那只孤独无助的鸟，它原本有家、有孩子，可是那只凶狠的鸱鸮（猫头鹰）毁坏了它的幸福与安定，使它只能在风雨中哀号。这是一种磨难。

当然，人生经历磨难不总是坏事，有时或许还是一笔宝贵的财富，但到底视其为财富还是忧伤与痛苦，不同的人有不同的理解，"习惯"于忧患者是不惧怕磨难的，贪图安逸享受者则怕得要死，唯恐避之不及。

说回到体制。从稳定程度来看体制内的人，自然活得不错，不能大富大贵，但能衣食无忧。但是，由于未经或少经风雨，没有或少有压力，有的人长期乐于、惯于安逸的生活状态，久而久之，便失去了抵挡风雨的能耐，有的人年纪很轻，甚至对计算机的日常运用都极不熟练；有的人懒于思考，对外界新鲜事物反应十分迟钝；有的人自离开校园便再也不读书看报，知识结构与底蕴与进步的社会迅速脱节。对于年轻人或正当盛年者而言，这不是件好事。

人生短暂，不经历风雨怎能见彩虹？当你历经风雨飘摇之后，抬头间，突然看见天上的彩虹，那真是令人极度喜悦的一刻，你甚至会喜极而泣——那是属于你的彩虹。

原载于 2014 年 11 月 8 日《新商报》

你对谁毕恭毕敬

闵文乂 作

秉灯夜读,读到了《诗经·小雅·小弁》。

诗作描写的是一名少年的人生悲剧。他的母亲离世,父亲续了弦,随着异母弟妹出生,后母虐待前妻子女,而父爱天平倾斜,最终导致少年被迫离家出走,流浪街头。遭受父母抛弃后的少年在流浪途中遭遇了孤独、失落、打击,对于一个孩子而言,此等悲剧无疑是巨大的、无法逆转的。少年通过对生活的回忆、思考,表达了自己痛楚、哀怨的心声。

我的眼前仿佛闪现出一个孤独无助的少年瘦弱的身影。

诗歌原文如下:

维桑与梓，必恭敬止。靡瞻匪父，靡依匪母。不属于毛，不罹于里。天之生我，我辰安在？

　　翻译过来是：看到桑树梓树林，恭敬顿生敬爱心，无时不尊我父亲，无时不恋我母亲。不连皮裘外面毛，不附皮裘内里衬。老天如今生下我，哪里有我好时运？

　　少年内心是善良的，他热爱草木，热爱父亲，热爱母亲，热爱他曾经温暖的家。可是，生活的磨难过早降临到他的头上，他哀叹生不逢时，命运不公。

　　"必恭敬止"后来演化为"必恭必敬"，也写作"毕恭毕敬"。成语"毕恭毕敬"即出于此。

　　毕恭毕敬是一种人生态度，以少年当时之境遇，他完全有"理由"憎恨与仇视一切，包括对自然、万物、狠心的父亲、冰冷的家。但是他没有，这很难得。人生不如意事常八九，哪里总会一帆风顺？背运时仍怀感恩之心才是一种大胸怀、大气度。

　　但毕恭毕敬也要分场合，看对什么人。我以为，诗中的少年对其后母便没必要毕恭毕敬，因为她首先是一个恶人，导致了悲剧的发生。他也没有必要对其父再毕恭毕敬，因为决定少年是否离家出走的正是其人。对于恶人，我们可以给其改恶从善的机会，但以毕恭毕敬的态度对待恶人，反而会助纣为虐。

　　有的人对上级毕恭毕敬，皆因对方权势冲天；有的人对暴发户毕恭毕敬，皆因拿人家的手短；有的人对恶势力毕恭毕敬，皆因他自己也是一心向恶。

　　还有的人，表面上对人毕恭毕敬，背地里行落井下石之举，此最为奸诈险恶之徒。

　　因此，毕恭毕敬看似是一种表面现象，实则要透过现象看本质；要看对何人、何物、何时、何地。

　　对于生活，我们当毕恭毕敬，因为生活容你、爱你；对于自然，我们当毕恭毕敬，因为自然生万物万象，无丝毫私利之心；对于先哲，我们当毕恭毕敬，因为他们给予我们智慧与启迪；对于过去，我们当毕恭毕敬，因为今日是明日之历史。

原载于 2014 年 11 月 15 日《新商报》

有些心思不能动

这是个敏感的成语，事关男女。

"不安其室"指的是已婚妇女乱搞男女关系。出自《诗经·邶风·凯风·序》："卫之淫风流行，虽有七子之母，犹不能安其室。"但《凯风》本意讲的却是一位母亲抚育孩子们成长非常艰辛的过程，是一篇表达儿子们未能尽力回报母亲养育之恩而自愧自责的诗篇，盛赞的是伟大的母爱。这便令人疑惑与不解，难道这是儿子们违心的表达？对不安其室的母亲的"善意"的规劝？七子成人，其母已年过半百，在古代当属高龄（在当下亦不年轻），这个年龄的女人还能"不安其室"？因此，古往今来，《毛诗序》之观点引发诸多方指责、抨击。方玉润《诗经原始》指出："况诗中本无淫词，言外亦无淫意，读之者方且悱恻沁心，叹为纯孝感人，更何必诬人母过，致伤子心，仁者之言恐不其然。"

七子之母未"不安其室"，但放眼天下，不安其室的女人多矣。有人说红颜祸水，女人听了不高兴。有人说没有男人的勾引，女人断断不会主动"奉献"。男女之间的事情的确很复杂，板子不能随便乱打。

先说男人。

男人"不安其室"，图的多是女人之容貌，是喜新厌旧、好色、吃里爬外之体现。古代的皇帝，可以三妻六妾七十二嫔妃，就这还"不安其室"，一遇到出巡的机会，到处猎艳。上行下效，官僚、地主动辄妻妾成群，女人便是一件商品，可以买卖、赠予、上供，社会视其为再寻常不过之事。

再说女人。

女人"不安其室"，图的多是男人之地位、钱财，是争名逐利之体现。亦有纯粹不甘寂寞者，春心荡漾，偶有出轨之举。但比男人之"不安其室"要冒极大的道德风险。

为爱而"不安其室"者，自然是有的，但此种爱，因其"偷食"之龌龊本质而变得躲躲闪闪，一旦东窗事发，双方俱身败名裂，遭人讥讽，被扣上道德败坏之帽子，一辈子难以摘下。

人在江湖飘，免不了面对各种各样的诱惑，有物质的，有名利的，有来自男人的，也有来自女人的，但是属于自己的才可以争取与获得，强扭的瓜不甜——或者甜得了一会儿，甜不了长久。

人生当中，有些心思，是不能动的，动了会伤神、伤身、伤筋骨。有些风景，再美，也只是用来欣赏的，大煞风景之事，不做为妙——"不安其室"换而言之便是"通奸"，白纸黑字，要多丑陋有多丑陋，你看，快1000年过去了，西门庆、潘金莲还没翻过身。

原载于 2014 年 11 月 22 日《新商报》

不要离家太久

古代战乱频仍,男子被迫应征入伍,抛家舍子的生活悲剧一再上演,便也一再出现怨妇、思妇这一特殊的群体。《诗经》中此类题材屡见不鲜,《诗经·邶风·雄雉》曰:

> 雄雉于飞,泄泄其羽。我之怀矣,自诒伊阻。
> 雄雉于飞,下上其音。展矣君子,实劳我心。
> 瞻彼日月,悠悠我思。道之云远,曷云能来?
> 百尔君子,不知德行。不忮不求,何用不臧。

孤独的妇人看到一只雄雉在院子里自由地拍打翅膀,想到了自己的丈夫。对于思念中的人而言,一草一木,一虫一鸟,蓝天白云,风霜雨雪均能勾起长久的回忆与想念,她内心的空落与寂寥均会被自然景物所添堵,并借景生情,寄情于千里之外。

所谓知之愈深,爱之弥坚,盼之不得,怨恨满腹,此也是人之常情。故此,我们可以理解妇人内心之哀怨,而妇人也知道自己的丈夫"道之云远,曷云能来"。不清楚他什么时候回来,甚至,最终等到的也许是丈夫一具冰冷的遗体,或者是一个让人悲痛欲绝的噩耗。妇人自然清楚导致这场生活悲剧发生的是"百尔君子",包括自己的丈夫和其他的统治者。由此我们看出,这是一名贵妇人,其丈夫是统治阶级的一员。统治阶级为攻城略地,开拓疆域,不断出兵讨伐,致使战火不断的同时,让多少风华正茂的女子独守空房,忍受长久的孤独与寂寞。妇人指责统治阶级"不知德行"——让百姓妻离子散、家破人亡,自然不是有德之君之所为。如果统治阶级"不忮不求",没有那么多欲望,没有霸权思想,则"何用不臧"?人民不会长久地陷入战乱的泥淖,男儿不会与家人长久分离,百姓会安居乐业,社会会呈现一派和谐景象。

"不忮不求"这一成语便出自此诗,意为不妒忌,不贪得无厌。

天下男人所谓的事业心，有时便是"伎"与"求"的生动体现。从古至今，但凡男人总要比女人承担更大的压力，这或是性别定位使然，或是男人争强好胜之心之驱使。但是不管怎么样，男人一旦成家，便不再是独行侠，不再只为事业而奔波，他背负家庭希冀和妻儿期盼，是一个丈夫、一个父亲，这是首要的情感角色定位，其他的都是这一基础之上的衍生品。一个男人，如果没有做好一个丈夫、一个父亲，事业做得再大，钱挣得再多，地位再高，也不是一个优秀的男人，充其量是一个某种意义上的英雄、成功者，却是生活中的失败者。

故而，天下男人，可以离家，但不要太久。

原载于 2014 年 11 月 29 日《新商报》

谦虚低调做学问

对一件事情的见解往往因人而异，高人一筹或略逊一等，独到犀利或人云亦云，多时取决于人的学识与阅历。

生活中，常见"观点"先生，对任何事都发表见解，似乎显得很高明，但俗语言，言多必失，话说多了，底子也就露出来了。也有深藏不露者，揣着明白装糊涂，所谓明哲保身或不屑与凡夫俗子为伍，也显得有些过于清高。人长一张嘴，话该说还得说，说得恰如其分就好。

口才可以练，能说会道不是毛病，越来越是优点。但"支撑"一张嘴的是肚子里的墨水，读的书多，记的东西多，再会活学活用，那在很多时候必能引领"风尚"。

谦虚是不错的品质，古往今来都有谦虚的榜样。形容谦虚的成语有一句出自《诗经·大雅·板》，原话为："先民有言，询于刍荛（ráo）。"刍荛是指割草打柴的人。意为向普通老百姓了解情况，征求意见。成语"刍荛之见"便是将自己比喻为农夫，认为自己的意见很浅陋，像没有多少学问的农夫。

其实，这话也不全对。农夫读书少，但不代表没学问，读书人拿自己的长项比别人的短处不算本事，要不比比种地的手艺、技巧，对农桑的见解，他肯定不如农夫。

诸葛亮也是读书人中谦虚的代表，"庶竭驽钝"这个成语便出自他的嘴，是希望竭尽自己的平庸之才为领导和国家服务，原话为："今南方已定，兵甲已足，当奖率三军，北定中原，庶竭驽钝，攘（rǎng）除奸凶，兴复汉室，还于旧都。此臣所以报先帝而忠陛下之职分也。"

毛主席文韬武略，却也谦虚得了得，其《沁园春·雪》大气磅礴，堪称经典，但是从1936年2月写成，到1945年11月14日发表，在长达九年多的时间里没人知道他写了这首词,因为他从没向任何人提起过。现在有些人一天写一万字,然后忙不迭地传上网,等着点赞。浮躁是做不出真学问的。

有真本事,要谦虚,是为高尚的品格;无真本事,更要谦虚,是为有自知之明。

原载于 2014 年 12 月 13 日《新商报》

凤凰于飞的美好

有一首上海老歌这样唱：

> 在家的时候爱双栖
> 出外的时候爱双携
> 当年的深情
> 当年的蜜意
> 没有一刻曾忘记
> 凤凰于飞
> 比不上我们的甜蜜
> 鸳鸯比翼
> 比不上我们的亲昵
> 到如今这段美丽的事迹
> 只剩了一片追忆
> ……

凤凰于飞指的是凤和凰相偕而飞，比喻夫妻和好恩爱，也常被用来祝人婚姻美满。其出处是《诗经·大雅·卷阿》，原话为："凤凰于飞，翙翙（huì）其羽。"

当然，《卷阿》之诗本意不是此意，这是一首记叙周成王出游，对其歌功颂德的佳作。作者应是当时随行的臣子，否则没有切实的生活体验，写不出这样富有生活气息与现场感的诗。作者将周成王比作凤凰，用"翙翙其羽"来形容百鸟相随的盛大和动人场景。至于从何时起，"凤凰于飞"被用来比喻夫妻恩爱，无处查考，总之，久而久之，用的人越来越多，便习以为常了。

人生于世，婚姻当然是生活中最重要的一环，伴侣是人生命中的另一半，民间语言叫"半边天"。找对了另一半，且能相濡以沫、白头偕老，人生纵然再无其他辉煌与可圈可点之处，也是成功的，因为你有完整且幸福的婚姻与家庭生活，这几乎是可遇而不可求的。

我父亲与我母亲共同生活了一辈子，年轻时有打有闹，年老时小摩擦不断，但在我眼里，他们仍是幸福的。当父亲走后，那一段时间母亲的神思是恍惚的，看得出来，她对父亲的思念像荒草一般蔓延，让我们束手无策。

我是幸运的，因为我的童年、少年、青年时代始终是在父母双全且温馨和谐的环境中成长，内心没有留下丝毫的阴影。而我在和一些大学生聊天的过程中，有时会问到对方的家庭，有父母双全的，有单亲的——有的父母因疾病早逝，有的父母另觅新欢。看着那些仍然稚嫩的面孔，我的心猛地一沉——真是不幸的孩子。

此种人生之不幸从古至今对于一些孩子而言从未消除也不会消除，排除因疾病、战乱、灾难等而导致，人的见异思迁、喜新厌旧占主要成分。尤其当下，诱惑越来越多，一些人无法做到坐怀不乱，有的人表面为人师表，私下行龌龊之举。

真爱是要付出代价的，这种代价与钱无关，它不是一时的，是一生的，是将饱蘸全部情感的花露洒在生活的每一天，让她始终弥漫芬芳。

原载于 2014 年 12 月 20 日《新商报》

滔滔江水胡天胡帝

俗话说，人靠衣裳马靠鞍，衣食住行，"衣"亦排在首位，看来，穿的确很重要。我小时候，普通的衣服是棉质的，穿着舒服，但老皱皱巴巴的，不好看。最好的衣服是"的确良"，的确良白衬衣往身上一穿，不走样，像书一样平展，像猫一样柔顺，且好洗，太阳底下随便一晒就干透了。那是20年前最流行的面料，实际上是什么呢？就是"涤纶"。但当年的宠儿没有想到，如今人们最喜欢的还是棉质衣服，对于"涤纶"这种化学合成的东西逐渐在敬而远之。

人生于世，要讲究吃穿，小康的意义不就是让人吃得好、穿得好。当然，物质上小康了，精神上也要小康，那是另一个话题，暂且不论。

同样一个人，穿粗布衣裳是一种形象，西装革履又是另一种形象；穿得休闲是一种气质，穿得有板有眼又是另一种风度。到了公共场合，参加这个那个活动，衣服不能胡穿，不能乱穿，可以不讲究档次，但不可不讲究层次。可以不给自己面子，但要给别人面子——有一位学者应邀去讲学，居然穿着大裤头，趿拉着拖鞋，不说本事有多大，学问有多高，"礼节"这堂课就该补一补。

中国服饰文化的历史源远流长，五十六个民族五十六朵花，服饰便是盛开的花蕾。早在《诗经》年代，便有对服饰的形容，《诗经·庸风·君子偕老》曰：

君子偕老，副笄（jī）六珈。委委佗佗，如山如河。象服是宜。子之不淑，云如之何？

玼（cǐ）兮玼兮，其之翟也。鬒（zhěn）发如云，不屑髢（dí）也。玉之瑱（tiàn）也，象之揥（tì）也。扬且之皙也。胡然而天也！胡然而帝也！

瑳（cuō）兮瑳兮，其之展也，蒙彼绉絺（chī），是绁袢（xiè pàn）也。子之清扬，扬且之颜也，展如之人兮，邦之媛也！

什么意思呢？形容卫国卫宣公的妻子宣姜的服饰与容貌像天神一样美丽，成语"胡天胡帝"由此而来。天神谁也没有见过，所以可以放开想象的翅膀，极尽赞美之能事。直至今日，形容心爱的人，你也可以用"美若天仙"，是不是真有那么美，情人眼里出西施，萝卜青菜，各有所爱。

　　穿得好，乃至如古人所言达到衣冠禽兽的境界，当然是人生的高度，本是好事，但是，若你华丽的外衣之下隐藏的却是一颗禽兽一般的野心、淫心、毒心，是谓表里严重不如一，恐怕迟早会被人扒得精光，裸露出赤条条的肉体，连小孩子都知道"皇帝的新装"呈现出的是奇丑无比的一幕，何况处于人人都有摄像头的互联网时代？

　　被看不见的滔滔江水淹死最是不幸。

原载于 2014 年 12 月 27 日《新商报》

寡人无疾不可救药

举凡凡夫俗子，日食五谷杂粮，岂有不得病之理？有病治病，对症下药，药到病除，除非绝症，均非不可救药也。

俗话说，猛药治顽疾，如果下了猛药顽疾依旧，那只能说病得太久，病入膏肓，无法救，来不及救，救不过来。

病却因人而异。同样患了癌症，有的人很快癌变，全身脏器衰竭；有的人终日化疗，受尽千般罪仍免不了一死；有的人嘻嘻哈哈，却不治自愈。

有的人身体没病，思想有病。吃体制的，穿体制的，住体制的，拿体制的，反过来骂体制。吃里爬外，得了便宜不卖乖，唯恐天下不乱，此等人"病灶"不浅，该断其"皇粮"，推入市场，让其自谋生路。是骡子是马，拉出来遛遛，眼疾还是腿瘸，能治还是不能治，不难判断。

骂与忧患是两个概念。前者是破坏，后者是建设。忧患是民族长盛不衰之清醒剂。

对于人思想上的病，毛泽东提出过"惩前毖后，治病救人"的观点，就像医生一样，查找病因的目的不是把人整死，而是救活。

不可救药者，往往不是因为别人，恰恰是咎由自取。

不可救药的后果当然很严重，几千年前的古人就已经意识到这一点，《诗经·大雅·板》："匪我言耄，尔用忧谑。多将熇熇（hè），不可救药。"据《毛序诗》记载，《板》是凡伯"刺厉王"之作。如果厉王摒弃暴政，采取善政，国还有救；反之，如仍然一意孤行，倒行逆施，荼毒生灵，国将不国，无可救药。

这是一位忧国忧民的良臣对国家执政者的肺腑之言，字字沾血，字字如箭。

良药苦口利于病，不管是大病还是小病，放任自流必定是隐患，待成痼疾、顽疾，既回天乏术，又无可救药。腐败便是一个病，大腐由小腐而成，小腐者起初也是胆战心惊，睡不着觉，但一旦成"习惯"，便一时间"心安理得"，还为自己找了若干条堂而皇之的理由，继而更加肆无忌惮地贪腐，以前十万八万算大数，现在动辄千万、上亿，乃至几亿、十几亿。他们完全可以用钞票盖个楼，将自己肮脏的肉体陈于花花绿绿的钞票之上，不过，那是一个摇摇欲坠的楼，一个瞬间就能倾塌的楼，这一点他们一定能想到，但是因不可救药，故而成为新版掩耳盗铃的愚蠢之人。

　　世间凡不可救药者，离不开"利欲"二字。利既是利益，又是利刃；欲前一把刀，既可自卫，又可自裁。如何选择，睁大你的鱼眼。

原载于 2015 年 1 月 3 日《新商报》

官过留下什么名

官既好当，又不好当。官有权，办事方便，不用看人眼色。但要看为谁办事——为群众办事，办好事，办实事，群众高兴还来不及，怎么会去论坛发帖子？但为官者只想着为自己办事，存私心，谋私利，行私举，这官就不好当了，被群众举报、发帖子、上访，是毫无悬念的结局。

俗话说，人过留名，雁过留声，当一场官能留下什么名——好名，臭名，虚名，实名？看怎么当这个官。

西周的开国元勋召伯当的自然是大官，他留下的是好名。召伯是谁呢？即召公，周文王之子。从《诗经·召南·甘棠》中可见其名好到什么程度：

蔽芾（fèi）甘棠，勿翦（同"剪"）勿伐，召伯所茇（bá）。
蔽芾甘棠，勿翦勿败，召伯所憩。
蔽芾甘棠，勿翦勿拜，召伯所说（shuì）。

译文为：
棠梨枝繁叶又茂，不要修剪也莫砍伐，那曾是召伯居住的地方。
棠梨枝繁叶又茂，不要修剪也莫毁坏，那曾是召伯休息的地方。
棠梨枝繁叶又茂，不要修剪也莫折损，那曾是召伯停歇的地方。

召伯为何深受百姓爱戴，诗中已进行了描述；民间也流传了很多故事，如他南巡之时所到之处只在甘棠树下停车落脚、搭棚过夜，并接受百姓诉讼，无丝毫扰民之举。全心全意为百姓服务，却不住宾馆，不住旅店，亦不肯借宿于百姓之家，以天为被，以地为床，这样的官，岂能不是好官，岂能不留下好名，岂能不流芳百世？

司马迁在《史记·燕召公世家》也有这样的记载："召公之治西方，甚得兆民和。召公巡行乡邑，有棠树，决狱政事其下，自侯伯至庶人，各得其所，无失职者。召公卒，而民人思召公之政，怀棠树，不敢伐，哥咏之，作《甘棠》

之诗。"

"甘棠"一词后被用来比喻惠政于民的好官。

至唐刘禹锡《答衢州徐使君》诗曰："闻到天台有遗爱，人将琪树比甘棠。"甘棠遗爱这个成语便专门用来称颂地方官的仁爱。

直至几千年后的今天，在陕州风景区——位于河南省三门峡市区的黄河岸边，仍建有"甘棠苑"，也称"召公祠"。想当年召公获封此邑，未横行乡里，鱼肉百姓，而是教民于甘棠树下，民才感其德，才建祠纪念，故陕州又称甘棠旧治。

凡为官者，当以召公为榜样，而非前脚刚走，百姓就大放鞭炮以隆重庆祝——羞煞几辈子先人也。

原载于 2015 年 1 月 10 日《新商报》

允文允武干事业

俗话说技多不压身,但掌握一种技能并不容易,需要勤学苦练。搁在以往,人有一门手艺基本上走遍天下都不怕。听说在二十世纪中国发生三年自然灾害时期,很多人被饿死了,但有手艺的木匠等却活得好好的。听来的,不知真假,但理儿说得过去,人有本事,到哪里找不到一口饭吃?

有一门手艺你就可以吃饭;如果是独门绝技,不可替代,你就可以吃好饭;有两门手艺你就可以挑饭吃;有三门手艺你就可以吃遍天下。

老和吃挂钩,俗了点,但民以食为天,吃饱肚子是头等大事,有吃有喝,才能有作有为。

如今和以往情况有所不同,"复合型""综合型"人才特别受欢迎。你是学IT的,有一门手艺(专业),但HR希望你文字能力也不错,如果你真不错,恭喜你,你被选中了。如果你还有管理能力,能带领一个团队一起干事,恭喜你,你一下子就从"攻城狮"跃入管"攻城狮"的人。但实际情况却不尽如人意,有一个学计算机的本科毕业生,学了四年,我的电脑出了点问题,毛病大概在程序上,但他解决不了,他说他只会处理硬件。

最近北京航空航天大学启动"驻校艺术家计划",请知名画家和作家为"理工男"授课,受到同学们热烈欢迎。"理工男"若增加了艺术细胞,提升了艺术修养,可谓锦上添花。正如"文科男"如果也会搞一些发明创造,那肯定更有文艺范儿。况且一个人的职业生涯发展往往充满变数,医生当得好,为什么不当院长?IT学得好,为什么不朝CEO努一把力?

在创新的时代,能文能武者是最受欢迎的人。

"能文能武"最古老的说法是"允文允武",说的是鲁僖公。

《诗经·鲁颂·泮水》曰:

> 穆穆鲁侯,敬明其德。敬慎威仪,维民之则。允文允武,昭假烈祖。

靡有不孝，自求伊祜（hù）。

译文是：举止肃穆的鲁侯，恭敬勤勉德仁厚。注意威仪有礼貌，为民榜样人人效。文治武功两齐备，在天先祖榜样有。遵循祖训事事顺，求得上天长庇佑。

鲁侯前往泮水视察，沿途旗帜飘扬，銮声起伏，随从者众，一派热闹喜庆景象。时鲁国弱小，却能累次出师，征伐淮夷，逐鹿中原，与鲁侯的英明领导是分不开的。

这是一首为鲁侯歌功颂德的诗。

即便是帝王将相，事业不成功者亦多矣。宋徽宗赵佶便是一例。他能文，是著名书画家，但不能武，缺乏管理才能，且昏庸、荒淫、腐朽，最终断送了大好河山。

文为情商，武为智商。EQ 和 IQ 虽然都很重要，但有研究表明，对一个人是否成功来说，智商因素只占 20%，出身、环境、机遇等占 20%，情商占 60%。智商决定择业，情商决定升迁。

前几日，我熟悉的一个即将从某名牌大学毕业的优秀"工科男"或因爱情所困，从二楼赤身跳下，摔断了两腿；其父亦被刺激，精神错乱。为之惋惜之余，我不禁陷入深深的思索，高等教育，绝不仅仅是让年轻人掌握一门谋生的手艺那么简单，手艺，在"蓝翔"可能学得更好。传道授业解惑，"道"居首位。

可以将 IT 男谑称"攻城狮"，但要让狮子温文尔雅，还有很多的事要干。

原载于 2015 年 1 月 17 日《新商报》

不稂不莠没出息

中国的家长说自己的孩子，要么是好好学，将来才有出息；要么是你要不好好学，将来肯定没出息。孩子出息不出息现在不知道，但是家长有没有出息，孩子可是一清二楚。有的家长有出息，希望孩子更出息；有的家长没出息，希望孩子比他出息；有的家长没出息，也不指望孩子有啥出息，啥饭都能吃，强求不来；有的家长有出息，孩子却没出息，净惹祸。

最近的消息，姚贝娜患癌症不治，走了。我对歌坛关注不多，现在知道这孩子有出息，不但坚强而且才华横溢；她的爸爸也有出息，一手把孩子培养成人。可惜的是人生叵测，命途多舛，有时很残酷。希望姚先生节哀顺变——我们都为她优秀的女儿骄傲。

也有的孩子出息过头，把当官的爸爸拉下水，本来很有出息的爸爸锒铛入狱，爷俩一块到牢房里，那自然不是出息，而是"顾影自怜"，"惺惺相惜"。

有一个成语是专门形容人不成材或没出息的：不稂不莠。读过《红楼梦》的都知道，第八十四回有这么一段话："第一要他自己学好才好；不然，不稂不莠的，反耽误了人家的女孩儿，岂不可惜？""不稂不莠"亦作"不郎不秀"，这是后人的发明。曹雪芹自然是熟读《诗经》，因为这个词语出自《诗经·小雅·大田》，曰："既方既皂（zào），既坚既好，不稂（láng）不莠（yǒu）。"

方：指谷粒初生的嫩壳；皂：指谷粒初生而未坚实；稂：不结实的高粱；莠：狗尾草。

上面这句话的大意是：庄稼抽穗已结实，颗粒饱满长势好，没有瘪穗和杂草。

《辞海》中有对"不稂不莠"的详细解释，个别字与上面的解释不一样，但比喻的都是不成材或没出息。

不稂不莠很文雅，我其实在自己的文章中也没有用过；没找到用的地方；可能也不会用；用了可能一些读者也不懂，还要查字典。把深奥的东西用浅显易懂的语言表达出来，才利于传播。文字游戏，咱们就不玩了。

但是，不稂不莠之意并不深奥，不是复杂的道理。它的引申之意存在于我们每一个人的生活之中，普通得很。比如，对于子女的教育，要顺势而为，强扭的瓜不甜；发现问题，及时解决。

《诗经·小雅·大田》是一首形容农人从事公田生产的场面，程俊英、蒋见元所著《诗经注析》言：是研究古代土地制度、农业生产、生产关系等的重要史料。往深里研究是专家的事，但善于从古籍中寻觅历史中的文化、经济、社会、生产"残存"的"蛛丝马迹"，可以让我们醒脑、明智、修身、养性；也可以让我们少走一些弯路。因为生活与历史，只是时间的交替。

历史不是麻醉剂，是镇静药，是青霉素。可以让我们冷静，不浮躁，发现隐患，砥砺前行。

原载于 2015 年 1 月 24 日《新商报》

故乡最讲脸面

随着城镇化进程的加快，人们越来越担心没了"根"——所谓根，故乡也。

我的故乡在西北偏北，如今仍然是存在的，甚至自我离开故乡起，三十多年过去了，故乡基本上没变。我说的是山村山貌。细节的变化是有的，比如户户通了电、卫星电视、自来水，村里的路没什么变化，村外的路铺了水泥或者沙子。相比起有些乡村城镇化步伐的速度，我的故乡还原地踏步，遥遥无期。这就形成了一个矛盾，一方面，人们希望自己的故乡能够"与时俱进"，与现代生活接轨，一方面，又不希望自己的故乡"泯灭"，空留给人们无尽的思念。

思乡情结是中国人的"心头痛"，很多人一辈子没有离开过故乡，有的人离开了，又迫不及待地回去，有的人生前回不去，身后也希望能叶落归根。所以，即便是我那干了一辈子革命工作的父亲，他最后的归宿还是他出生的乡村。但是，我们不能因此而"蔑视"他的选择，因为，对于故乡的敬重是人起码的品质。

情愫自"远古"而来。

《诗经·小雅·小弁》曰：

> 维桑与梓，必恭敬止。靡瞻匪父，靡依匪母。不属我毛，不罹于里。天之生我，我辰安在？

译文是：看到桑树梓树林，恭敬顿生敬爱心，无时不尊我父亲，无时不恋我母亲。不连皮裘外面毛，不附皮裘内里衬。老天如今生下我，哪里有我好时运？

成语"恭敬桑梓"便出于此，意指敬重故乡和父老。

敬重有不同的方式，情系故乡是一种敬重，造福桑梓是一种敬重，衣锦还乡在某一个层面而言也是一种敬重——故乡的孩子在外面干得阔，对于故乡而言也是一种自傲的资本。

但故乡又是脆弱的,最不能容忍的是对故乡的伤害。有人也许会诧异,我怎么会伤害故乡呢?——因为你的根在故乡,你与故乡血肉相连,上推两代或者三代,顶多四代,是一个祖辈在此繁衍生息,村庄由此欣欣向荣。但是,有的人在远离故乡之后,在人生的风雨中迷失了方向,甚至蜕变,贪污,腐败,为千夫指脊梁杆。本以他为荣的故乡和故乡的父老乡亲宛如被人狠狠地打了几个耳光。

故乡最讲脸面。

人活一世,即便不能为故乡做点什么,但也一定要"恭敬桑梓",千万不要给故乡抹黑,不要给故乡带去奇耻大辱。

原载于 2015 年 1 月 31 日《新商报》

何故充耳不闻？

女儿正值青春期，有时"脾气"很大。对于手机也有一定的"依赖"。我一直告诉她，学习之余可以上网，可以和同学们聊天，她应承得很好。我刚开始很放心，但有几次我发现她"鬼鬼祟祟"，终于让我抓住把柄——边写作业边在QQ里闲聊；有时躺在被窝里玩手机。我索性收了智能手机，给她一个被淘汰的直板机，除了打电话、发短信，啥也干不成。

昨晚，在她正式放寒假之后，我和她"深入"沟通了一次，我的态度很明朗，放假期间可以玩手机，但是不能影响学习和健康，和同学们聊天，多传播一些"正能量"——手机是工具，不是玩具；网络是沟通平台，不是废话篓子。有条件的父母可以给孩子使用手机，但是孩子不能对父母的忠告充耳不闻。

言外之意，如果再出现以往情况，对不起，它还会被束之高阁。

生活的小插曲。

我要说的是充耳不闻这个现象。"充耳不闻"出自《诗经·邶风·旄丘》：

> 旄丘之葛兮，何诞之节兮？叔兮伯兮，何多日也？
> 何其处也？必有与也。何其久也？必有以也。
> 狐裘蒙戎，匪车不东。叔兮伯兮，靡所与同。
> 琐兮尾兮，流离之子。叔兮伯兮，褎如充耳。

译文是：

旄丘上有葛藤，为什么它枝节蔓延？叔啊伯啊，为什么拖延这么长的时间？

为什么滞停安然？一定是在等待同伴。为什么居留长久？一定有原因难言。

我们的狐裘已纷纷破败，他们的车子还迟迟不来。叔啊伯啊，没人同情我们遇难遭灾。

我们国小人也低贱，如鸟儿流离真是可怜。叔啊伯啊，你们充耳不闻让人生怨。

《旄丘》一诗描写的是流亡卫国之人盼望贵族救济而不得的诗。毛序曰：旄丘，责卫伯也。对卫国遇难不救的行为表示不满。这是一批流亡卫国的黎国人。卫国与黎国，曾是睦邻友好，但"狄人迫逐黎侯，黎侯寓于卫"，到他国逃难，能有个地方住下，能乞食已经不错，还指望穿狐裘大衣，过锦衣玉食的日子，埋怨人家充耳不闻，实乃没有摆正自己的位置。

　　"充耳不闻"现在用来形容故意不听别人的话。

　　别人的话有好有坏，自然要分辨清楚，一味"俯首帖耳"当然不属于独立之精神，但在腐败之路上，有的人却明知山有虎偏向虎山行，此等充耳不闻，大抵是"弱智"之表现，换来的自然是另一种无家可归——住牢房、吃牢饭。流落他乡的黎人至少还可以发发牢骚，提提"条件"。因腐入狱，不知还会不会坚持充耳不闻的为人处世之道？

原载于 2015 年 2 月 7 日《新商报》

跋山涉水回家过年

对于故乡的思念,始终是国人心头浓郁的情愫。汉代一位写了好诗不留名的"作家"言:悲歌可以当泣,远望可以当归。思念故乡,郁郁累累。欲归家无人,欲渡河无船。心思不能言,肠中车轮转。好一个"思念故乡,郁郁累累"——苍茫的远山、郁郁葱葱的树木遮住了诗人的眼,故乡你在哪里?亲人你在哪里?

这是一首悲歌,作者思乡而未还乡的原因是家里已没有亲人了,没有亲人哪有家?但即便有家可归也无船可渡——是真的无船,还是人生遭遇挫折与坎坷,无颜回家,全在于读者的理解。

自然,如果赋予"回家"以旋律,它更多时是一首欢歌。

2015年的春节将如约而来。国人有的准备回家,有的在回家的路上,有的已经到家。在回乡的路上,有人会无车可坐、无船可渡,但即便跋山涉水历尽艰险也在所不惜,因为通往故乡从来不是无路可走,即便地上没有路,心里也有路。

几千年前,一位叫许穆的女诗人外嫁异地他乡,也从未"乐不思蜀",对家乡的怀念始终是其心头绕不开的"蝴蝶结"。

她在《诗经·鄘风·载驰》中写道:

载驰载驱,归唁卫侯。驱马悠悠,言至于漕。大夫跋涉,我心则忧。
既不我嘉,不能旋反。视而不臧,我思不远。既不我嘉,不能旋济。视而不臧,我思不閟。
陟彼阿丘,言采其虻。女子善怀,亦各有行。许人尤之,众穉且狂。
我行其野,芃芃其麦。控于大邦,谁因谁极?大夫君子,无我有尤。百尔所思,不如我所之。

许穆夫人是世界历史上最早的一位女诗人,是卫宣公的儿子公子顽与后母宣姜私通所生的女儿。她嫁到许国后约 10 年时，狄国攻陷卫都，卫懿公被杀，卫人在一个叫漕邑的小县城拥立许穆夫人的哥哥卫戴公继位。许穆夫人对哥哥的处境非常担忧，心急如焚，恨不得飞回去帮助哥哥解除卫国外患。这便是此诗的主旨。

成语"跋山涉水"便从此诗中而来。

自然，《载驰》也不是一首欢歌，许穆夫人回乡的背景是国将不国、家将不家，她要帮助亲人拯救国人于危难之中，这与普通人的归乡情愫与目的显然不同，许穆夫人也由此成为爱国女诗人。

跋山涉水是需要勇气和耐力的，人若没有怀土之情，岂会有跋山涉水的冲动与举动？

是的，每年这个时候回家便成为中国最大的主题，所有的路都为回家的人畅通，所有的车都为回家的人让道，所有的人心里只有一个方向——故乡。回乡的路上，累点、苦点都无所谓。不管你是混得好的、正在拼搏的，还是正遭遇人生风雨的，故乡只有一个态度，"旧燕归巢，双语檐前"，杀猪宰羊，共享天伦。

——即便真的回不去，也要望一望故乡，因为故乡，也正望着你。

原载于 2015 年 2 月 14 日《新商报》

酒后不妨露点骨

一个年刚刚过去，不说酒不醉人人自醉，怕是很多人真喝醉过。

醉在哪里，如今似乎颇有说头。

条件好的人家，有的到外面吃年夜饭，若醉，便是醉在外头；有亲家们"合二为一"，一起吃团圆饭，醉的都是自家人。除大年三十晚上的这顿饭多是家人在一起，正月里人们相互拜年，少不了吃吃喝喝——说起来挺俗，却是年节里一个重要主题，不要说凡夫俗子，就是神仙也不能例外。

有的在外面吃，意兴阑珊之前，在大家都沉浸于似醉非醉的美好状态时，别忘了给请你吃饭喝酒的人说点好听的话，不能说吃人家的嘴短，但人家热情招呼你一回，你不能只顾着自己快意，也要让人家快意，等你真醉了，想说也说不出来了。

有的是在人家家里吃，家宴档次可能不高，水准可能欠佳，却是主人的一片心意。如今不像二十年前，少有人会将别人请到自己家里吃饭，能喝喝茶、唠唠嗑、谈一谈天、说一说地、就已是极高"待遇"了。吃上女主人（也不排除男主人）亲自做的饭菜，喝上人家珍藏（未必贵）的酒，十年一遇。还是前面的话，最好不要喝醉，或在醉前别忘了夸赞人家的厨艺与盛情，不要给人以"吃货"的印象。

醉酒饱德是一种修养。滴水之恩当涌泉相报，况且吃了人家一桌子的菜，喝了人家500CC甚至更多的酒。

"醉酒饱德"出自《诗经·大雅·既醉》：

> 既醉以酒，既饱以德。君子万年，介尔景福。
> 既醉以酒，尔肴既将。君子万年，介尔昭明。
> 昭明有融，高朗令终。令终有俶，公尸嘉告。
> 其告维何？笾豆静嘉。朋友攸摄，摄以威仪。

威仪孔时，君子有孝子。孝子不匮，永锡尔类。
其类维何？室家之壶。君子万年，永锡祚胤。
其胤维何？天被尔禄。君子万年，景命有仆。
其仆维何？釐尔女士。釐尔女士，从以孙子。

前两行的意思是：

甘醇美酒喝个醉，你的恩德我饱受。祝你主人万年寿，天赐洪福永享有。

甘醇美酒喝个醉，你的佳肴我细品。祝你主人寿不尽，天赐成功大光明。

后面也全是漂亮话，一些关键词我们现在还用，如幸福、美满、乐融融、德高望重、善终、厚禄、子孙不绝、代代相传等等。

这一酒局与普通百姓无关，是周成王祭毕而为群臣设局。大家吃着王的喝着王的，有了醉意，心里头高兴，说了该说的话、顺耳的话、好听的话、祝福的话，是情之所至。类似场景还出现在《诗经·大雅·凫鹥》中，说的也是周成王的事，有人研究说前者是"民间"创作，后者是"官样"文章，诗中也有关键几言：尔酒既清、尔肴既馨、旨酒欣欣、燔炙芬芬、福禄攸降。好听。我们至今还能感受到酒的清澈、甘洌，烤肉迷人的香，也能体会到主人被夸赞之后的美好心情。

忙活了一年，图的就是个乐子。和朋友吃饭喝酒的时候，不妨把最好听的话大胆地说出来，酒壮英雄胆，说得露点骨也没关系，又不是现场直播。

原载于 2015 年 2 月 28 日《新商报》

大吃大喝"上河图"

对于节俭的民族而言,大吃大喝从不为人所待见。但是在古代,大吃大喝不但屡见不鲜,而且排场大,甚至穷奢极欲。

《诗经·大雅·凫鹥》便生动形象地描写了一幅大吃大喝"上河图"。

诗曰:

> 凫鹥在泾,公尸在燕来宁。尔酒既清,尔肴既馨。公尸燕饮,福禄来成。
>
> 凫鹥在沙,公尸来燕来宜。尔酒既多,尔肴既嘉。公尸燕饮,福禄来为。
>
> 凫鹥在渚,公尸来燕来处。尔酒既湑,尔肴伊脯。公尸燕饮,福禄来下。
>
> 凫鹥在潀,公尸来燕来宗,既燕于宗,福禄攸降。公尸燕饮,福禄来崇。
>
> 凫鹥在亹,公尸来止熏熏。旨酒欣欣,燔炙芬芬。公尸燕饮,无有后艰。

前两段的意思是:

野鸭沙鸥在河水,公侯之尸入宴心宽慰。你的酒浆真清冽,你的菜肴真香美。公侯之尸来宴饮,福禄双全永伴随。

野鸭沙鸥在河滩,公侯之尸入宴心畅欢。你的美酒量真多,你的佳肴味真鲜。公侯之尸来宴饮,福禄双全永增添。

"尸"这个字不吉利,人们从骨子里抵触,但此处的"公尸"并非尸体之意,《诗经注析》云:公指的是君;尸,古人祭祀时,以一人扮作已故祖先或神的形象接受享献,叫做尸。后世改用画像而废尸。

关于此诗的主旨,《毛诗序》云:"大平之君子能持盈守成,神祇祖考安乐之也。"本诗与姊妹篇《既醉》皆为周王祭毕宴饮之诗。

祭祀祖宗，告慰其在天之灵，也属人之常情，不但王宫里常有，百姓亦在祭日之时，为先人扫墓，寄托哀思。但是，斯人已逝，内心虽然牵挂，甚至魂牵梦萦，但怀念的方式应该适当，而不是讲排场、摆阔气、好面子。

说来容易，做起来难。我父亲去年因病去世，我之意，活的时候好好活，既西去，当简简单单，到殡仪馆搞一个告别仪式，亲朋好友到现场怀念一下就可以了。但我说了不算，仍然要在父亲生活的县城，找一个地方，设个灵堂，连续三天接受人们的吊唁。来的人很多，在亲人悲痛之时，大家该说的说，该笑的笑，该吃的吃，该玩的玩。要说严肃，一点都不严肃；要说庄重，一点都不庄重。且哀乐四起，间或孝子们哭声震天，很是扰邻。但是，你不能不承认，千百年来，民间的祭奠都是这么进行的。不但不能埋怨谁，还要感激大家百忙之中赶来参加。但是这所有的仪式、场景，飘香的羊肉、喧嚣的声音，与父亲有何关系？

人们似乎在变着法子吃喝，生个孩子要宴，考上个学要宴，当上个官要宴——死了个人也要宴。都宴，你不宴就是另类，与"民俗"格格不入，会遭人嘲笑。还要讲档次，人家喝的是什么酒，抽的是什么烟，吃的是什么席，在什么档次的酒店……白吃白喝不行，还要"搭礼""随份子"。今天出钱，明天收钱。循环往复，都在人情的漩涡里越陷越深，不可自拔。

人生一世，草木一秋，我以为"闲淡"才是最好的境界。你看过美国作家梭罗的《瓦尔登湖》么？那种与世无争、清雅唯美的心气，与当下浮躁的、急功近利的、唯利是图的社会环境，是彻底的两个世界。

人生最要紧的是活，简单才能活好。

原载于 2015 年 3 月 14 日《新商报》

别具肺肠

骂人的话往往和身体的某些部位或者内脏有些关系，比如没心没肺、狼心狗肺、好心让狗吃了、黑心、心术不正等等。与内脏有关的，也不全是骂人的，比如肺腑之言、肝胆相照、掏心窝子、一颗红心两手准备、心悦诚服。一个人心肠怎么样，红的还是黑的，恶的还是善的，自然是看不见的，人心隔肚皮。这话搁到如今似乎也不准确，如今医学手段先进了，通过CT、彩超，能看到你的心、你的肺、你的肝……能感觉到它的生机与活力、萎靡与沮丧。但是，那只是表面，人们看到的只是器质的状态，属于物质层面，而精神层面，仪器也束手无策。

人人都有一副肺肠，娘胎里带来的。但是离开母体之后，有的还是那肺肠，历经人世沧桑而不变，朴素，柔软，温和，有情有爱；有的却经历了风雨，见着了彩虹，迷离了双眼，别具了肺肠，此肺肠不再是娘胎里的"原装货"。

成语"别具肺肠"出自《诗经·大雅·桑柔》：

维此惠君，民人所瞻。秉心宣犹，考慎其相。
维彼不顺，自独俾臧。自有肺肠，俾民卒狂。

什么意思呢？
顺应人心好君王，百姓爱戴都瞻仰。操心国政善谋划，考察慎选那辅相。
不顺人心坏君王，独让自己把福享。有那一副坏心肠，让那国民都发狂。
此诗为西周末年芮良夫讽刺周厉王暴虐昏庸而导致国家灭亡的诗。

周厉王是个贪婪而好利之人，臭味相投，他重用的也都是奸佞小人，暴君与贼臣均不恤人民疾苦，拒绝忠谏之言，最终导致周室危亡，自己也沦为无家可归、颠沛流亡之人。芮良夫是朝中贤臣，作此诗希冀周厉王及其身边大臣能有所省悟，痛定思痛，亡羊补牢，以正朝纲，可谓苦心孤诣，一片赤胆忠心。可惜周厉王一意孤行，听不进好话，终致激起民变，被流放于彘。

有言，此诗作于周厉王流亡之前，但《诗经注析》言，此说不妥。时暴君当政，人民陷于水火之中，"国人莫敢言"，芮良夫有几个脑袋敢作这样的诗？因此分析，诗当作于"厉王流彘，共和摄政之后一二年间"。即便如此，这首诗对当时意义重大，对后世更有深远影响。

　　俗语言，水能载舟，亦能覆舟。失民心者失天下，得民心者得天下，透过几千年的历史烟云，对此我们是深信不疑的。

　　单从人性角度而言，做官也好，为民也罢，有一副好心肠是不能少的，心肠好，做官才能为民谋福祉，为民才能使家庭幸福、邻里和睦——历朝历代凡盛世之年，好心肠的人就特别多，别具肺肠的人就特别少。政通人和，乃社会和谐之根本。

原载于 2015 年 3 月 21 日《新商报》

附庸风雅不好装

我是个喜好文学之人，不敢说一辈子都在从事文学工作，但对于文学的痴迷与投入，也可以用十年如一日来形容。我觉得文学对于自己而言不算附庸。附庸不是"主位"，侧着、斜着、倚着、靠着……附庸之后不管缀上什么词，都与"主位"无关。《现代汉语词典》中对于附庸的解释有二：古代指附属于大国的小国；泛指依附于其他事物而存在的事物。

附庸风雅便带有贬义。风雅是什么？《诗经》中的《国风》《大雅》《小雅》，后泛指有关诗文方面的事。

这个成语指的是有的人为了假充斯文而与名士结交，从事文化活动。

最是斯文不好装，读书少的人肯定斯文不起来，有文化的人自然大部分是斯文的。人斯文也好，也不好。在有钱人眼里，斯文也许就是寒酸的代名词、迂腐的表现。

问题是，有的人本不斯文，却要装作斯文的样子。或者刻意与斯文的人结交，以体现自己除了能当官、能赚钱，还斯文，有文化，是个儒官、儒商。

其实，人各有志，不可勉强。有本事当官，有能力经商，也是一等一的人才，少一点斯文，没多少斯文，倒也未必是缺憾。

我结交的人也算不少，因为我从事过许多不同的工作，比如新闻记者、国企管理者、高校教育工作者，还有与文学有关的兼职。有的人与我一样，真是爱好文学，是骨子里的那种热爱，虽然基础弱，写了几十年，没有突出的成绩，充其量也就是在一个很小的圈子里知名，但是那不叫附庸风雅，因为文学不是他的附庸，是追求。有的人并不爱好文学，却也想发表一点东西，赢得一点虚名，这也问题不大，只要自己勤于练笔，言由心生，也不算附庸风雅。可是，有的人为了发表竟要请人代笔，三番五次代笔，走后门，请客，甚至"买"文章，便是彻底的附庸风雅。

梁实秋在《雅舍小品·画展》中言："有人以为画展之事是附庸风雅，无补时艰。我倒不这样想。写字、刻印以及词章考证,哪一样又有补时艰?"

画家办画展,作家办研讨会,书法家办书展,歌唱家办演唱会……当然不是附庸风雅,人家本来就是干这个的,展出的、研讨的、唱的,都是自己的作品,充其量列入"高调行事"范畴,在眼球经济时代,有真本事、真能耐,"拉出来遛遛"不是坏事,叫会营销、会运作,艺术虽然曲高和寡,但也要接地气不是?

最怕的是,不是画家的办画展,不是作家的高规格开研讨会,不是书法家的却在那里舞文弄墨……更令人难堪的是不但围观者众多,还齐齐伸出大拇指,连声叫好——附庸风雅是个人修养问题,为附庸风雅者赞颂却是品德问题,及至最后,当附庸者的字被铲了,掉下来的碎渣便是给赞颂者脸上粘的"麻子"。

一脸"麻子"的人,闭着眼睛诗意,也无从风雅。

原载于 2015 年 4 月 4 日《新商报》

活得好才是真的好

养子自然不是亲生子，没有血缘关系，在家庭里是一种特殊的关系，处理得好，和亲生子没什么区别，和自己的孩子一样，该吃吃，该睡睡，该学学，长大了，或许也是一条好汉。养子的另一种文雅的说法是螟蛉之子。

螟蛉是一种绿色小虫，又说桑虫。最早出自《诗经·小雅·小宛》：

宛彼鸣鸠，翰飞戾天。我心忧伤，念昔先人。明发不寐，有怀二人。

人之齐圣，饮酒温克。彼昏不知，壹醉日富。各敬尔仪，天命不又。

中原有菽，庶民采之。螟蛉（míng líng）有子，蜾蠃（guǒ luǒ）负之。教诲尔子，式榖似之。

题彼脊令，载飞载鸣。我日斯迈，而月斯征。夙兴夜寐，毋忝尔所生。

交交桑扈，率场啄粟。哀我填寡，宜岸宜狱。握粟出卜，自何能榖？

温温恭人，如集于木。惴惴小心，如临于谷。战战兢兢，如履薄冰。

螟蛉有子，是说它有孩子；蜾蠃负之，是说孩子被蜾蠃抱走了。蜾蠃是一种寄生蜂，即细腰蜂。蜾蠃捕捉到螟蛉，存放在自己窝内，在螟蛉体内产卵，卵孵化后即以螟蛉为食物。古人误以为蜾蠃不产子，喂养螟蛉为子，故用螟蛉之子比喻养子。这是古时候的说法。《诗经注析》言，经近世昆虫学家研究，认为螟蛉即螟虫，以植物为食料的害虫。蜾蠃取螟虫等的幼虫贮于己巢，用尾刺注毒液于螟蛉体内，使之昏迷，作为自己幼虫的食料。

除螟蛉、蜾蠃之外，文中还出现了其他生物，如鸣鸠，和山雀差不多，桑扈，和鸽子差不多，菽、大豆，都是自然界卑微、弱小、其貌不扬的物种，禁不住风雨的摧残，也禁不住暗算与捕杀，似乎是隐喻作者出身卑微、地位低下、穷苦潦倒，故此，需时时"温温恭人，如集于木；惴惴小心，如临于谷；战战兢兢，如履薄冰"。意为不敢张扬，恭谨守礼，活得像鸟停留于树上，像人立于深谷之上，如踩着薄冰走路。即便是这样，也随时有可能陷于牢狱之中。

此种生存状态应是底层人民的真实写照,但实际上,"这是没落贵族处于乱世,和兄弟相戒,希望免祸的诗"。看来,不管家世曾经多么显赫,一旦因时局动荡,战乱频仍,导致家道中落之后,担惊受怕的心理盘踞心头,挥之不去。

其实,世事变迁,权势、荣华、富贵注定不能长久,每一个人或许都是那螟蛉,连自己的孩子都有可能被夺去,像一只小鸟,栖息在枝头看似逍遥,但雨打风吹,小巢岌岌可危,行走间,有可能坠于深谷,有可能落于冰下,有可能陷于牢狱,甚至遭受灭顶之灾,

都不容易,所以,不管是养子、义子还是亲生子,远离政治,掌握一门手艺,活得好才是真的好。

原载于 2015 年 4 月 11 日《新商报》

一半是理想一半是现实

不同的人有不同的活法，但所有的人都想好好活着，有一句俗话也说，好死不如赖活着，说明活着的重要。

但活法因人而异，也因旁人而异。有人可能不解，我活我的，关他人何事？怎么无关呢，你要好好干工作，可有人给你穿小鞋；你干的比人家多，可人家待遇比你好；你学历不错，本事不错，能力也不错，可就是收入比人家错一大截子。

以前，我也认为谈钱俗，理想多高雅。很多人也认为理想高于现实，甚至理想可以支撑现实，可当你张口吃饭时、伸手穿衣时、睡觉住房时……现实总是来得更快更猛，像当头的烈日，理想则是初升的朝阳。

我已经不会再嘲讽别人的现实，虽然我仍然有理想，因为人首先要面对现实才能谈理想，饿着肚子谈理想，理想高不到哪里。

现实的人同样值得尊敬，只要他还持有一颗善良的心。

《诗经》中老百姓的生活，总是"一半现实""一半理想"。现实的是，都活得不易，小官、小吏、小民、小农、流浪者……皆是如此，都有满肚子牢骚，对工作或生活状态不满，"肃肃宵征，夙夜在公"，真累。而对于爱情，则普遍理想化，唯美、真挚、为爱而爱，溪水、香草、山花、小鸟、后生、美女、浪漫、富有诗意。但进入婚姻之后，又沦为现实，或思念，或担忧，或追忆，或悔恨，或抱怨……耿耿不寐，如有隐忧，现实的苦成为生活的主基调。

士大夫以上阶层呢？并不例外，"一半理想""一半现实"。

《诗经·小雅·天保》歌颂的是一位"理想"的君主：

  天保定尔，亦孔之固。俾尔单厚，何福不除（zhù）？俾尔多益，以莫不庶。

  天保定尔，俾尔戬穀（jiǎn gǔ）。罄无不宜，受天百禄。降尔遐福，维日不足。

　　天保定尔，以莫不兴。如山如阜，如冈如陵，如川之方至，以莫不增。
　　吉蠲（juān）为饎，是用孝享。禴（yuè）祠烝尝，于公先王。君曰：卜尔，万寿无疆。
　　神之吊矣，诒尔多福。民之质矣，日用饮食。群黎百姓，偏为尔德。
　　如月之恒（gēng），如日之升。如南山之寿，不骞不崩。如松柏之茂，无不尔或承。

　　作者为君王赞颂和祈福，溢美之词随处可见，贯穿整章，就差给君王的脸打蜡、抛光。而《诗经·大雅·抑》《诗经·大雅·荡》《诗经·唐风·山有枢》等篇，则是讽刺诗、劝谏诗，铮铮之言，落地有声，是对朝纲的现实不满。

　　理想与现实总是携手而行的，我以为，无论何时何地，怀揣理想，正视现实，才能为行走增添动力。

原载于 2015 年 4 月 25 日《新商报》

优哉游哉不容易

《诗经·小雅·采菽》里有一句话，我们都很熟悉：优哉游哉，亦是戾矣。形容悠闲自得的样子。

何来优哉游哉的心情？诗歌写的是诸侯来朝，周王赏赐诸侯的场景。优哉游哉的人不是周王，是各路诸侯。他们没有理由不优哉游哉，因为周王拿出大豆、水芹菜、路车、驷马、锦衣、礼服……来招待他们，好吃好喝好玩好赏。

原诗为：

采菽（shū）采菽，筐之筥（jǔ）之。君子来朝，何锡予之？虽无予之？路车乘马。又何予之？玄衮（gǔn）及黼（fǔ）。

觱（bì）沸槛泉，言采其芹。君子来朝，言观其旂（qí）。其旂淠淠（pèi），鸾声嘒嘒（huì）。载骖（cān）载驷，君子所届（jì）。

赤芾（fú）在股，邪幅在下。彼交匪纾，天子所予。乐只君子，天子命之。乐只君子，福禄申之。

维柞之枝，其叶蓬蓬。乐只君子，殿天子之邦。乐只君子，万福攸同。平平（pián pián）左右，亦是率从。

泛泛杨舟，绋（fú）纚（lí）维之。乐只君子，天子葵之。乐只君子，福禄膍（pí）之。优哉游哉，亦是戾（lì）矣。

诗歌要多读，咂摸，如陈年老酒，越读越有滋味。

诗中出现了多种农作物，尤其是大豆，我们都很熟悉。我幼年和童年在东北，没少吃大豆。大豆可以做豆浆、豆腐、豆油；到了冬天时，家家户户都吃冻豆腐。母亲还会用大豆制作大酱，小葱蘸酱，真香。也可以做酱油，酱香扑鼻。离开东北后，不管走到哪里，我都喜欢吃豆腐；到了东北菜馆，先来一碟青葱、一碟大酱，或者鸡蛋炒大酱，那种熟悉的味道扑鼻而来。

大豆是中国土生土长的物种，从古至今，黍、稷、豆、麦、稻、桑等，都是我们赖以生存的作物。外国的大豆都是从中国出去的。

可是几千年之后的今天，大豆被转了基因。超市里卖的食用油，有不少是转基因大豆油。说实话，刚开始发现转基因大豆油时，我还天真地以为是好事，高科技产品，豆油中的豆油。但是越来越多的资料证明，转基因不是什么好东西，至少是有争议的东西。5000年的华夏文明，靠的不是转基因，5000年的炎黄子孙，吃的不是转基因，为什么到了现在，满眼都是转基因？

转基因是一种很时髦的叫法，换而言之，不就是变异、变种么？好好的大豆不种，却要种转基因大豆，好好的大豆不用，却要用转基因大豆，到底是为了谁？

女儿上生物课时，老师告诉她，没有籽的西红柿还是不吃为好，我这才发现，我们从超市买的非常好看的西红柿原来是没有籽的。

按照我的理解，没有籽便没有根，没有根便没有源，如一个不知来路的人，谁能够相信他呢？就算是神话世界的孙悟空，也出自石头，集天地之精华所孕育的石头胎盘，天为父，地为母。

——如果彼时的周王用转基因大豆招呼各路诸侯，不知大家还会不会优哉游哉，还会不会有我们这些后人？

原载于2015年5月9日《新商报》

无声无臭没出息

十聋九哑,知道为什么吗?因为他感知不到世界上的声音,大脑无法做出反应。

世界很奇妙,有着丰富的声响。我住的宿舍,整日都被鸟鸣、蝉声、风声、雨声围裹着,有时甚至很大,显得聒噪。但这是自然界的声音,远比现代工业的噪音好听。刚开始也许不习惯,觉得挺吵;之后就觉得极为美妙、动听,在那种声音里入眠,很享受。

有声音的世界才是真实的世界,我们无法感知听不到声音的孩子的痛楚,但从他们茫然、懵懂的目光中,我们仿佛能看见他们不安的灵魂。

没有声音的世界可形容为"无声无臭",成语出自《诗经·大雅·文王》,原句为:"上天之载,无声无臭(xiù)。"臭:气味。意思是:没有声音,没有气味,比喻天道玄妙,人无法感知。

自然怎么会没有声音、没有气味?该有的都有。只是有些我们听不到、闻不到、看不到;在自然面前,我们如失聪的孩童——虽然我们也会探索与追求,但是世界上的未知始终在我们头顶萦回,它笼罩着我们,也压制着我们的贪婪与欲壑,使我们变得理性。

"无声无臭"这个成语后来又有了另外的释义,被用来形容默默无闻,或事情沉寂,没有发生影响。

世界很大,每个人都是匆匆的过客,尽管我们很努力、很挣扎,但更多的时候,我们仍然会默默无闻。有时候我们可能想不通,为什么她能那么红?为什么他能那么富有?为什么他能呼风唤雨?为什么他能恣肆妄为?要我来说,那就是这个世界上树很多,但是小草更多,而且每一棵树下都长满了小草,不用树刻意遮挡,一枚落叶就能决定一棵小草的幸福指数乃至命运。我们可能一生都是小草的命。

但是,小草亦有小草的幸福——它能最先感受到泥土的芬芳、春雨的香甜、露珠的晶莹、虫子的顽皮；能最先感受到大地的复苏与觉醒；能最先感受到各种各样的足音，急切的、窸窣的、慢悠悠的、奔跑的、跳跃的、兴奋的……

小草的沉默竟是一种快乐。

有的人曾经或者正在无声无臭地做着旁观者、失语者——周幽王烽火戏诸侯时，朝堂之上的官员难道看不出那是一场玩不起的游戏？蒋介石让淞沪会战的将士停战时，周围的人难道看不出侵略者的铁蹄不会就此停止践踏中国的土地？此时的无声无臭，虽可明哲保身一时，却无法让战乱沉寂、让生灵安详。

有时候，无声无臭就是没出息。

原载于 2015 年 5 月 23 日《新商报》

莫忘前人种的荫凉

俗话说，前人种树，后人乘凉——前人有此善举，精神可嘉；后人坐享荫凉，却有多种心态——有的人心安理得，认为既有荫凉，管他树是谁种的，我乘荫凉天经地义；有的人小心翼翼，荫凉非我营造，甚至非我姓中人营造，我属"窃"之，未必长久；有的人继承祖先的事业，乘完荫凉去种树，为后人造福。

最后一种当然更值得赞许。

荫凉可乘，但天经地义地乘之之心态大抵是不明智的，世界上没有任何事情是天经地义的，坐享其成与不劳而获对于人生而言都是递减；小心翼翼地乘，内心常唯恐失去，此乃危机感之体现，但是，人生仅有危机感是不够的，担惊受怕、瞻前顾后，往往会原地踏步；继承是最为明智的选择，既享受前人之劳动成果，亦守土有责，具有开拓之精神，还能为后人造福，这才是人生的递加。

"绳其祖武"讲的便是一种继承，此语出自《诗经·大雅·下武》，原诗为：

下武维周，世有哲王。三后在天，王配于京。
王配于京，世德作求。永言配命，成王之孚。
成王之孚，下土之式。永言孝思，孝思维则。
媚兹一人，应侯顺德。永言孝思，昭哉嗣服。
昭兹来许，绳其祖武。於万斯年，受天之祜。
受天之祜，四方来贺。於万斯年，不遐有佐。

这是一首赞美周武王能继承先王德业的诗，属于歌功颂德之作。

凡事皆有根源——没有无缘无故的爱，没有无缘无故的恨，没有无缘无故的烦恼与忧愁，即便是捕风捉影，那也是先有风、先有影。

前人也干坏事，坏事继承不得。审视之后，我们当去其糟粕、取其精华。

精华怎么取？用压榨技术还是提纯技术，自然浸出还是化学分解，因循守旧还是励精图治，搞不搞转基因，是一门很深很深的学问。

比如国学，这是祖先留下来的文化宝典，自民国以来，我们何尝不是经历了由爱到恨，由恨到弃，由弃到捡，由捡到喜的过程，宛如人生一世，草木一秋，经历了兴衰荣辱、悲欢离合，真是"剪不断，理还乱，是离愁。别是一般滋味在心头"。好在是，此番之喜，是离别之后的回归正统，是反思之后的正视，必会长久。

前人辛辛苦苦种了树，后人在荫凉里摇着蒲扇却不说好话，满肚子牢骚，甚至动辄全盘否定前人种树之善举，按诸葛亮的说法，此之谓"失其本心"。

荫凉这个事情，是好事，我们要乘，但要会乘，要懂得取舍——雷电交加之时，你非要在荫凉里躲雨，那就不妙。

原载于 2015 年 5 月 30 日《新商报》

兄弟阋墙窝里斗

最近"创业"很火,一些大学生跃跃欲试。创业自然是一种工作,成功了皆大欢喜,乃职场及人生之莫大历练,失败了也不必懊恼,失败乃成功之母。

创业的成功受很多因素制约,比如有没有好的项目,有没有充实的资金,有没有干事的平台与环境,有没有人带路,这些可以称之为"外部"因素,即便外部这诸多因素皆是有利于创业的,但没有"内部"因素为主导,创业也是不可能成功的。

无他,一个"和"字而已。

俗话说,和气生财。你若见天一副凶神恶煞的样子,顾客都躲得远远的,哪里有钱让你挣?对外要表现得一团和气,对内要做到一团和气。事业初创,势单力薄,一个人浑身是铁也打不了几根钉子,好不容易有几个要好的兄弟一起闯荡"江湖",委实不易。刚开始时,没有什么财富积累,大家都是凭着一股子初生牛犊不怕虎的精神在一起摸爬滚打,做到"和"似乎不难,但是什么事都难在坚持。随着事业的拓展,困难可能更多,也可能有了不同的目标,价值观的差异、财富的分配以及权利的调整……此时,要做到一如既往的"和",有时很难。

探求很多企业的成功之道,创业路上的"和"、成长路上的"和"似乎与之如影随形。当一家企业的内部管理者开始内讧、拆台、掣肘时,衰败或者倒闭便是迟早的事儿。

民间有形象的比喻:窝里斗。窝里斗有比较文雅的形容:兄弟阋墙。

"兄弟阋墙"出自《诗经·小雅·棠棣》:"兄弟阋(xì)于墙,外御其务。"务:通"侮"。阋是争吵的意思。

这句话的意思是,虽然兄弟们在家里争吵,但能一致抵御外人的欺侮。后用兄弟阋墙比喻内部不和。

俗话说,打虎亲兄弟,那是以前。现在亲兄弟少得可怜,"80后""90后"

压根就不知道亲兄弟姐妹长得什么样，压根就没有。但是兄弟会有，兄弟者，志同道合者也。兄弟们拧成一股绳干事，能够无坚不摧。兄弟们可以有不同的意见，甚至可以为工作争辩、争吵，但是当方向既定、大局既定，便要像诸葛亮所言：当奖率三军，北定中原，庶竭驽钝，攘除奸凶，兴复汉室，还于旧都。一致"外御其务"。而不能再从墙内阋于墙外，阋得妇孺皆知，天下闻名。

一个家庭和睦，则万事兴；一个企业抱团，则事业兴；一个民族凝聚力强，则不惧外敌侵略。

任何时候，你可以不当和事佬，但要知道和为贵。

原载于 2015 年 6 月 27 日《新商报》

寤寐求之竟不得

我小时候即喜欢写文章，做梦都想发表，可惜，梦里的东西一多半都是假的；后来我从印刷厂找到两个铅字，一个是"许"，一个是"锋"，蘸着蓝墨水印在报纸上的空白处，俨然自己的名字变成铅字，瞅着它，却不敢大声张扬，像吃了糖似地偷着乐，傻子似的。

那时还没有学会成语"梦寐以求"，现在用这一成语来形容我八九岁时对于发表文章的迫切心情，该是再恰当不过。

"寤寐求之"出自《诗经·周南·关雎》，原文有三段，这是第二段：

参差荇菜，左右流之。窈窕淑女，寤寐求之。求之不得，寤寐思服。悠哉游哉，辗转反侧。

人们都知道这是一首爱情诗。周南是周王畿境内的民歌。周代初期，周公旦统治东方，所治为今河南省西南部、湖北省北部等地区。方玉润《诗经原始》曰："周之西为犬戎，北为豳，东则列国，惟南最广，而及乎江、汉之间。"

时周南是否像如今这般为富庶之地、鱼米之乡，笔者没有考证。但从《关雎》所展示的风物与情境来看，那的确是非常适宜人类栖居的地域。你看，有水鸟，有水域，有水生植物，有女子辛勤地劳作……有追求爱情的君子，多么美好的生活画卷。

追求爱情，是人的权利。可是，这不是一位普通的君子。君子这一称呼在当时仅限于用在贵族男子身上，一般的小伙子、后生、傻大个儿没有资格当君子。据《诗经注析》言，汉、宋以来治诗的学者，多数认为"君子"指周文王，"淑女"指太姒，诗的主题是歌颂"后妃之德"。按照现在的理解，这是人家王宫里的一场"恩爱秀"，或者当着文武百官秀了一次恩爱。理由是，本诗居于"三百篇"之首，是"头条"。

不管是君王的爱情还是普通人的爱情，诗中两个人爱情的结局或许是令人喜悦的，但是过程令人"焦灼"，寤寐思服却求之不得，那不就是一种失恋或单相思状态？正如我当年对于文学的情感，果真是备受煎熬，滋味一点都不好受，差点"戳"着老爸的鼻子质问他为什么不是报社的编辑。

爱情诗也好写，也不好写。好写，是因为每个人都有切身感受，不用胡编乱造；不好写，是因为这一人类永恒的主题，写的人太多，很难再写出新意。而《关雎》风靡三千年而不倒，其中的关键字句让很多国人耳熟能详，张口就来，不愧是爱情诗的经典传世之作，孔子有云："关雎乐而不淫，哀而不伤。"属于爱情的主旋律作品。

《诗经注析》言，这首诗对后世文坛的影响，主要在赋、比、兴的运用与发展。

何为赋？平铺直叙，铺陈、排比；何为比？比喻；何为兴？起兴，先言他物，托物起兴。自然，赋、比、兴也是《诗经》之中三百多首诗的主要表现手法。古人运用这些修辞方法，生动刻画了一场唯美的爱情。"求之不得""寤寐思服"的失落与伤感随风而逝，留下的是我们对那个时代无尽的想象。

原载于 2015 年 7 月 4 日《新商报》

接新娘子回家离婚

俗话说，男大当婚女大当嫁，结婚，肯定是大喜的事；还有诗言，洞房花烛夜，金榜题名时——你看，不管怎么说，结婚都是人生之大事，马虎不得。

现在的年轻人结婚，虽然过程看似简单，其实还有许多讲究。去年差不多这个时候，我去参加一个学生的婚礼，女生家庭经济条件很好，男方更不待说，因此，整个婚礼现场"高端、大气、上档次"，新娘子更是一身珠光宝气，用极尽奢华来形容似乎不妥，但也是朝着那个方向在努力的。两个年轻人能携手走到此时此刻，虽然前面的"过程"必然"烦琐"，但也是诸事圆满、称心如意，即将开启幸福美满的婚姻之旅。这是婚礼的最后一"礼"，是谓迎娶。

古人娶妻，有"六礼"之说，即纳采、问名、纳吉、纳征、请期和亲迎，纳采指商议婚配，问名指询问女方姓名，纳吉指订婚，纳征指送聘礼，请期指通告婚期，亲迎即为迎娶。其实这些程序的"影子"至今还在，无非时代进步了，恋爱自由了，沟通容易了，有的细节省略了，但有的细节却又加强了。我就收到过电子结婚请柬，很有新意。

如今的婚礼可谓花样百出，年轻人都视其为大事、要事，有的办得隆重，有的办得奢华，有的办得另类，有的办得时尚……总之，都憋着劲，不鸣则已，一鸣惊人。反正一辈子就这么一次。

那么，古代的婚礼是什么样子呢？

《诗经·周南·桃夭》描述的正是姑娘出嫁的情景。

诗曰：

  桃之夭夭，灼灼其华。之子于归，宜其室家。
  桃之夭夭，有蕡其实。之子于归，宜其家室。
  桃之夭夭，其叶蓁蓁。之子于归，宜其家人。

大概意思是：

桃树多么繁茂，盛开着朵朵鲜花。这个姑娘出嫁了，她的家庭一定会和顺美满。

桃树多么繁茂，垂挂着累累果实。这个姑娘出嫁了，她的家室一定会和顺美满。

桃树多么繁茂，树叶儿郁郁葱葱。这个姑娘出嫁了，她的家人一定会和顺美满。

其中，华，同"花"；归，指归宿，古人认为夫家是女孩子的真正归宿，因此把"嫁"说成"归"。

我们从诗中没有看到婚礼的场景，诗人借物抒情，通过描写桃树、桃花、桃子、树叶来形容姑娘的娇艳与美丽，巧妙地"展示"了婚礼的喜庆与热闹。

其实，这是一首新婚贺词，用来祝福新娘的。但也隐含劝勉之意，一个家庭和顺美满与否，与"回家"的姑娘有着直接且重要的关系。话说得很巧妙，极有分寸。

婚姻是两个人的事，需要细心经营。前几天一位朋友要出售房产，因为是二套房，故交易成本不菲，为了节约成本，有人建议他们先离婚。

笑着去办离婚手续；离婚之后再复婚。

给古人一千个脑袋也想象不出"接新娘子回家离婚"在有的人眼里竟然很"合理"。

生活有时很复杂，有时也很简单。

原载于 2015 年 7 月 11 日《新商报》

雎鸠是一只什么鸟

我喜欢鸟，城里很多人都喜欢鸟。小孩子们更是喜欢鸟。

鸟是人类的好朋友。

二十世纪中国"除四害"那会儿，我还没出生，没有看见麻雀没命似的扑棱棱乱飞的凶险场面；现在的孩子肯定连这个"名词"的来历都不知道了，你若问她，她会很无辜地瞪着清澈无邪的眼睛——"除四害"？什么四害？怎么除？

我喜欢麻雀，也喜欢喜鹊、燕子。动物园里还有许许多多好看的鸟，特别机灵，小圆眼珠子骨碌碌乱转，有意思。都是一些小鸟。大鸟我不是很喜欢，太大，好像不太可爱。比如鸵鸟，老是在我面前雄赳赳气昂昂地走来走去，一副满不在乎的高傲的样子。我是没见过鸵鸟飞，那么大，那么笨，动物园里地方逼仄，它飞不起来。

雎鸠也是一种鸟，水鸟。不大，但好像也不算是小鸟。这种鸟出现在《诗经·周南·关雎》中，我们耳熟能详的句子是："关关雎鸠，在河之洲。窈窕淑女，君子好逑。"雎鸠总是两只一起出现，一雄一雌，站在水中的陆地上对唱，不是唱山歌，是想恋爱，正在酝酿情绪，按人类的说法是弄点"前奏"，不单刀赴会，甚至霸王硬上弓。也算是鸟中比较会浪漫的。

雎鸠长的是什么样子，《辞海》里没有解释，只说：鴡，亦作"雎"。《尔雅·释鸟》：鴡鸠，王鴡。郭璞注：雕类，今江东呼之为鹗。好在江渚边食鱼。郭璞是谁呢？东晋文学家、训诂学家。训诂是什么意思呢？解释古书中词语的意义，训，指用较通俗的话去解释某个字义；诂，指用当代的话去解释字的古义，或用普遍通行的话去解释方言的字义。你看，中国的古语，字字都是学问。那么，我按照现在普通通行的标准解释郭璞，他既是作家，又是古汉语学家。《尔雅》可不是郭璞所写，他从事于注释工作。《尔雅》是中国最早的一部"汉语词典"，由汉初很多学者缀辑周汉诸书旧文，递相增益而成。是合力才有了这本书。如刚刚获得诺贝尔奖的青蒿素,是集体研发的成果,但以屠呦呦为主。为《尔雅》注疏,虽然很多学者都做过,参与过,但是以郭璞注本最为通行,大概是发行范围最广,影响力最大,到现在我们还能看到。

但雎鸠长得若像雕,好像也不很美。站着唱歌,腿短,一般人也看不见。有的书里还说雎鸠即鱼鹰,鱼鹰一点都不美,且累死累活地为人捕鱼,哪里还有时间浪漫?雎鸠到底长什么样?朱熹《诗集传》:雎鸠,小鸟,状类凫鹭,其"生有定偶,而不相乱;偶常并游,而不相狎"。凫鹭在《诗经·大雅·凫鹭》里也出现了。现在我们似乎可以看到雎鸠的庐山真面目了,凫鹭是一种鸥鸟,喜欢与鸳鸯、鹄等在一起,这几位脾气相投。如果鹭读四声,指的又是凤凰一类的鸟。都是好看的鸟。

鸥一样的两只雎鸠站在小洲上,一唱一和,好看,也好听,远远地望去,真像青年男女互诉衷肠,这才像《关雎》这首爱情诗所营造的意境。

原载于 2015 年 10 月 17 日《新商报》

荇菜不是用来吃的

《诗经》那个年代多水。到处都是水。当然,这可能是一种不正确的说法,只是我们读到的诗歌,很多与水有关而已。水确有灵性,是柔软的,能触发文人想象的。沈从文的笔下多水,汪曾祺的笔下也多水;我自己,也写过瘦西湖的水、黄杨河的水、秦王川的水、千灯湖的水、狮山的水……

有水,便有水生植物。其实我一直很好奇,那个年代生于水中的植物到底有哪些,哪些已经"桃之夭夭",哪些还鲜活地存在于我们的视野中,甚至餐桌上。

《诗经·周南·关雎》出现的水生植物是荇菜,诗中云:"参差荇菜,左右流之。"有的地方解释为"长短不齐"的荇菜,我觉得应该是高矮不齐,难道荇菜是躺在水里的,如同浮萍一样?荇菜随波逐流,时左时右,你可以采摘。这是诗的意思。采摘来干什么?观赏还是吃?荇菜是什么菜?这种植物还出现在晋代诗人张载《泛湖》诗中:"春菰(gū)芽露碧,水荇叶连青。"菰俗称茭白,现在还能见着,妻有时买回,我吃过,很嫩。《史记·司马相如列阵》有"莲藕菰芦"之语。荇菜有叶子,叶子不小。叶子自然要浮在水面上,也只有这个状态,才能"左右流之""左右采之""左右芼之"。看来,前面我说的不全对,荇菜不一定躺在水上,但是它的叶子在水上。

《诗经注析》说:"荇菜,亦作莕菜","形似尊(pó)菜"。尊菜又是什么菜?"尊"这个字《古汉语常用字字典》没有收,《现代汉语词典》也没有收,在《辞海》中查到,尊为苴尊,叶如初生的甘蔗,根如姜芽。

绕了一大圈,荇菜的庐山真面目是:龙丹科。多年生水生草本植物。茎细长,节上生根,沉没水中。水底泥中有地下茎。叶对生,卵圆形,基部心形,背面带紫红色,漂浮在水面上。夏秋间开花,花呈鲜黄色。生于淡水湖泊中。分布几遍中国各地。全草为解热利尿药,又可作猪饲料或绿肥,也可栽于池塘内供观赏。

孔颖达疏:"白茎,叶紫赤色,正圆,茎寸余;浮在水上。"

荇菜在我的眼前逐渐清晰,不过,说一千道一万,不如一看:很美。这种植物显然不是用来吃的。吃它的人没文化。

……一位佳人在清澈的湖边,轻轻地拨弄荇菜,那弥漫的香气,水面荡起的涟漪,水中倒映的倩影,那么美丽、浪漫,如诗如画,让人怦然心动。

原载于 2015 年 10 月 24 日《新商报》

葛布，既绵软又倔强

　　以前我们喜欢穿"的确良"，现在我们都喜欢穿棉质品。棉质的衣服贴身、贴心、透气、柔软。棉、麻似乎是一类的，都是原生态，土生土长。棉比麻柔细，麻比棉有质感，摸上去，仿佛岁月的细沙在指尖悄然滑过。

　　葛是一种长于山间的藤。葛便是藤本植物。我见过藤，老家的山上，南方的山上，有时候，那些花花草草间，树根间，山梁上，零零星星或密密麻麻地缠绕着藤，看似盘根错节，其实泾渭分明。但你想拉出哪一根来那是不容易的，人家想往哪边蔓延却能往哪边蔓延，是一种率性的倔强的"占有欲"比较强的植物。

　　葛也是开花的，开的是蝶形的花冠，紫红色的小花，一眼望去，杂然其间，很好看。

　　葛的一身都是宝——都用得上，茎皮纤维可织布、造纸；茎与叶，牛羊可以吃；块根含淀粉，人可以吃，亦可入药；花可解酒毒，喝醉了，泡葛花，酒友们又学了一招。

　　葛织成的布叫葛布。有的地方也叫夏布。根据用料和织法的不同，有文尚葛、缎背葛等。比较好的是用桑蚕丝做经，棉线做纬。这种布料的衬衣我穿过一件，你看标签上写着：桑蚕丝含55%，麻含35%，棉含10%，大概就是这类。这类衣服比较贵，我这种收入的人，只配一件。穿着确实舒服，材质优良，既挺括又服帖，你说怪不怪。但一浸水，倔强劲便显山露水，硬，像葛的性格。衣服洗完之后，拉展，两手用力抖一下，晾在阳台上，风一吹，很快就干了。只要一干，性子又绵软下来。真是好料子。

　　葛在古时候就有，《诗经·周南·葛覃》："葛之覃兮，施（yì）于中谷，维叶萋萋。"意思是：葛藤蔓延生长，伸展到山谷，看起来枝繁叶茂。《韩非子·五蠹》："冬日麑（ní）裘，夏日葛衣。"冬天穿鹿皮做的皮袄，夏天穿葛布做的单衣。鹿皮与葛布在一起，自然显出葛布的身价不低。

看来，东西好，不怕经年累月。脸除外。

在我们喜欢穿的确良之前的年月，是20世纪70年代的时候，棉布很"流行"。其实不是流行，是没有第二种选择。丝绸一定有，但它怎么能进入寻常百姓家？我们里里外外穿的衣服，都是母亲用棉布做的。不能老穿白布的，那多难看，有红色的、蓝色的、黑色的、黄色的、绿色的，赤橙黄绿青蓝紫，各种颜色都有，但是花布不多，我们家也没有女孩子，我没见过几片花布。带色的布一洗就掉色，有时候一盆水都蓝了、红了……染布工艺不过关，质量不好。洗上几次就好了，不过布的颜色就不如起先那么亮、那么好看，像人受了打击似的，灰不溜秋。

那时候的红领巾、手绢也是棉布的。

城里很多人家都有缝纫机，女人都会做衣服。缝纫机是家里的大件，没有，脸上就不好看。乡下人家很少有缝纫机，女人却会织布。

她们在心里织着希望。

原载于2015年10月31日《新商报》

捉只蝈蝈来

小时候在农村，有庄稼地，放暑假的时候，我们和妈妈去地里干活，我们哪里会干活，去玩是真。在高粱地、玉米林子里捉迷藏，抓特务；在原野上捉蝴蝶，那真是原野，一望无际，全是黄花（摘下来晒干就是黄花菜）；爬树，多高的树都敢爬，爬上去往下一望，完了，不敢下来了。也捉蝈蝈儿。

蝈蝈儿一个劲地叫，"叫哥哥""叫哥哥"……我们循着声音蹑手蹑脚地靠近、靠近，然后"啪"的一下，把蝈蝈儿要么罩在帽子里，要么扣在手心里，要么揪住腿——蝈蝈儿奋力抗争，又完了，一条大腿从根部断开，与身体分道扬镳。再瞅蝈蝈儿，眼珠子鼓得圆圆的，一转不转，似乎不疼，也不流血。其实蝈蝈的血不是红色的。

逮着蝈蝈儿，老罩在帽子里、捂在手心里怎么行？找一根细细的长长的线绳绑在它的一条腿上，让它在地上蹦，它蹦多远你就跟多远，不能往回拉，它的腿看似坚硬有力，其实脆弱得很，一拉就断，残疾了，很快就死了。有时也编笼子，用麦草什么的，编得不好看，缝隙大的大、小的小，也不均匀，但是能关住蝈蝈儿。我们给蝈蝈儿喂菜叶子、树叶子，或者咬下一截子黄瓜，塞给它一点。

蝈蝈儿要叫，它来到世上的使命就是叫，不叫的蝈蝈儿没用。

后来进了城，见不到庄稼了，但是能见到蝈蝈儿。卖蝈蝈的人推着自行车，车把上绑着一根棍，棍上挂着蝈蝈儿笼子，嚯，那个多，上百个都有。这么多蝈蝈儿齐齐地叫，或者此起彼伏地叫，真是热闹，大老远就把孩子吸引了去。一个10元。卖到这个价格的时候，我已经成年，该是女儿玩蝈蝈儿的时候了。

《诗经·召南·草虫》里的草虫就是蝈蝈儿，"喓喓草虫，趯趯阜螽"，这说明蝈蝈这种东西生存能力特别强，你看恐龙都绝迹了，可它还活着。阜螽是什么呢？是蚱蜢，外形也像蝗虫，《辞海》里还说它是蝗的幼虫；"形似蝗而小，善跳者是也。"

蝈蝈儿在一些地方俗称"叫哥哥",从外形上看,它是一种像蝗虫的昆虫,它的翅短,肚子大。它爱吃植物的嫩叶和花。陆玑义疏:草虫……小大长短如蝗也,奇音青色,好在茅草中。

有的人可能问,那蛐蛐是什么呢?蟋蟀。蟋蟀亦称促织、趋织,好斗。《诗经·唐风·蟋蟀》:"蟋蟀在堂,岁聿其莫。"我上回去澳门,在一个博物馆里看见了曾经得过比赛冠军的蟋蟀,不过,荣辱得失俱往矣,它如今被密封在罐子里供人们欣赏。

那蚂蚱呢?是蝗的俗名。有的地方也兼指蚱蜢。

几种小东西,毛头都指向蝗虫。蝗虫:体大型或中型,绿色或黄褐色,后足强大,适于跳跃。主要危害禾本科植物,比如小麦、玉米、水稻、高粱等粮食作物。

如此一来,我开始怀疑,当年我捉过的所谓蝈蝈儿,是不是就是蝗虫,有的确实是绿色的,有的确实是黄褐色的。

管它是什么,孩子们快乐就好。

原载于 2015 年 11 月 14 日《新商报》

卷耳与木耳什么关系？

一般人只是吃过木耳，但我采过木耳。

木耳者，木头的小耳朵也。木耳生长的条件很简单：一截子烂木头，空气潮湿的环境。我没见过别的烂木头上长木耳，东北长木耳的烂木头都是黑皮的，应该是老槐树的树干。夏天，尤其是一场大雨之后，我们家后院那些烂木头上，仿佛雨后春笋似的冒木耳，朵朵小精灵一般，你甚至能眼见着它长出来，如电视里的慢镜头一样。小手碰碰它，嫩得发抖。好像活着的树上也长。也许木耳并非完全如李时珍所言"生于朽木之上，无枝叶，乃湿热余气所生"，可以"老树发新芽"。吃遍中国大江南北的木耳，你肯定不会怀疑还是东北大小兴安岭和长白山一带的黑木耳最好吃。此外，我老家甘肃陇南树木苍郁，也出产木耳。

树上自然长出来的属于"原生态"木耳，晒干之后收起，吃的时候捏起几朵在凉水里一泡，不大工夫，如黑牡丹一样绽放，一派生机勃勃的样子，生吃都好吃。人工培植的自然没有这个效果，无论你怎么泡，还是死气沉沉的，叶片不活。

今天我写的不是木耳，是卷耳。由于都有一个"耳"字，故此，我想当然地觉得两者是不是有什么联系？

其实一个是菌类，一个是植物。这种带"耳朵"的植物出自《诗经·周南·卷耳》："采采卷耳，不盈顷筐。"说的是一名在原野上采摘卷耳的少妇，由于思念远行的丈夫，干活时心不在焉，手底下慢，没采多少卷耳，干了半天，筐子里还是浅浅的。

诗中的场景其实已经告诉读者，卷耳不是木耳。木耳没有那么多，不用提那么大一个筐子去采。原野上有树，是会生木耳，但是一个女人去原野上采木耳，万一遇到狼怎么办？所以原野上的劳作，一定人多，属于大规模的劳作场景，集体劳动。

《诗经注析》言：卷耳，今名苍耳，一种草本植物。嫩苗可食，也可入药。

有的书上说是菊科,有的说是野菜。《辞海》的解释是:石竹科,多年生草本,有时为二年生或一年生。春季开花,花白色。全草供药用,功能清热解毒。

春天里,女人们在原野上劳作,心里想的是自己的男人。爱情随风,随着卷耳的清香,随着女人们的思绪,在原野上肆意飞扬。真美。

一字之差,差得好远,风马牛不相及。所以,人有时候,说话做事不能凭感觉,也不能断章取义,那样会犯错误。

原载于 2015 年 11 月 21 日《新商报》

死活都要见桃

这个季节桃花不开。

在我们心中,"桃"是个喜庆的字。桃似乎放在哪里都喜庆。女孩子喝点酒,害羞,面若桃花。给老人祝寿,寿桃。形容老师的伟大,桃李满天下。王安石《元日》诗云:"爆竹声中一岁除,春风送暖入屠苏。千门万户曈曈日,总把新桃换旧符。"桃符,古代在大门上挂的两块画着门神或题着门神名字的桃木板,据说能压邪。后来没有桃木板了,我们在上面贴春联,桃符便借指春联。还有个好去的地方——桃花源,"缘溪行,忘路之远近。忽逢桃花林,夹岸数百步……"这地方陶渊明去过,我没去过。刘关张结义,也在桃园,没在野猪林、黄土沟、松树林。在桃园结的义,紧凑,水泼不进,针插不进。

桃字在《诗经·周南·桃夭》中出现过,诗描述的是姑娘出嫁的情景。

诗曰:

> 桃之夭夭,灼灼其华。之子于归,宜其室家。
>
> 桃之夭夭,有蕡其实。之子于归,宜其家室。
>
> 桃之夭夭,其叶蓁蓁。之子于归,宜其家人。

阳春三月,桃花盛开,姑娘出嫁;姑娘如盛开的桃花一样美艳动人。是一种非常美好的祝愿。

桃是蔷薇科,落叶小乔木。花单生,淡红、深红或白色。核果近球形,表面有毛绒,肉厚汁多,肉色分乳白、金黄或白色。

吃过桃子的人,都知道桃好吃。老人家有句话:桃饱杏伤人。桃子可以往饱里吃,吃撑了没关系。杏子尝尝即可,不可贪吃。但是好桃并不容易吃上。有的桃子甜,特别甜,香味扑鼻,不腻。有的桃子生涩无味,黄瓜似的,寡淡得很。有的桃子大,但中看不中用。有的桃子绿,皮上带着一点点红,很拘谨。有的桃子红得像西北孩子的脸蛋,被紫外线晒的!

我老家兰州素有"瓜果之乡"的美誉,八九月份,瓜果飘香,白兰瓜、桃子,特别好吃。可惜那个时节我们一般都在外地工作,回不了老家。上上个月家人给我们寄了两箱桃子,一个比一个好。走的是陆运,陆运比快递便宜。说的是三四天到。看天气,桃子安全地到我们这里问题不大。三四天后,桃子确实到了我们生活的城市,但工作人员没有及时安排送货。大概五六天后,有人打电话说,有人给你们寄的是桃子吧,现在流水了,你们还要不要,不要,我们就不送过去了。

哈哈哈哈,哭笑不得。

我们让送过来,活要见桃,死也要见桃,难得家人一片心意。

最终还是没有送。要是个漂亮女生送货,淅淅沥沥的洒一路,见了面,那脸肯定"面若桃花",比《诗经》里的新娘子还红。

桃子没吃成,我们心里还是桃花朵朵开的。

很温暖。

原载于 2015 年 11 月 28 日《新商报》

尽拿麻雀出气

我对北方天气的变化很关心，因为一个是西北，我的老家，一个是东北，我小时候生活的地方。即便我不看天气预报，也知道此时的北方已是大雪纷飞，尤其是乡村，比如东北——若你住在林区，雪后的清晨，你想一把就推开门，恐怕不行，半米高的雪已经将你的门堵了个严严实实，你得使劲推，用足力气，咯吱吱，门开了，嚯，起伏的山岭，参差的树木，太白了，太静了，太好看了。西北的雪则没有那么大，但雪若扎扎实实下两天，院子里雪也会积十几厘米厚。想看雪，那要早点起，推开门，首先是一院子的岑寂将你满身炕洞子的烟气和浮躁气吸得干干净净，你大可深呼吸，雪气不伤人。再看雪上，连麻雀都未曾来过，真是一点痕迹都没有，好一个纤尘不染的世界。

乡村不像城里，雪不碍村里人什么事，反而对土壤是极为有益的。但是对于冬天要在地里刨食的那些小飞禽，由于大雪，日子可就难过了。

最苦恼的应该是麻雀。这个小东西没长火眼金睛，就算嘴巴再尖再硬，也无法穿过厚厚的雪层准确地啄到食儿。它们在雪地里叽叽喳喳，六神无主，非常焦急。而孩子们吃饱了喝足了，就开始欺负麻雀玩。我小时候干过，在院子里扫出一小片空地来，撒上几粒谷子，支一个簸箕，系一根绳子，老远猫在屋子里，等着麻雀"入围"后扽绳子。麻雀小归小，但是够机敏，前头几次不一定成功，但越到后面越不好扣，因为你一肚子的坏水，麻雀都知道了。还是有"中枪"的，实在是太饿了。我们抓住麻雀干什么用呢？在它的腿上绑一根细绳，放开它，不用吓唬它，它也会拼命地飞，可是怎么能飞出我的手掌心呢。有的被活活累死了，有的被勒断了腿，疼死了。被我们裹上泥巴，放在火上烤一阵子，熟了，去了毛，吃，麻雀虽小五脏俱全，肉挺香。

我们有时候还用弹弓叉子打麻雀。

暴力和残忍有时候是不分年龄的。我们为什么要拿麻雀出气呢？因为它弱小。

弱小者当主角的机会少，麻雀在《诗经》中出现时，是配角，或者是"借指"，是"引子"，是受气包。

《诗经·召南·行露》是一首女子抗拒婚姻的诗。朱熹说："不为强暴所污者，自述己志，作此诗以绝其人。"我们都知道中国古代实行一夫多妻制，显然，这个女子不愿意嫁给有妇之夫。男子虽然可以娶几个妻子，但硬来不行。一个不嫁，一个强娶，就有了官司。

但"女子"的话让人有些莫名其妙："谁谓雀无角？何以穿我屋？"意思是：谁说麻雀没有喙？为什么啄穿我的屋？

感情纠纷是人与人的事儿，拿一只小麻雀说事儿，显然是为了撒气。

大鱼吃小鱼，小鱼吃虾米，套用一句诗：弱小是弱小者的墓志铭。弱小者，得想办法让自己强大起来，否则，"雀角鼠牙"一类的成语让你几千年不得翻身。

原载于 2015 年 12 月 5 日《新商报》

后 记

《诗经趣语》首版于2015年，时隔五年后再版，只不过名字改为《诗经趣语精编》，对于我而言，自然满心欢喜。

其实，本书首次出版之际，我已经"断定"，它一定会再版。并非我的自恋情结，而是我始终认为，《诗经》在民间和读者中的影响历久弥新、历久弥香。

我仍然赞成孩子们与年轻人多读一读《诗经》与唐诗宋词。我也曾无数次想象能有一间像样的书房，书架上满是国学名著，徜徉其中，我一定"乐不思蜀"。我还想象能在一间宽敞明亮的教室里，带着孩子们或年轻人一起朗读《诗经》中的篇章。国人，肚子里总要装些老祖宗留下的宝贵文化遗产才会温文尔雅，或者看上去有一点灵气。

五年来，我的梦想一步步实现。我有了一间像样的书房，我站在阳台上，能看到河流；坐在书房的木椅上，也能看到河流。每当夕阳西下，河水波光粼粼，落日的余晖映照着我的脸、我的心，暖意盈漾。书架上，满满的国学名著。

我也开始在教室里，与年轻人一起朗读《诗经》——"蒹葭苍苍，白露为霜。所谓伊人，在水一方"；"静女其姝，俟我于城隅"；"投我以木瓜，报之以琼琚"……同学们用普通话朗读、用潮州话朗读、用粤语朗读，仿佛穿越数千年，回到《诗经》时代。这要感谢广州城建职业学院人文学院提供的机会，让我能与中文教研室的同事们一起，为传播中国传统文化竭尽所能。

《诗经趣语》首次出版后，《新商报》《兰州晨报》《羊城晚报》《深圳特区报》《佛山日报》《珠江时报》《清远日报》《镇江日报》《兰州日报》《兰州晚报》《金昌日报》以及新华网、新浪网、每日甘肃网、佛山人民广播电台等都以整版、专访或书讯、书评的方式向读者推荐，谢谢所有关心、帮助过我的新闻界朋友。

《诗经趣语》能首版、再版，首先要感谢一直未曾谋面的老朋友、《新商报》资深编辑王玉学先生。《诗经趣语》的全部文字都来自《新商报》专栏。

一张报纸能为我开设关于《诗经》的专栏,而且一开就是五年,极为少见。这是一张报纸的良知。

为本书作序的张荣芳先生曾任中山大学副校长、中国秦汉史研究会会长,是一位德高望重、学富五车的教授。他本着对年轻人的鼓励,为本书首版撰写了序言。他谦逊的风度与正直的操守令我无比尊重和敬仰。再版仍然用了先生写的序。

本书中的大多数文章,是以图文并茂的形式,大部分插图来自广东东软学院数字艺术系的老师和学生,也有的插图出自广州城建职业学院的学生。谢谢老师和同学们的帮助。

《诗经趣语》首版后,被近二百所大学图书馆馆藏。谢谢所有读过本书的读者。

本次再版,补充了二十几篇新文章。希望读者喜欢。

有读者一路相伴,我更当砥砺前行。

2019 年 12 月 5 日于广州从化荔香湖畔